# 腐れ梅

澤田瞳子

集英社文庫

目次

# 腐れ梅

# 第一章　巫女二人

——ほとがかゆい。

破れた屋根から差し込む朝日に顔をしかめ、綾児は横になったまま、白い膝を磨りあわせた。

夏の最中にもかかわらず、ろくに水浴びをしていないせいで、全身は汗ばみ、饐えた臭いを放っている。こんなことではせっかく客を捕まえたとて、すぐに逃げられてしまいそうだ。

なにせここ右京は鴨川から半里以上も離れているため、そうそう水浴にも行けない。かといって井戸の水で身体を洗うには、春先からの少雨のせいで、この辺りの水位はひどく下がっていた。日々の飲み水にも泥が混じる昨今、井戸端でざぶざぶ身体を洗ったりすれば、向かいの失せ物当ての老婆から口汚く罵られるに決まっている。

ああ、もうまったく、と吐き捨てながら起き直る。その途端、昨日、ひねり上げられた右腕が鈍く痛んだ。

「畜生、あの秋永の野郎」

毒づきながら思い浮かべた男の顔がひどく優しげなのが、更に腹立たしい。しかしどれだけ口を極めて罵倒したとて、一度逃げた男が二度と戻らぬことぐらい、綾児はよくよく承知していた。

宮城の使部（下働き）である秋永が、初めて綾児に祈禱を頼みに来たのは、昨年の秋。もっとも巫女を名乗ってはいるものの、禁厭札も売れば憑坐も務める。もちろん頼まれれば色も売る似非巫女に仕事を頼む者は、十人中九人まで、祈禱以外が主な目的だ。

薄暗い部屋の中で香を焚き、肌も露わに祝詞を上げていると、男たちはみな一様に、ごくりと喉を鳴らし、綾児の白い肌に手を伸ばしてくる。秋永もまたその例に漏れず、すぐさま綾児に挑みかかり、そのまま馴染み客の一人となってしまったのである。

綾児とて普段は客にいちいち思いなぞかけないが、この四、五年、諸国では旱魃と飢饉、更には兵乱までが相次いでいる。一昨年には東国にて新皇を僭称した平将門が、また昨年には西国の島々を荒らしまわった伊予掾・藤原純友がそれぞれ誅伐されたが、長らく続く人々の不安と動揺が、その程度で取り除かれるわけがなかった。

市井の巫女にとっては、本来、世情不安は商売繁盛の元。とはいえそれもあまりに度を過ぎれば、客足はむしろ賀茂社（下鴨神社・上賀茂神社）や石清水八幡宮といった大社へ向き、験の怪しい巫女なぞ見向きもされなくなるものだ。

そんな心もとなさから、つい秋永を引き留めたのが悪かったのだろう。やがて秋永はこの右京七条二坊十三町の家に入りびたり、月に二十日の勤めも綾児の元から出かけるようになった。

（それほど尽くしてやったのに、ころっと掌を返しやがって）

理由は分かっている。

秋永がもともと綾児の元を訪れた建て前は、偶然、往来で見かけた大納言・藤原師輔邸の下女と恋仲にしてほしいという祈願だった。綾児と深間になった後も伝手をたどり、室女という名を調べ上げ、その女と念願かなっていい仲になったのに違いない。

秋永は綾児より五つ下の二十三歳。それだけに片恋の相手さえ射止めれば、自分のような年増が用済みにされるのは分からぬではない。しかし半年間、夫婦同然に暮らしてきた男が別の女の元に転がり込んだ事実に心穏やかでいられるかは、まったくそれと別の話だった。

色鮮やかな組帯、布作りの沓……乏しい稼ぎの中でこつこつ溜めた金は、すべて秋永の身の飾りに消えた。

子供じみたところのある秋永を甘やかし、その整った顔立ちに似合う品をあれこれ買い与えたのは、他ならぬ綾児自身だ。物心ついた頃から色を売って暮らしてきただけに、それしきで男心がつなぎとめられないのは、百も承知している。承知していればこそなお、弊履のように打ち捨てられた我が身が情けなくてならなかった。

「ちょっと、綾児。綾児ってば、いるんだろう」

大声とともに、板戸ががたがたと音を立てて開いた。ひょいと顔をのぞかせたのは、三軒隣に住まう阿鳥だ。

およそ美形とは呼びづらい狐顔に、大きすぎる唇。墨で描いたようにくっきりとした眉を寄せ、阿鳥は綾児の顔をしげしげと覗きこんだ。

「大丈夫かい。さっき、あの野巫医者があたしのところに顔を出して、あんたを見舞ってやってくれって言ってったよ。それにしても大納言さまのお屋敷に乗り込むとは、あんたも思い切った真似をしたねえ」

「ちっ。あの野郎、余計な話をしやがって」

舌打ちした綾児ににたりと唇を歪め、阿鳥は勝手に足半を脱ぎ捨てて上がり込んできた。あちこち痣だらけの綾児の身体を指先でつつき、何がおかしいのかけたけたと笑い声を上げた。

「そうお言いでないよ。康明ったらあれでけっこう、あんたのことを好いているんだから」

「ふん、あんな腰抜け、あたしの方で願い下げだね」

京の都は北側に内裏や貴族の屋敷が建つ一方で、南に行くほど品が下がる。その中で綾児が暮らす七条二坊は西市に近く、市人はもちろん、結桶師や籠師といった細工師、綾児や阿鳥のような巫覡、医師や呪禁師など種々雑多な人々が住む地域であった。

この家の裏に独り暮らしをしている橘康明は、三十すぎの医師。阿鳥や綾児から野巫だの腰抜けだのと罵られても決して反論せぬ、おとなしい男であった。

康明が綾児の客になったことは、今まで一度もない。ただその割に康明は綾児に気があるのか、往来ですれ違うごとに、こちらをちらちらとうかがってくる。勝気な綾児にはそれがとにかく疎ましく、あてつけのように知らぬ顔を貫いていたのに、よりによってそんな彼に窮地を救われるとは。

ああ、もうまったく、と溜め息をつき、綾児は両手で髪を掻きむしった。

秋永が室女の元に転がり込んだと察した綾児が、室女の働く大納言邸に押しかけたのは、昨日の午後。だが裏口の番をする家人に小銭を与え、室女を呼んでくれと頼むと、相手は綾児の言葉を遮って、

「そんな女はおらん。秋永なんぞという男も、見たことがないわい」

と、あからさまな居留守を言い立てたのであった。

「そんなはずあるかい。あんた、あの室女って奴から、こんな女が来たら追い払ってくれと頼まれてるんだろ」

かっと頭に血が上り、無理やり邸内に駆け込もうとしたのが悪かった。怒号とともに襟首を摑まれ、そのまま門番から殴る蹴るの暴行を受けたのである。

たまたま通りかかった康明が割って入って場を収め、ご丁寧に家まで担いで帰ってくれなかったなら、これしきの怪我では済まなかっただろう。下手をすれば、腹臓を痛め、そのまま死んでいたかもしれない。

とはいうものの、康明のしょぼくれた猫背や歯切れの悪い口調を思い出すと、到底、礼を述べる気にはならない。それにだいたい、同業とはいえさして親しくもない阿鳥に看病を押しつけるとは、いったい何様のつもりだ。

親切なのだか、気が弱いのだか分からぬ康明の態度に腹を立てながら、綾児はじろりと阿鳥を睨みつけた。

「まあ、あんたの気持ちも分かるよ。あたしだって康明みたいな腰抜けには、なるべく関わりたくないもの。もっともあいつに女を買う度胸があるとは、考えにくいけどね」

市で求めてきたのだろう。阿鳥はそう言いながら、懐から色の悪い李を二つ取り出した。一つを綾児の胸元に放り投げ、残る一つを黄ばんだ歯でかじり出した。

「この李も康明の奢りだよ。綾児に何か買ってやってくれって、あたしに銭を握らせて寄越したのさ」

阿鳥は綾児より一つ年上。若い頃に一度、どこぞの家司と一緒になったもののうまくゆかず、流れ流れてこの界隈にたどり着いたという女だった。

女が一人で生きて行くには、身体を売るのがもっとも手っ取り早い。似たような境遇の女が多く住まうこの辺りで、阿鳥は美人ではない癖に、ずいぶん稼ぎが多いらしいと噂であった。

身形のよい従僕が、彼女の家の外で主を待っていることもあれば、よしありげな手輿が阿鳥を迎えに来ることもある。阿鳥自身は決して客の自慢をしないが、殿上人や大寺の僧侶に贔屓にされているとの評判も根強く、それだけに綾児を含めた界隈の女たちはみな妬みと誹りの入り混じった態度で阿鳥を遠巻きにしていた。

とはいえ当の本人は周囲の嫉視に素知らぬ顔を貫き、誰とも仲良くする様子がない。このため目と鼻の距離に暮らしながら、綾児はこれほど親しく阿鳥と話すのは初めてであった。

「それにしてもわざわざ追いかけなきゃならないほど、いい男には見えなかったけどねえ。だいたい、女に貢がせるだけ貢がせて他に走るなんて、ろくな野郎じゃないよ」

かじり終わった李の種を土間に投げ捨て、阿鳥は染みだらけの小袖の膝で手を拭った。

色を売る女はおおむね、みな暇さえあれば情人を作るものだが、阿鳥にはそういった男の影がない。何やら小馬鹿にされた気分で、綾児はそっぽを向いて手の中の果実にかぶりついた。

その途端、刺すような酸味が舌を走った。甘そうな外見の割に、まだ中まで熟していなかったのだ。

ここで吐き出すのも業腹だ。口じゅうの唾をかき集めて酸っぱい実を飲み下し、綾児は食べかけの李を阿鳥に投げつけた。

「ええい、うるさいよッ。あたしは別に見舞いなんかいらないんだ。余計な世話は止めて、出て行っとくれッ」

川の淀みの如きこの界隈には、毎日毎晩、様々な女が流れ着く。そして若い者、美しい者が男から褒めそやされる一方で、年老いた者は周囲から顧みられぬまま朽ちるか、はたまた更に別の地に流れて行くのだ。

他人には愚かと映るに違いない。しかしすでに若盛りを過ぎた綾児は、秋永がいつかこんな貧賤の地から、自分を連れ出してくれるのではと思っていた。

わずかな共住みの間にそんな夢を見ていればこそなお、突き付けられる現実はあまりに厳しい。つれない男への怒りを吐き出すかのように、綾児は手近にあった椀や瓶子を片っ端から阿鳥に向かって投げた。

他の女であれば、子供じみた癇癪に腹を立て、物も言わず帰って行ったかもしれない。だが阿鳥は敏捷に身体をひねって飛んできた品々をかわすと、外に出て行くどころか、逆に四つん這いになって綾児ににじり寄ってきた。

「な、なんだよ、あんた。いいからもう出て行っておくれよ」

不細工な癖に上客の多い阿鳥には、綾児の恐怖は理解できぬだろう。

先日まで足しげく自分の元に通ってきていた男が、今日はまだ乳臭い小娘の家へいそいそと入って行く。鏡の曇りのせいだと自分に言い聞かせ続けている小皺、気付くや否や大慌てで抜き取った白髪……どれほど見て見ぬふりをしても、歳月は確実に綾児の容姿を侵し、醜い老婆へと近づけていく。

もし、自分がもっと若ければ。そうすれば室女なんぞに、秋永を奪われはしなかったはずだ。

どうにも留めようのない時間の流れへの怯えと怒りに、綾児は傍らの夜着を頭からひっかぶろうとした。だが阿鳥は力ずくでその夜着を引きはがすと、口許に薄い笑みをたたえて綾児の顔をのぞきこんだ。

「ねえ、綾児。あたし、実はあんたに一つ相談があって来たんだよ」

口もろくに利いたことのない女が持ち込む話に、ろくなものがあるわけない。綾児は阿鳥の手から夜着を奪い取り、胸の下に抱え込んだ。

「銭はないよ。借金なら、それこそ康明にでも頼んどくれ。あいつなら少しぐらい、人に貸す余裕もあるだろうさ」

「ばかだねえ。男に有り金つぎ込んだばかりのあんたに、銭なぞ無心するものか」

蟇が鳴くようながらがら声で笑い、阿鳥は不意に声をひそめた。

「いい儲け話があるんだ。綾児、あんた一緒にやらないか」

なんだ、と綾児は思った。何を言いだすかと思えば、そんなことか。

やれ越の国の上品の絹が安く買えるだの、官有の米を優先的に回してもらえるだのといった胡散臭い話は、この界隈では枚挙にいとまがない。つい昨日も、怪しげな商人が綾児の家を訪れ、市では目の玉が飛び出るほどの値がつく品だが、仲買人が見つからないため安値で買わせてやる、と怪しげな反物を売りつけようとしたばかりだ。

「あたしはいいよ。そんな銭があるなら、明日の米を買うさ」

しかし阿鳥は、背を向けようとした綾児の肩を摑み、「まあ、最後まで聞いておくれよ」と強引に言葉を続けた。

「あんたに何かを買わせようって話じゃないんだ。あんた、あたしと組んで、お社を造らないかい」

「お社だって?」

「そうさ。あたしもあんたも巫女をしているけど、託宣も占いも、そこらへんの神さまの名前を借りて、適当な内容にでっちあげているだけだろう?」

勝手に決めつけないでくれと言いたいが、まったくその通りである。綾児は不機嫌に口をつぐんだ。

綾児の知る限り、自分を含めた西市界隈の巫覡はみな、客の喜びそうな内容を託宣と称して語り、銭を巻き上げるまがい物。霊験あらたかな官社と関わりのある者など、一人もいない。祝詞(のりと)や禁厭(まじない)とて、見よう見まねで覚えた適当なものに過ぎず、困ったときは神がかりのふりをして誤魔化すのが、お決まりの手立てであった。

「けど客だってばかじゃない。そんなことはお見通しで、あたしたちを買う名目として託宣や祓(はら)えを頼みに来ているんだ」

いわば巫女の仕事は、色を売るための表看板。しかし自分たちが世人から崇敬を受ける社を建て、新しい神を祀(まつ)れば、どうだろう。人々はいずれその神のために、大枚の金を出すようになるはず。ましてやその神が奇瑞(きずい)の一つでも起こしたなら、こんな巫女稼ぎとは比べものにならない銭が入る。そうすればみじめな貧乏暮らしともおさらばだと、阿鳥は妙に身を入れて語った。

「けど、阿鳥。新しいお社なら都のそこらじゅうに建っているけど、正直、どこも特に繁盛しちゃいないよ。たいがいの社が半年ぐらいで消えちまうところからして、神さまを祀ったって、大した儲けにならないんじゃないかい」

しかも神の粗製濫造は風紀を乱すと考えているのか、朝堂(ちょうどう)は民間の巫覡が大掛かりな祭祀を行なおうとすると、すぐに取り締まりを加えてくる。実際、綾児の馴染みの巫女の中には、検非違使に捕縛され、百叩きの上、家財を没収された者すらいた。

だが阿鳥は、そんなことは承知とばかり、

「わかってないねえ。あたしが祀ろうとしているのは、そこらへんにごろごろいるような安っぽい神さまじゃないんだよ」

と、説いて聞かせるように言った。

「今から十二年前のことだ。当時の天皇さまが、その三十年も昔におっ死んだ右大臣さまの死霊に、祟り殺されなすったことがある。この死霊を神さまとして祀るのさ」

「正気かい、阿鳥」

綾児はあきれ返った。

十二年前と言えば、綾児は十六歳。初めての男と手に手を取って、故郷の紀伊から難波津に駆け落ちした年だ。

去年や一昨年に起きた怪異ならともかく、十二年も昔の祟りなぞ、いったい誰が信じるものか。しかもそれを起こしたのが、かれこれ四十年も昔に亡くなった人物の霊とは、昔話にもほどがある。

「ああ、そうか。あんたは京の人間じゃないんだっけ。だったら十二年前の騒ぎを知らなくても、無理はないねえ」

田舎者と嘲られた気がして、綾児はむっとした。しかし阿鳥は特にそんなつもりはなかったのか、綾児の態度にはお構いなしに、「まあ、聞きな」と続けた。

「あれは今から十二年前の六月の末、午の三刻（正午頃）のことだ。愛宕山から黒雲が降りてきたかと思うと、あっという間に京じゅうに豪雨が降り、御所に雷が落ちたんだ。今でもよおく覚えているよ。天がかっと真っ白に光って、腹の底までずうんと響く雷鳴が轟いたことをさ」

六月といえば夏の終わり。しかも、三方を山に囲まれた京は、もともと夕立が多い。大寺の塔や賀茂の河原への落雷も頻繁なだけに、だだっ広い内裏ともなればそりゃ雷の一つや二つぐらい落ちるだろう。

ただそうは思っても、立て板に水の弁舌に口を挟むのも憚られ、綾児は無言で話の先をうながした。

「雷が落ちたのは、清涼殿南西の柱。折しも朝儀の最中だっただけに、殿上人の中にも死人怪我人が出たし、帝は驚きのあまり病み臥され、そのまま亡くなられてしまったんだ」

「その雷が、右大臣さまとやらの死霊のせいだっていうのかい」

「そうさ。少なくともその時は、みんなそう思っていたはずさ」

五十歳で老人、六十年も生きればめでたいとされる世にあって、三十年前の遺恨とは。

朝廷の人々も、よくもまあそんな昔のことを思い出せたものだと綾児は感心した。

「その右大臣さまってのは、帝がまだお若かった頃、左大臣さまとともに政を助けておられた学者さまでね。あまりにお知恵が回るのを周りから疎まれ、大宰府に左遷されてかの地で亡くなられたんだ」

へえ、と綾児は驚きの声を上げた。

清涼殿への落雷と帝の死が十二年前、その原因となる右大臣左遷が更にその三十年前となると、綾児には想像もつかぬ大昔である。当時の様を見てきたように語る阿鳥に、わずかな尊敬の念すら抱き始めていた。

「その右大臣さま、お名前はなんておっしゃるんだい」

「菅原道真さま。菅家の三男坊という意味で、菅三とも名乗ってらしたお偉い学者さまさ」

道真さま、と口の中で呟き、綾児は首を傾げた。

巫覡はしばしば、客の悪縁を怨霊のせいにする。そんなときに用いられるのは、無実の罪を得て非業の死を遂げた崇道天皇（早良親王）や伊予親王、また藤原夫人（藤原吉子）、橘大夫（橘逸勢）といった人々。およそ菅原道真なる名は、これまで一度も聞いたことがない。

だがそれを告げると、阿鳥はふんと鼻を鳴らし、

「そりゃそうだろう。だって道真さまの死霊を恐れているのは、今も昔も帝やお偉い大宮人（みやびと）（貴族）さまばかり。道真さまはあたしたちが祈禱に使う御霊（ごりょう）（怨霊）がたみたいに天変地異も起こされないから、庶人（しょじん）にはまったく関わりがないんだよ」

と教え諭すように言った。

阿鳥によれば、朝堂の人々が道真の怨霊について取沙汰し始めたのは、彼の死から二十年後。道真配流（はいる）を企（くわだ）てた張本人とされる左大臣の妹と帝との間に生まれた皇太子が、わずか二十一歳で没したのがきっかけだったという。

息子の夭折に衝撃を受けた帝は、道真を右大臣に復した上、正二位（しょうにい）を贈与。そればかりか道真左遷にまつわる記録を一切破棄させ、なんとか菅公の怨霊を慰撫（いぶ）せんと努めたのであった。

「ところがその二年後には、今度はその皇太子のお子が、たった五歳で病死。そして更に五年後、清涼殿に雷が落ちたのを目にして、さすがの帝もがっくり来られたんだろうねえ。今の帝に位を譲られると、それからわずか数日で亡くなられたってわけさ」

「じゃあ別に道真さまの怨霊が、直接、帝を取り殺したわけじゃないんだね」

「だけど、怨霊の暴れ回る姿に怯えながら亡くなられたんだ。やっぱり怨霊に殺されたようなものだろうよ」

相次ぐ怪異に震えあがった公卿（くぎょう）たちはいつしか、道真の死から六年後に亡くなった左大臣の死まで、その祟りゆえと考えるようになっていた。

それだけではない。思い返せば、左大臣が死ぬ前年には、道真左遷に加担した参議が頓死しているし、その前後には疫病が諸国を襲いもした。もしかすると、それらも全て怨霊のなせるわざだったのでは——と疑い出した人々が、あれもこれも祟りだったと決めつけた結果、道真は朝廷の人々にとって、何にも増して恐ろしい存在となってしまったのである。

おかげでこの十数年、怪異が絶えているにもかかわらず、朝堂の者は今なお心のどこかで、道真の怨霊を恐れている。自分たちはそこに付けこむのだ、と阿鳥は自信たっぷりに言った。

「それでここからが本題さ。実はあたしの古いお客に、安曇宗仁さまっていうお方がおいでだったんだよ。この春先、急な病で亡くなられたんだけど、これが十二年前、清涼殿に雷が落ちたとき、居合わせて怪我をなさった御仁でね」

ああ、と綾児は小さく膝を叩いた。

そういえば月に一、二度、阿鳥を迎えに来る豪奢な手輿があった。あれはきっと、その宗仁とやらの使いだったのだ。

「宗仁さまは亡くなられる前、自分が死んだらこれを阿鳥に渡せって、家司にお命じくださってたんだ」

言いながら阿鳥は懐から、小さな包みを取り出した。絹で幾重にもくるまれたその中身は、掌に載るほど小さな八花形(やつはながた)の手鏡であった。

背面に花を付けた大木と鳳凰(ほうおう)が陽刻され、瀟洒(しょうしゃ)な鏡には不釣り合いなほど太い緋色(ひいろ)の組紐(くみひも)が鈕(ちゅう)に通されている。良く磨きこまれたその表面が、屋根の破れ目から差し込む夏陽(なつび)を映じて、土壁にきらきらと小さな波紋を描いた。

「綺麗(きれい)だろう。つまりあたしは、これをご祭神にして、あんたと二人で道真さまをお祀りしようって考えているわけさ」

「あたしと二人でって――阿鳥、本気かい」

綾児は、手鏡と阿鳥の顔を交互に見やった。

「宮城の方々はいまだに、道真さまの死霊が悪さをしないかと怯えているんだろう。そんなお方をあたしたちが祀ったりしちゃ、すぐに検非違使にとっ捕まっちまうんじゃないかい」

「わかってないねえ。反対だよ、反対。公卿がたが怯えているからいいのさ」

言いながら阿鳥は綾児の手から、鏡をひったくった。

目に翡翠(ひすい)が埋め込まれた鳳凰のぐるりを、朱色の石をそこここにあしらった花樹の枝がとり巻いている。その石を一つ一つ、丁寧に指で拭いながら、阿鳥はわずかに声を低めた。

「あたしが知る限り、この京に道真さまを祭神にした社はまだ一つもない。そんなところに、あんたが道真さまの託宣を告げて、小さなお社を建ててごらん。さすがの検非違使も菅公を祀る社には手が出せないだろうし、うまく行けば道真さまの怨霊を恐れる公卿たちから、寄進をいただけるかもしれないじゃないか」

「ちょっと待っておくれ。なんで託宣を告げるのが、あたしなんだよ。言いだしたあんたがやりゃいいじゃないか」

思わず叫んだ綾児に溜め息をつき、阿鳥は鏡を懐にしまい込んだ。

「ああ、その通りさ。あたしだって本当は、道真さまのことを何も知らないあんたより、自分の方が憑坐(よりまし)に向いていると思っているよ」

けど、と続ける声には、わずかな諦念が混じっていた。

「憑坐や巫女ってのは綺麗な女子供の方が、なんとなく信用されるもんだ。だったらあたしは陰に回って、あんたに巫女を務めてもらう方が得策じゃないか」

綾児は小さく息を呑(の)んで、阿鳥を真正面から見つめた。

自分の容姿が人より勝っていることは、幼い頃から承知していた。ただ二十歳を五つも越えた辺りから、乳や腹はかつての張りを失い、あれほど途切れなかった客は減る一方。それだけに阿鳥の唐突な褒詞(ほうし)は、思いがけぬほど激しく綾児の胸を揺さぶった。

そうだ。幾ら年を取ったとはいえ、自分は阿鳥に比べればはるかに美しい。貧乏暮らしで垢じみてはいても、白くなめらかな肌、つややかな黒髪、そして鳥のさえずりにも似た澄んだ声は、つい数年前までこの界隈で並ぶ者がいなかったではないか。

無論、自分は阿鳥ほど頭がよくないし、上等の客もついていない。しかし女の値を決めるのは、才知ではない。阿鳥自身が語った通り、最終的には美しい者こそが他者に愛されるのだ。

先ほど、阿鳥の鏡にちらりと映った己の顔が、脳裏をよぎる。形のいい目元には小さな皺が刻まれていたし、唇の色は血の気が乏しかった気がするが、あれは自分が見間違えただけ。そうだ。そうに決まっている。

まだ都に出てきたばかりの頃、どこぞの官幣社で一度だけ目にした巫女は、雪のように白い浄衣に身を包み、挿頭の花にも負けぬほど清々しかった。一点の曇りもないその美しさに、十六歳の綾児はわけの分からぬ反感を抱き、足元の泥を投げ付けてやりたいとすら思ったものだ。

今更、あの巫女のように楚々とした女子になりたいわけではない。だがこの自分の美貌と阿鳥の知恵があれば。そうすれば自分とて阿鳥のように、貴族の寵愛を受けられるかもしれぬではないか。

「あたしは――あたしは何をすればいいんだい」

かすれた声で問うや、阿鳥は待っていたとばかり、片頬を歪めた。笑ったつもりなのだろうが、目尻と唇の端を強張らせたその表情は、およそ笑顔とは見えぬ不気味なものだった。

「社を建てるったって、この辺りには空き地もないしさ。だいたいそのための銭をどう集めるか、思案はあるのかい」

「やってくれるんだね、綾児」

畳みかける言葉を遮って、阿鳥は綾児の両手を握りしめた。蛇の鱗を思わせる、ひどく冷たい手であった。

「あんたさえ巫女になってくれるんだったら、雑事はあたしが全部やるよ。社だって最初のうちは、ここの土間の隅に幣を立てるだけでいいさ。少し銭が溜まったらそれを祠にして、更に寄進が増えたら小さな社に建て替えればいいんだ」

「ちょっと待ちな。あたしの家を社代わりにするのかい」

「そりゃそうさ。あんたが道真さまの巫女を務めるのだもの。この家でお祀りせずして、どこでやるんだい」

巫女稼業だけに、幣は山ほどある。だが土間であまり大仰に神祭りをしていては、訪れる客が気味悪がるかもしれない。ただでさえ減っている客がますます減ってはたまらないと、綾児はあわてて抗弁しようとした。

しかし阿鳥はすでに、少々眉間の開いた眼を土間に配り、

「道真さまが亡くなられた大宰府は、都の西。だから幣も、そっちの方角に立てたほうがいいかねえ。うん、そうだ。その上で家の軒先に注連（しめ）を巡らせば、ただの土間口だってちょっとはいわくありげに見えるじゃないか」

と、勝手にあれこれ考え始めている。

その横顔の真剣さに気圧（けお）されながら、綾児はおそるおそる阿鳥の袖を掴んだ。

「あ、あのさ。阿鳥」

「ううん、社ってのは少しぐらい汚いほうが験がありそうだけど、さすがにこう散らかってちゃいけないねえ。ちょっと土間を片付けさせてもらうよ」

止める暇もなく土間に降りた阿鳥は、乱雑に置かれていた桶や笊（ざる）をかき集め、ついでにその辺りに散らばっていた塵芥（ごみ）まで手づかみで桶に放り込み出した。

「まったくこりゃ、こないだまで男を住まわせていたとは思えない散らかりようだね。いいかい、綾児。あんたは今日から道真さまの憑坐なんだから。帝や皇太子を取り殺した死霊のお使いらしく、以後は身形も物言いも改めておくれよ」

むき出しの膝をぴしっと叩かれ、あわてて綾児は小袖の裾を引っ張った。

場末の巫女が一朝一夕に猫をかぶれるものかと思いはしても、あまりに迅速なその身動きに、なかなか口を挟めない。

ひょっとして、自分は彼女の口車にうまく乗せられたのか。——いや、そんなはずはない。

（そうだよ、あたしは綺麗だもの。阿鳥なんかより、ずっと美しいんだもの）

　神がかりを演じて人をだますには、それ相当の経験が要る。その上に美貌まで兼ね備えた女が、京にそう幾人もいるものか。だからこそ阿鳥は自分を相棒に選んだのだし、自分もまたそんな阿鳥にわざわざ選ばれてやったのだ。

　それに万一、この目論見が大当たりすれば、巫女稼ぎでは一生お目にかかれぬ銭が入ってくるはず。そうすればあの秋永とて、再びこの家に戻って来るかもしれない。

　土間では埃まみれになった阿鳥が、綾児が投げた李を拾っている。その甘酸っぱい香りを嗅ぎながら、綾児は腕の痛みも忘れて、唇に薄い笑みを浮かべた。

「おいおい、お前ら。いったい何を始めたんだ」

「うるさいねえ。野巫医者はお呼びじゃないよ」

　康明を始めとする近隣の者たちに不審がられながらも、阿鳥は翌朝には注連縄を綾児の家に持ちこみ、軒先を仰々しく飾り立てた。

　とはいえ紙垂は綾児が持っていた古紙を適当に切っただけだし、土間の幣は左右の長さが揃っていない。

　綾児は普段、男が脱がしやすいよう、裳袴に薄物をまとい、その上に麻の千早を重ねて客を迎える。

しかし阿鳥は綾児の格好に、

「なんだよ、その身ごしらえは。胸乳(むなぢ)まで透けているじゃないか。まったく品がないったらありゃしない。もっと品のいい千早はないのかい」

と、ただでさえ吊(つ)り上がった目尻をますます引き上げた。

「しかたがないだろう。まともな千早は値が張るんだ」

両脇を開け、胸紐で襟を重ねる千早は、本来、紋様を青摺(あおず)りさせた練絹(ねりぎぬ)で作られる。だが貧しい綾児には、それだけ上質の絹を手に入れる銭がない。だいたいどんな衣を着ていたとて、男たちはみな祈禱もそこそこにそれを脱がせにかかるのだ。ならばいっそ男が喜ぶよう、肌を透かせた麻や薄物を用いるのは、当然ではないか。

頰を膨らませた綾児にちっと舌打ちすると、阿鳥は無言で外に出て行った。待つ間もなく戻って来るや、まるめて小脇に抱えていた白い袿(うちき)を、綾児の胸元に乱暴に叩きつけた。

「それ、これだったら文句ないだろう。さっさとほどいて、作り直そうじゃないか」

持ち上げれば一面に菱文(ひしもん)をあしらった練絹の袿は重く、間には薄綿まで縫い込まれている。西市で買えば銭十貫、いや二十貫は下らないだろう。

「いいのかい。こんな上等な袿をほどいちまって」

「客からのもらいものだから、構わないさ。それに、どうせあたしには似合わないんだ」

青みがかった白絹の袿は華やかかつ上品で、確かに阿鳥に似合うとは思い難い。

それにしても彼女はなぜこうまでして、自分を道真公の巫女に仕立て上げんとしているのだろう。勝手に針と鋏（はさみ）を探し出して袿をほどき始めた阿鳥に、恐る恐るそれを尋ねると、

「決まってるじゃないか、銭さ。それ以外に何があるってんだい」

と、彼女はためらう風もなく言ってのけた。

「でも阿鳥はあたしより、ずっと稼ぎがあるだろうに」

これほど上等の袿や、玉をちりばめた鏡を次々と貢がれる女が、銭に困っているわけがない。

わずかに羨望のにじんだ綾児の声に、

「ああ、それは確かにその通りさ。だけどどれだけいい客がついていたって、所詮、こんな商売が出来るのは今のうちだけ。あと十年もしてごらん。世の中には不細工な女を好んで買う変わり者はいても、不細工な婆（ばあ）さんをわざわざ買う奴はいないからさ」

と、阿鳥はあっさり言い放った。

この女が不器量なのは、まぎれもない事実。とはいえさすがに本人からそう切り出されるとは思わず、綾児は一瞬言葉を失った。

そんな綾児をちらりと見やり、阿鳥は手にしていた袿の片端を、無理やりこちらに押し付けた。

「自分が着る千早なんだから、ちょっとは手伝いな。あんた、縫い物は得意なんだろう。こないだの男にも、帯や袴を縫ってやってたじゃないか」

「あ――ああ、うん」

「言っとくけど、綾児。不器量なあたしは、この社造りに賭けてるんだ。一生懸命やらなかったら、承知しないからね」

なるほど醜女(しこめ)は醜女なりに、己の先行きをあれこれ思案しているということらしい。

そういう意味では、容貌に差こそあれ、お互い目指すところは同じ。袿に顔を近づけて不慣れな手つきで糸を解(ほど)く阿鳥に、綾児は初めて親しみめいたものを覚えた。

次の日、阿鳥は陽が昇るとともに綾児の家の板戸を叩き、

「おおい、いつまで寝てるんだい。これから西市に行くよ。道真さまの託宣を述べるんだから、しっかり顔を洗っといで」

と、がらがら声を張り上げた。

「ちょっと待っとくれよ、今からかい」

千早の直しに時間がかかったこともあり、昨晩は一人も客を取れなかった。そのため、今日は昼の間から客を迎えようと思っていただけに、綾児はつい不平を漏らした。

だが阿鳥はそんなことにはお構いなしに、さあさあ、と急かすように両の手を打ち鳴らした。

「ここで男をくわえ込むより、寄進者を捕まえる方が先さ。ほらほら、行くよ」

東西両市の門前は、斬首や杖刑が行なわれる刑罰の場。また同時に傀儡師や軽業師たちが技を披露する舞台でもあるだけに、そこで神がかりの真似をすればなるほどいい宣伝にはなるだろう。

とはいえ、阿鳥から道真の霊を祀る企てを聞かされて、まだ二日。門番に殴られた怪我もまだ癒えないのに、果たしてうまく託宣を述べられるだろうか。

「こうしている間にも、都のどこかで誰かが、道真さまのお祀りを始めるかもしれないんだ。ぐずぐずしている暇はないのさ」

阿鳥が焦る気持ちも分からぬでもない。しかし正直言って綾児はまだ、菅原道真がどんな人物かもよく理解していない。それにもかかわらず無理をして、大勢の人が見ている前でしくじったらどうするのだ。

「阿鳥、やっぱり今日はまだ、無理なんじゃないかなあ」

「なに尻込みしてるんだい。何かあったら、あたしが助けてあげるから、心配はいらないよ」

ひきずられるように表に出れば、昇り初めたばかりの陽は白々と明るく、大路の果てには早くも陽炎が立っている。

市の門が開かれるまではまだ間があるが、門前の広場にはすでに露店が並び、老若男女様々な人々が思い思いに買い物を始めている。

諸国の飢饉旱魃は今年も凄まじく、米の価格は半年で倍以上に跳ねあがった。さりながら市人の売り声、行き交う人々の顔色は活気に満ち、そんな世知辛さがまるで嘘のようだ。

今日は獄囚の処罰も、傀儡師の興行もないのだろう。広場の砂の輝きが、目の裏に痛い。

これまで神がかりを演じたことは幾度もあったが、それはすべて自分の家での話。一度にこれほど大勢の群衆を相手にするのは初めてだ。

それだけに綾児は不安に眼をしばたたいて、四囲を見回した。だが阿鳥はなにも気にするなとばかり、その肩をどんと強く叩いた。

「いいかい。道真さまが亡くなられたのは、鎮西の大宰府だ。今、自分はその西国から都に戻りたいと思っている。急いでこの地に祠を作れと言うんだよ」

神がかりの巫女は、狂乱してみせればみせるほど、その演技が真に迫るもの。しっかり衣を着込んだ神がかりなぞ、なんのありがたみもない。くどくどとこれからの手順を述べる阿鳥にうなずきながら、綾児は千早の胸紐を素早くほどいた。

その下に着込んでいた小袖の片袖をひっぱり、帯をぐいと腰まで下げる。足半を片一方脱ぎ捨て、髪を両手でかきむしると、ええい、と一つ大きく息を吸い、よろよろと人混みの真ん中に歩き出した。

「た——託宣じゃ、託宣じゃぞ」

と、調子はずれの声で喚(わめ)き、わざと目の焦点を定めぬまま、身体を左右に大きく揺らした。

「なんだ、今の声は」

「託宣だと」

ざわめきと共に、周囲の人々がぱっとこちらを振り返る。

そんな彼らをあえて見ないようにしつつ、綾児は両の手を空に向かって大きく広げた。その途端、右腕がずきりと痛んだが、もはやそんなことを気にするわけにもいかなかった。

「畏れ多くも正二位、故菅原道真公のご託宣じゃ。みな謹(つつし)んで、お言葉を聞くがよい」

神がかりなのか、それとも遊芸なのか、判断が付かぬのだろう。綾児に向けられた眼(まな)差(ざ)しは、いずれもどこかよそよそしい。

「道真さまだって。それは大宰府でお亡くなりになったという、あの右大臣さまのことかい」

斜め後ろからのわざとらしい問いかけは、阿鳥のものだ。そちらを振り返らぬまま、

おお、その通りじゃと叫び、

「都の者たちよ。奇特なるご託宣を謹んで承るのじゃ」

と、綾児は胸前で手を組んで目を閉じた。

薄目を開けて様子をうかがえば、人垣の中には顔見知りの市人の姿もある。

綾児の似非(えせ)巫女っぷりを知ってはいても、さすがに他人の商売を邪魔するつもりはないのだろう。なにか面白い余興が始まるぞとばかり、無精ひげの生えた顎をにやりにやりと撫(な)でる市人に内心悪態を吐(つ)きながら、「我は正二位右大臣、菅原道真の宿霊なり――」と、綾児は精一杯低い声を、腹から絞り出した。

「我は無実の罪に遭い、鎮西に左降されし後、己の宿報をつくづくと省みた。心中の恨みの焔(ほむら)は猛々(たけだけ)しく燃え盛り、ついには自らの臓腑(ぞうふ)までを焼き尽くしたが、とうとう都に戻ることはかなわなんだ。嗚呼(ああ)、なんたる不遇、なんたる因縁ぞ」

おどろおどろしいその口調に、野次馬たちがはてと顔を見合わせた。

「あの巫女、橘大夫のことを言っているのか」

「違うだろう。確か、菅原道真さまと口走ったぞ」

「道真公だと。どこかで聞いた覚えはあるが、知らん神霊だなあ」

まあもう少し話を聞いてみるか、という四囲からの声に、やった、と綾児は内心ほくそえんだ。

これは面白そうだと思ったのだろう。野次馬たちの眼差しに、じんわりと熱がこもり始めている。露店に駆け出そうとする孫の腕をひっつかみ、こちらを見つめる老爺(ろうや)、ぽかんと口を開け、綾児の白い首筋に眼を這わせる男。そんな無数の眼差しに、かっと熱いものが全身に走った。

そうだ、自分はこのぎらつく眼が欲しかったのだ。

そう思った瞬間、わずかに覚えていた後ろめたさや腕の痛みが吹き飛んだ。決して神がかったわけではない。自らに注がれる眼差しの熱さに狂おしさすら覚えながら、綾児は両の腕を天に向かって振り上げた。

先ほど阿鳥に言われた手筈(てはず)では、この後、数々の祟りや清涼殿に雷を落とした一部始終を語り、自分を慰めるために社を建て、神祭りをせよと命じることになっていた。

これまで、激しく身体を揺さぶりながら「託宣」を述べたせいで、ずらした帯はすでに半ば解け、足元にとぐろを巻きはじめている。

このまま語り続ければ、いずれ千早と小袖ははだけ、胸まであらわになるだろう。

しかし神代、天宇受売命(あめのうずめのみこと)は天岩戸に籠った天照大御神(あまてらすおおみかみ)の気(ひ)を惹くために、胸乳をかき出し、裳緒を股まで押し下げて踊り狂ったという。それに比べればこの程度、大したことではない。

自分に向けられた無数の眼差しに、下腹が火照る。もっと、もっとと胸の底で繰り返しながら、更に言葉を続けようとした時である。

「おい、こりゃあなんの見世物だ」

野太い声が弾け、周囲より頭一つ抜きんでて大柄な男が、野次馬をかき分けて現れた。

それまでの綾児の託宣を聞いていなかったのだろう。半裸の綾児を踊り子とでも勘違いしたのか、「こりゃあ、目の薬だなあ」と黒々とした髯に覆われた顔をだらしなく緩めた。

「ちょっとあんた。今、ありがたいご託宣の最中なんだ。邪魔をするんじゃないよ」

阿鳥が苦々しげな面で、男の腕をぴしゃりと叩く。男はぎょろりとした目を大袈裟に剝き、「託宣だと」と綾児と阿鳥を交互に見やった。

「そうさ。あの巫女には今、菅原道真さまの神霊が憑いているんだ。ご託宣の邪魔をするとあんたも清涼殿の上卿たちみたいに、雷に打たれてくたばっちまうよ」

「へええ、神霊か。そりゃあ、真っ昼間から珍しいな」

面白そうだと思ったのか、男は人垣を回り込み、綾児の正面に立った。

それにつれて、今まで横目で眺めていた男の顔がまっすぐ見え、綾児は胸の中で、あっと叫んだ。

同時に男が「なんだあ。これが神霊のお使いだと」と素っ頓狂に喚いた。割れ鐘を撞いたような、途方もない大声であった。

「こんな女がお使いなものか。巫女は巫女でも、祈禱より色事が得意な似非巫女じゃないか」

なんだなんだ、と野次馬が男の方を振り返る。阿鳥が慌てて男に近付こうとするが、人垣に阻まれて思うように進めない。その横顔に激しい当惑が滲むのが、綾児の視界の隅にひっかかった。

(あ——あの野郎ッ)

そうだ。男の顔には見覚えがある。三日前、大納言邸に押しかけた自分を力ずくで押し留めた門番ではないか。

秋永探しを妨げるばかりか、今度は託宣の邪魔までするとは。なんと忌々しい男だと、綾児が胸の中で歯がみしたとき、

「そうか。どこかで見たと思った。こいつはそこの十三町で客を取ってる、年増の巫女じゃないか」

「なんだと。じゃあ道真公とやらの託宣も真っ赤な嘘ってことか」

野次馬とも罵声ともつかないものが、人垣のそこここで相次いで起こった。

舌打ちすら混じったその荒々しさに、綾児はその場に棒立ちになった。全身の血が音を立てて下がっていくのを感じながら、慌ただしく野次馬たちの間に目を走らせた。

阿鳥は、阿鳥はどこなのだ。何かあったなら、助けてくれるはずではなかったのか。

だがその瞬間、視界に飛び込んできたのは、小柄な阿鳥が幾重にも膨れ上がった人垣をかき分け、まっしぐらに逃げて行く姿であった。

すがりつく眼差しに気づいたのか、阿鳥がはっとこちらを振り返る。今日は駄目だ、と言うように小さく首を振るや、すぐに脱兎の勢いで再び走り出した。

畜生、ふざけるな。見る見る小さくなるその背を睨みつけ、綾児は踵を返した。人垣に体当たりを食らわせると、そのまま人波をかき分けて走り出す。しかしそれでいて、その拍子に足元に落ちた千早を拾い上げるのだけは忘れなかった。

「おいおい、お前、逃げるのか。託宣ってのはどうなったんだ」

門番の男の嘲りに、野次馬の間からどっと笑いが起きる。それに耳を塞ぐようにして、綾児は懸命にもつれる足を動かした。

ほてり、潤みを残したままの下腹、腕にかいこんだ千早の柔らかさが、ひどく情けなくてならない。

（畜生――畜生ッ）

あの門番は大納言邸に帰ればきっと、室女と秋永にこの顚末を告げるだろう。その時二人がどんな顔をするかを思い浮かべただけで、腸が煮えくり返りそうになる。

顔をひきつらせ、半裸で疾走する綾児の姿を、すれ違う人々が呆然と見送っている。その中に秋永が、室女が——先ほどの門番の顔が交じっている気がして、綾児はただ必死に走り続けた。

強く嚙みしめられた唇に血が滲み、小さな花をくわえたように鮮やかに色づいていることにも、気付かぬままであった。


辺りに人影がないことを確かめてから家に戻ると、綾児は腕に抱えた千早を腰に巻き、軒先に巡らせた注連縄を両手で引きちぎった。不格好に垂れ下がった紙垂の切れ端を、力一杯はね上げる。土間に立てられていた幣を蹴倒し、上り框にどすんと尻を下ろした。

「あ——あいつったら、絶対に許さないんだからッ」

はあはあと肩で息をつきながら罵った相手は、綾児の正体を暴いた門番だけではない。自分からあっさり他の女に乗り換えた秋永、門番に居留守を使わせた室女、自分を捨てて一目散に逃げた阿鳥。己を取り巻く何もかもが、とにかく腹立たしくてならない。門口から引きずってきた注連縄を、綾児は渾身の力で土間に叩きつけた。

こん畜生、こん畜生と叫びながら、泥まみれの足でそれをぎりぎりと踏みにじる。注連縄に差した榊の葉から、青臭い匂いが立った。

やっぱり、やめだ。いくら阿鳥の頭がいいと言ったって、京でほとんど知られていない人物を祀るなぞ、どだいうまく行くはずなかったのだ。

ずっしりと重い千早を解き、部屋の隅に投げつける。本当であれば注連縄の代わりに、これを泥足で踏みにじってやりたいが、高価な練絹を泥まみれにする度胸はさすがにない。

都の者たちは、民間の巫女に偽物が多いと承知している。それだけに菅原道真の託宣を騙(かた)ったことそのものには、誰も文句を言うまい。

しかしだからといって、大勢の前で偽りを暴き立てられ、失笑を浴びせつけられた恥辱は、そう簡単に忘れられるものではない。

悔しさのあまり、瞼(まぶた)が熱くなってくる。

畜生。阿鳥はどこだ。こうなれば、一言怒鳴りつけてやらねば気が済まない。

「おおい、どうした、綾児。外まで怒鳴り声が響いていたぞ」

怒りに身を震わせながら目を拭ったのと、開けっ放しの戸口から中を覗いた橘康明が棒立ちになったのは、ほぼ同時。次の瞬間、彼は胸をあらわにした綾児から顔を背け、一間(けん)あまりも飛びしさった。

「す、すまない。の、覗くつもりはなかったんだ」

客に肌をさらすのが生業(なりわい)だけに、半裸を見られたことはどうでもいい。だがよりにもよって、こんな軟弱者に泣き顔を見られたとは。度重なる怒りと恥辱に、綾児の腹は更に煮えたぎった。

放り出したばかりの千早で、乱暴に顔を拭く。尻切(しりきれ)を突っかけて表に飛び出すや、

「野良犬みたいにあたしの周りをうろうろするんじゃないよッ。こないだから、頼んでもいない世話ばかり焼きやがってッ」

と、門口の康明に、怒声を浴びせかけた。

「だいたい大の男が、こんな昼日中からなにぶらぶらしてるんだい。目障りなんだよ。とっとと失せなッ」

歯切れのいい綾児の啖呵(たんか)に、康明が雨に打たれた犬のように肩を落とす。そのしょぼくれた姿がますます苛立(いらだ)たしく、ちっと舌打ちしたとき、

「それにしちゃおめえも、まだ陽が高いうちとは思えねえ格好だけどな」

という野太い声が、背後で響いた。

驚いて顧みれば、あの忌々しい大納言家の門番が、大股にこちらにやってくるではないか。

門口の康明と綾児を交互に眺め、

「こいつ、こないだおめえを助けた男だな。この野郎もおめえの情人(いろ)かよ」

と、男は日焼けした顔をしかめた。

「よしとくれ。こいつはただの近所の野巫医者さ」

突っ立ったままの康明の尻を蹴り飛ばし、綾児はふんとそっぽを向いた。

「ふうん、そうかい。だったら別に気にすることあねえんだな」

真っ黒に焼けた顔の中で、にやりと剝き出された歯だけが白い。馴れ馴れしく肩を抱こうとする手をぴしゃりと叩く綾児に、男は「やれやれ、とんだ女狐だぜ」と聞こえよがしに呟いた。

「市の奴らに聞いたが、おめえはこの辺じゃちょっと知られた巫女らしいな。実はお屋敷の同輩に借りた小刀が、こないだから見つからなくってよ。どこにあるのか、占ってくれねえか」

「ふん、失せ物だったらあたしより、向かいのばばあの方が得意だよ。もっとももこのところずいぶん耄碌してきたから、あんたの話が分かるか怪しいけどね」

自分の正体を暴きたてられた恨みはもちろん、つい数日前、この男に取り押さえられた折の痛みを、まだ忘れてはいない。真向かいのあばら屋を、綾児は顎でそっけなく指した。

だが男はそれにはお構いなしに、軒先から垂れた注連縄の切れ端を引きちぎり、綾児の鼻先でぶらぶらと振った。

「なんだい、もう。うっとうしいね」

仔犬(こいぬ)をからかうような態度にかっとして、綾児は縄切れを手で払った。男はその手を素早く引き寄せると、口許に下卑た笑みを貼りつけたまま、綾児の身体を無理やり抱きすくめた。

「俺はあんたに占いを頼みたいんだ。なあ、いいだろう」

「——しかたないねえ。銭はあるのかい」

忌々しいが、こういった手合いには抵抗するだけ無駄だ。誰の力も借りず、女一人で世を渡って行く以上、不快な目に遭うのはしかたがない。

どんなに言葉や態度で飾ろうとも、綾児に近付いてくる男はみな、結局は女が欲しいだけ。腹立ちをぐっと堪(こら)え、その望みさえ叶(かな)えてやれば、厄介事の大半は向こうから去ってくれる。ましてやこの男のように、頭より腕力で物事に挑む相手は、歯向かえば歯向かうほど話がこじれるものだ。

ほらよ、と手に押し込まれた銭を一枚、二枚と数え、綾児は軽く唇を尖(とが)らせた。

「なんだい、これだけかい。あたしの占いの評判は、もう市で聞いてきたんだろう。だったらもう少し、はずんでくれたっていいじゃないか」

低い声で囁(ささや)きながら、腿(もも)を男の足にすり付ける。たいていの相手であれば、これで目尻を下げ、こちらの言うまま、もう数枚銭を出すものだ。

しかし男は、乱れた小袖の裾からのぞく足にちらりと目を走らせたものの、

「持ち合わせが少なくてなあ。すまねえが、これだけで許してくれ」

と、綾児の背を押すようにして、そのまま勝手に家に上がり込んだ。

振り返れば、男のたくましい肩越しに、棒立ちになった康明の姿がのぞいている。

まだ陽が高い時刻だけに、ここで戸口を閉めてしまうと、家内には耐え難いほどの熱気が籠るだろう。とはいえ何が哀しくて、安い値で身体を売った上、男との閨事を康明に拝ませてやらねばならないのだ。

「ねえ、ちょっと待っとくれよ」

だが男は抗う手足を押さえると、先ほど投げ捨てた千早の上に綾児を横たえた。そのまま乱暴に膝を割る太腿を慌てて蹴飛ばし、「ちょっと、ちょっとってば」と綾児は叫んだ。

「あれっぽっちで承知だなんて、あたしはまだ言ってないよ。こんな昼中から相手をするんだ。もう少し銭を弾んでおくれ」

「まったく、この期に及んでうるさいなあ」

そんなやりとりの間にも、男の大きな手は忙しく綾児の身体の上を這い回っている。顎を摑まれ、無理やり口を吸われた途端、むっと息詰まるような男の体臭が、綾児の全身を押し包んだ。

それと同時に頭の奥に霞がかかり、抗う腕から力が抜ける。

ああ、駄目だ。急に蕩け出した己の身体に内心舌打ちしながら、綾児は両手で男の顔を押しのけた。

いくら秋永に逃げられて男日照りだからって、こんな野郎の好きにされてたまるか。後日、一部始終を秋永や室女に話され、笑い物にされるのが目に見えているではないか。

「嫌だってば。どうしてもあたしが欲しいなら、あと二十文、余計に出しな。そうじゃなきゃ後で、大納言さまのお屋敷に掛けとりに行ってやるよ」

自分自身を制するように大声で怒鳴った途端、男はぴたりと手を止めた。勤め先まで押しかけるとの言葉が、思いがけず効いた様子であった。

「更に二十文だと。それは少々高値に過ぎねえか」

眉根を寄せた相手に、綾児は「別に高かないよッ」と即座に言い返した。そうでもせねば身体の方が勝手に、この男を迎え入れてしまいそうであった。

「あと二十文か。ううむ、二十文なあ」

根が真面目なのか馬鹿なのか、男は押しつけていた下腹の動きまで止めて考え込んでいる。だがすぐになにかひらめいたように、「おお、そうだ」と呟くや、今度は図々しく綾児の胸乳をまさぐり始めた。

「ちょっと、嫌だってば。なにするんだい、こん畜生」

「お前、こないだの様子からして、うちの水仕女がお屋敷に連れ込んだ男を探しているんだろう？」

思わず身動きを止めた綾児ににっと笑いかけ、男は慌ただしく小袖を脱がしにかかった。

「今日の物代（代金）さえ負けてくれるなら、あの男を誘い出して、お前に引き合わせてやってもいいぞ。もちろん、室女には内緒でな」

なんだって、と問い返した声が熱くうわずったのは、秋永の話ゆえではなく目の前の男が理由だ。それが我ながら忌々しく、綾児は強く唇を噛みしめた。

阿鳥とひと稼ぎして、秋永の気を惹こうという胸算用は、もろくも崩れ去った。いや、考えてみれば、元々分かっていた話だ。自分たちは所詮、男から男へと渡り歩くしかない巫女稼業。一人の男に執着しても、傷つきこそすれ、いいことなぞ何もないのだ。

この泥水から誰かにすくい上げてもらうとの夢は、綾児の心をいつも甘く蕩けさせる。しかし夢があくまで夢に過ぎぬ以上、この男をいい身代わりだと思って、秋永のことはすっぱり諦めたほうがいい。

身体を這い回る男の手の熱さが、そうだ、そうしろと言わんばかり、秋永の記憶を急速にかき消して行く。仇とばかり思っていた男の激しい欲望に、失いかけていた女としての自信が急に呼び覚まされた。

綾児はくいと頭をもたげて、男を見つめた。軽く鼻を鳴らすと、精一杯居丈高な口調で、「馬鹿言うんじゃないよ」と吐き捨てた。

「あんな恩知らず、こっちの方から願い下げさ。あいつがどうなろうともう、知ったこっちゃないよ。——それよりさ」

外に突っ立ち続ける康明の影が、土間に長く伸びている。そうだ。あの康明も、この男も、己が身一つで世を渡るしかない自分にとっては、ただの手駒に過ぎないのだ。

少なくとも彼らは、目尻に浮かび始めた皺や、一本だけ見つけた白髪など気にもせず、こうやって自分を求めてくれる。確かに十六、七の頃に比べれば、容貌は衰えたかもしれない。だが秋永や室女が陰でどんなに自分を嘲ろうとも、花に群がる虫の如くこの肌に集まる男は、まだ確かに存在するのだ。

高揚とも開き直りともつかぬ感情が、全身を貫く。綾児はこれ見よがしに、男の身体に白い脚を絡めた。

「あんた、さっきのあたしの託宣を、室女たちには内緒にしておくれ。そうしてくれたら残り二十文、今日だけは負けてやるからさ」

こすりつけられる硬さから逃げるように、腰を浮かせる。欲望にかすれた声で「なんだと」と呻(うめ)き、男が綾児を見下ろした。

「そんなこと、おやすいご用だ。もともと俺たちは水仕女と、ほとんど口を利かないからな。それで安くしてくれるのなら、いくらでも黙っててやるぞ」

急き込む口調に、綾児はにんまりと微笑(ほほえ)んだ。

室女はきっとこの男に何がしかの銭を握らせ、綾児を追い払うよう頼んだのだろう。しかし今、目の前の彼は、そんな室女への恩を忘れ、全身で自分を求めている。

自分は秋永を巡っては、室女に負けた。だがこの門番に関しては、確かにあの女に勝ったのだ。

そんなことより、と急き立ててくる目の前の男が、不思議なほど愛(いと)おしい。埃まみれのその頭を両手で抱え込み、綾児は飢えた赤子に乳を与えるに似た気分で、脚を大きく開いた。

腿を伝った滴りが褥(しとね)代わりの千早を濡(ぬ)らし、ほてり始めた綾児の尻をわずかに冷やした。

秦吉影(はたのよしかげ)と名乗った門番は、それから四、五日に一度の割合で、綾児の元に通ってくるようになった。

吉影は案外真面目な気性らしく、約束通り、市での一件を秋永たちに漏らさぬばかりか、あの託宣についても何も聞こうとしなかった。

「俺はもともと、小難しいことが苦手なんだ。だからおめえみたいに思ったままを口にする女は、気楽でいいや」

その言葉通り、吉影は綾児に対してもからっとしており、他の客について妙な嫉妬心を抱くこともない。酒と肴を手に訪れ、事が終わればすっきりした顔で帰ってゆくその単純さになじむにつれ、綾児は自分に寄りかかるばかりだった秋永のことを、次第に「女々しい奴め」と嘲るようになっていった。彼を取り戻そうと阿鳥の口車に乗ったことまでが、急に愚かしく思われてもきた。

その阿鳥は騒動の翌日、何事もなかったように綾児の家を覗き込み、泥まみれになっていた注連縄を、無言で軒先に掛け直していった。無論、綾児はすぐさまその注連縄を引きちぎり、再び土間に投げ捨てたが、阿鳥はその翌日も翌々日も顔を出しては、根気強く注連縄を巡らし続けた。

とはいえそれが十日、半月と続くうちに、さすがに腹立たしくなったのだろう。暑さがいよいよ募ってきたある日、阿鳥はずかずかと家に入ってくると、蹴倒された御幣を乱暴に立て直し、

「ああもう、気に入らないね。そりゃ、あんたを置いて逃げたのは悪かったよ。でもだからって、道真さまの神祭りまでよしにするのはやめておくれ」

と、声を荒らげて綾児を睨んだ。

前夜、珍しく三人も客が相次いだせいで、全身は綿のように疲れきっている。ふわあ、と大あくびを漏らしながら、綾児はわざとらしくそっぽを向いた。

「やだね。あんな猿芝居、もう二度とごめんだよ」

片手でぼりぼりと太腿をかきながら、部屋の隅に押しやられていた千早を拾い上げる。阿鳥に向かってそれを投げ付け、だいたい、と続けた。

「こんなところで客を取ってるあたしたちが、古い御霊を祀るってのが無理だったんだよ。あたしはやっぱり一人でやってくよ。あんたと組むのは、もう懲り懲りさ」

阿鳥のような醜女は、女として生きる道を早くに諦め、他の生業を求めねばならないのだろう。しかし、自分は違う。阿鳥の世迷言に耳を傾けている暇があれば、一人でも多くの男をくわえ込み、金を吸い上げねばならないのだ。

阿鳥は無言で、皺だらけの千早を広げた。光る練絹のそこここに、乾いた染みがこびりついているのに顔をしかめ、「呆れたね」と、冷たく呟いた。

「あんたが、たった一度のしくじりに怖気づく臆病者とは知らなかったよ。そんな頼りない女とは、あたしだってこれ以上組みたくないさ」

「なんだって。もう一回言ってみな」

思いがけぬ反論に、一瞬にして頭に血が上る。綾児はどすんと足を踏み鳴らして、その場に立ち上がった。

「ああ、幾らでも言ってやるさ。あたしはあんたを見込んだからこそ、手を組もうって誘ったんだ。それがどうだい。周りの野次に言い返しもせず尻尾を巻いたかと思うと、急に厚化粧で男の気ばかり惹くようになっちまってさ」

「それがあたしたちの稼業じゃないか。仕事に精を出して、何が悪いんだい」

一人の男にのめり込む愚は、もう犯すまい。どれだけ甘い言葉を交わしたとて、所詮男と女は、笑顔の裏で銭を奪い合う仲でしかないのだ。

いったんそう腹をくくれば、吉影もその他の客たちも、ただの金づるにしか見えなくなる。しかも綾児がそう開き直った途端、最近、足が遠のいていた古い客が顔を出すようになるのだから、まったく不思議なものだ。

男とはこちらが追えば逃げ、女が逃げると追いかけてくる気まぐれ者。ならば自分はせいぜいそんな彼らを振り回し、銭を搾り取るしかあるまい。

だが阿鳥は、胸を張った綾児を頭のてっぺんからつま先まで眺め回し、やれやれと溜め息をついた。

「あんたはつくづく馬鹿だねえ。いいかい、あんたがいくら精を出したって、女を商売に出来るのは、せいぜい四十まで。それから後、どうやって食っていくかを考えておかないと、あたしたちみたいな巫女の末路は、そこらへんの野犬の餌食だよ」

「そ、そりゃ、分かってるよ。だから今の間に稼いで、銭を溜めようと考えてるんじゃないか」

本当は小さな酒家(しゅか)でも開きたいが、よほどの上客を捕まえない限り、それは難しかろう。

声を張り上げた綾児に、阿鳥は「ふうん」と意味ありげな呟きを漏らした。骨太な腕を男のように組み、「一応、先のことは考えてるんだね」と、感心した様子で一つうなずいた。

「なら、話は早いよ。ねえ、綾児。だったら女が売れなくなった後の儲け口と思って、とりあえず道真さまのお祀りだけは続けておかないかい。いずれ必ず、それが銭になる日が来るだろうしさ」

「後の儲け口だって――」

眼をしばたたいた綾児に、「そうさ」と阿鳥は身体を乗り出した。

「あたしもあれから色々考えたんだ。道真さまのことを知らない市井の奴らにその祟りを吹聴したって、そりゃなかなか誰も信じてくれないだろう。仮に興味を持つ奴が出て来たって、昨日今日始めたような神祭りじゃ、信心も長続きしないだろうし」

つまり、と続ける阿鳥は、いつの間にか上り框の端に腰を下ろしている。それにつられて、綾児もまたその場に座りこんだ。

「一月や二月の神祭りで、ぱっと金を集めるんじゃなく、半年――いや、一年二年がかりで道真さまをお祀りし続けた方が、お社にも箔がついて、いい信者が現れると思うんだ。だいたい社や寺ってものは、古けりゃ古いほどご利益がありそうに見えるものだからさ」

先日のように市中で託宣を述べ、派手に信者を集めるのではなく、まずは毎日こつこつと道真を祀り続ける。京の者たちは、とかく噂好き。新しい社が出来たとの評判が京に立てば、そこに祀られている道真とは何者だとの取沙汰も、自然と持ち上がろう。おもむろに祭事を行ない、銭を集めるのはそれから後でも遅くはない。いやむしろ、その方が熱心な信者を集められるはずだと語る阿鳥の表情は、ひどく真面目なものであった。

「なんだい、阿鳥。要は、あんたはまだ続けるってことかい」

「まだとは何だよ。たった一度のしくじりで尻尾を巻くようじゃ、銭なんてどれだけ待ったって摑めないんだよ」

言いながら阿鳥は、細い眼をきっと宙に据えた。両の手を拳に変え、己を鼓舞するようにそれを高く振り上げた。

「あたしは正直、町の奴らがあそこまで道真さまのことを知らないとは意外だったよ。それならまず今は京に道真さまの噂を流し、あのお方を祀らなきゃならないと思い込ませるまでさ」

あわてて信者を集めようとしても、下準備が整うまでは無駄である。それだけに、今、綾児が巫女稼ぎを続けるのは、むしろ好都合。三十歳でも四十歳でも、女が売れる年まで頑張るだけ頑張り、道真の評判が京じゅうに広まるのを待って、大々的に神祭りをしよう、と阿鳥は熱心に説いた。

「評判が広まるのを待つって、そりゃいったいどれだけかかるんだい」

「さあ、あたしもあちこちで吹聴するつもりだけど、何せ他人頼みだからねえ。三年後になるか五年後になるか、それはまだ分からないさ」

一息に言うと、阿鳥は化粧っ気のない顔を突然、綾児にぐいと近付けた。冷たい掌で綾児の手を押さえ、だから、と言葉を続けた。

「あんたが先のことを考えて、仕事に精を出すと決めてくれたのはよかったよ。お互い、しばらくは商いに勤しみながら、道真さまを盛大に祀る日を待とうじゃないか。年老いて、今の生業が出来なくなったときに社が繁盛してくれれば、これ以上ありがたいことはないからね」

二人以外の誰かが道真を祀り始めたときには、全力でそれを阻止する。だがこの分では、本格的に道真を祀れるのは、あたしたちがともに婆さんになった頃かもね、と阿鳥はぽそりと付け加えた。

(婆さんだって――)

向かいの失せ物当ての老巫女の姿が、脳裏をよぎる。今はしなびた棗そっくりの顔をしているが、若い頃はこの界隈一の美女と評判だったと言われる彼女は、一昨年の冬、市で転んで以来、杖なしではどこにも出かけられぬ身となってしまった。

顔の皺を白粉で塗りつぶし、真っ赤な紅を唇に引いたあの巫女は、いま五十歳だったか六十歳だったか。自分もいつかあんな風になるとは、考えたくもない。だが哀しいかな、その日はいつか必ずやってくるのだ。

それにしても、これほどの手間をかけても道真を祀ろうとするとは、阿鳥はよほど己の先行きに不安を抱いているのか。まあ、鍋蓋に目鼻がついたような顔立ちを考えればそれも当然か、と綾児は胸の中で呟いた。

(しかたないねえ。しばらくの間、付き合ってやるか)

軒先と土間に注連縄や幣を飾るだけなら、さして面倒はない。一足先に三十の坂に向かう阿鳥への憐れみが、綾児の胸を心地よくくすぐった。

何年か先に道真の神祭りが銭になる日が来るなどとは到底信じられないが、今ここでそう反論しても、弁の立つ阿鳥に負けるのは目に見えている。一年、二年と日が経てば、阿鳥もこんな突拍子もない計画なぞ忘れるだろう。しかたがない。その日まで、ここは言う通りにしてやろう。

「言っておくけど、本当に飾るだけだよ。それ以上のことはしないからね」

「大丈夫さ。そうやって祀り続けているってことが、いつかなによりの信頼になるんだから。ただ、社を他に構え、盛大に祭祀を行なう日が来たら、そのときは道真さまの巫女として、しっかり働いておくれよ」

「ああ、もう。分かった。分かったってば。そのときは必ず手助けしてやるよ」

執拗な念押しにうんざりしていると、「おおい、綾児。いるか」と太い声がして、吉影が門口から顔をのぞかせた。

「家司さまから使いを頼まれ、いま市に行ってきたんだ。こないだ、新しい櫛が欲しいと言っていただろ。ついでに買ってきてやったぞ」

「まあ、本当かい。ありがとよ」

阿鳥を突き退けて吉影に走り寄るや、綾児は身体をくねらせて彼を見上げた。

「どうだ。いい品だろう。綾児にきっと似合うと思ったんで、店の爺がそんな値じゃ売れないとぬかすのを粘りに粘って、手に入れたんだぜ」

とはいうものの朱漆塗りの櫛は歯が不ぞろいな上、右端に三分ほどの欠けがある。きっと市外のあやしげな露店で、安物を掴まされたに違いない。これでは売り飛ばしたとて、ろくな値はつくまい。男の目のなさに内心舌打ちしながら、綾児はにっこりと笑って小首を傾げた。

「わあ、嬉しい。大事にしなきゃね」

わざとらしい嬌声に、阿鳥が顔をしかめている。

ふん、構うものか。道真の神祭りでひと稼ぎ出来ぬのであればなおさら、自分は今の稼業に精を出さねばならぬのだ。

胸の中で阿鳥を罵りながら、綾児は差し出された櫛を吉影の手ごと胸に抱き込んだ。粗削りな櫛の歯が、はだけた綾児の胸乳をちりりとひっかいた。

だが綾児の思惑とは裏腹に、阿鳥はいっこうに道真の祭祀を諦めなかった。

阿鳥が客に菅原道真の御霊の恐ろしさを語っているとの噂が界隈に流れ始めたのは、夏が過ぎ、季節が冬へと移り変わった頃。しかも阿鳥はどうやら、その話の最後に決まって、「うちの三軒隣に住んでいる綾児って巫女が、その道真さまを祀っているんだよ」と付け加えているらしい。

年が改まり、井戸端に植えられた桃の木が、二つ、三つ、と蕾をほころばせる頃には、阿鳥についた客のほとんどは、帰りに綾児の家を覗き込み、手入れの悪い注連縄や長さの揃わぬ幣をしげしげと眺めて行くようになった。

それで賽銭でも置いて行けば我慢も出来るが、残念ながらそんな殊勝な男は一人もいない。綾児の家に客がおろうが、閨事の最中であろうが、委細構わず見物に来る阿鳥の客に、綾児が声を荒らげることもしばしばだった。

「なあ、綾児。おめえなんだってまた、あんな不細工な女の言うことを聞くんだ」

「別に好きで聞いているわけじゃないんだけどねえ」

この日も綾児が吉影と臥所に入った途端、酔っ払いが「おおい、ここで何とかいう御霊を祀っているんだろう」と板戸をどんどんと叩き始めた。結局、半裸の吉影が出て行って強引に追い返したが、途中で邪魔が入ったせいだろう。吉影はいつになくしつこく綾児を求め、精を放たせるまで苦労した。

吉影にけだるく言い返しながら、綾児は枕元の水差しに手を伸ばした。口に含んだ生ぬるい水を口移しで男に飲ませ、胸元に滴った滴を指先で軽く払った。

「だったら訳の分からねえ神祭りなんか、やめたらどうだ。どうせおめえとあの女の二人しか、信じている奴はいねえんだろう」

「そうだねえ。考えておくよ」

綾児が何が何でも嫌だと言えば、阿鳥は別の仲間を探すだろう。それが分かっていながら、綾児が毎日、土間の隅に幣を立て、注連縄の埃を払うのは、そうしていれば道真を懸命に祀ろうとする阿鳥の姿を、身近に眺められるからだ。

阿鳥は相変わらず月に一、二度、迎えの手輿でどこかに出かけ、明け方に微かな香の匂いをまとって戻って来る。化粧っ気もなく、自分より格段に容姿が劣るにもかかわらず、常に品のいい釵子や櫛を挿し、小綺麗にしている阿鳥。だがそんな彼女から神祭りを続けてくれと頼まれている限り、綾児は己が阿鳥よりも優位に立っていると考えられる。

自分は阿鳥に利用されているわけではない。こちらが阿鳥を利用しているのだ。

とはいえややこしいことが不得手な吉影に、そんな女心を理解させるのは難しい。曖昧に言葉を濁し、綾児は脱ぎ捨てていた小袖を素肌に直にまとった。

この春、綾児はまた一つ、年を重ねた。幸い、ひと頃に比べれば客足は随分盛り返したが、毎夕、男たちがやってくる前に化粧を整え、髪をかき分けると、必ず一本か二本、根方の白い髪が目に入る。

向かいの老巫女は十日前の夕方、井戸端で突然倒れ、駆け付けた康明の手当の甲斐なく息を引き取った。哀しいとは思わない。むしろあのように醜く老いさらばえた女を見ずに済むようになったことに、綾児は少なからぬ安堵すら覚えていた。

さりながらいくら目を背けても、自分とていずれは老い、あの巫女のように死んで行く。一日、一日、確実に這い寄る老いの恐ろしさを思えば思うほど、年上で醜い阿鳥の存在が、かけがえのない心の慰めとなった。

「さてと、そろそろ帰るか。実は最近、うちの北の方さまのお加減が優れなくてな。ひょっとしたらしばらく来られんかもしれんが、気にするなよ」

吉影の主である大納言・藤原師輔は、従一位関白太政大臣・藤原忠平の次男。その北の方の身に何かあれば、確かに吉影も女を買いに来るどころではなくなるだろう。

「分かったよ。でも暇が出来たらきっと、顔を出しておくれよ」

「当たり前だろう。心配するな」

身形を整えた吉影を送るべく、綾児は素足のまま土間へと降りた。

春の闇はじっとりと湿気を孕み、襟元を撫でる風までが生ぬるい。まっ暗な向かい家から眼を逸らし、じゃあね、と綾児が吉影の指に己の指をからめたときである。

「綾児、綾児、大変だよ」

慌ただしい足音を立てて、阿鳥が小路の奥から駆けてきた。

「ああ、もう。いま、お客を送って出るところなんだ。邪魔をしないでおくれ」

だが阿鳥は、頬を膨らませた綾児にはお構いなしに、その袖をいきなり摑んだ。吉影のことなど眼中にないような、強引な振るまいであった。

「いまお客から聞いたんだけど、今朝、枇杷中納言さまが亡くなられたらしいよ。まだ三十八歳の働き盛りっていうから、これを道真さまの祟りだと吹聴すれば、きっとまた町の奴らがここに押しかけるはずさ。あんたもその心積もりをしておいておくれ」

「誰が亡くなろうが、あたしには関係ないよ。いいから、話は後にしておくれ」

「じゃあな、綾児。また来るからな」

声を尖らせた綾児の肩を軽く叩き、吉影が大股に小路を出て行く。その途端、阿鳥はこれで厄介者がいなくなったと言わんばかりの素早さで、もう一度綾児の袖を握りしめた。

「いいかい、綾児。これはまたとない好機だよ。枇杷中納言さまはお名前を藤原敦忠さまと仰（おつしゃ）られ、道真さまを左遷に追いやった左大臣さまの三男。つまりまた一人、道真さまの政敵の縁者が亡くなられたってわけなんだ。偶然だとしたって、あたしたちにはありがたい話じゃないか」

そうまくし立てる阿鳥の口調は、ひどく高ぶっている。

やれやれ。この様子では、少しは話を聞いてやらねば収まるまい。吉影から渡されたばかりの銭を袂（たもと）の中でもてあそびながら、

「その枇杷中納言さまとやらは、どうしてお亡くなりになったんだい」

と、綾児はお愛想程度に尋ねた。

「昨年の冬から、臥せってらしたみたいだね。ずっとお医者も詰めてらしたのだけど、見る見るうちにやせ細って、お亡くなりになられたらしいよ」

「ちょっと待ちな。そんな死に方じゃ、道真さまの祟りってことにはしづらいじゃないか」

冬の終わりから春は、死人が多い季節。三十八歳といえば壮年真っ盛りだが、長患いの果ての病死となれば、特に不審な点はない。

しかしそう指摘した途端、阿鳥はきっと眉を逆立てた。どんと足を踏み鳴らすや、

「祟りになるかならないかじゃない。あたしたちが祟りってことにするんだよ」と、押し殺した声で言った。

「いいかい、綾児。あんたは明日から、やって来た奴らに、ここ数日、土間の幣が夜毎にがたがたと動き、恐ろしくてならなかったと話すんだ。そして今朝方、いきなり幣がぴたりと動くのをやめたと思ったら、大きな音を立てて、縦に真っ二つに裂けた。そして後から、それがちょうど枇杷中納言さまが息絶えられた時刻だったと知れたって言うんだよ」

「ちょっと待っとくれ。あたしにまた芝居を打てって言うのかい。しばらくは神祭りだけしときゃいいんじゃなかったのかい」

思わず声を荒らげた綾児の口を、阿鳥があわてて塞いだ。

「しっ、声が高いよ。誰が聞いているか、分からないんだ。少しは用心をしな」

と叱りつけ、小狡げな顔で四囲を見回した。

「しかたないだろう。こんな千載一遇の好機、次はいつ巡ってくるか分からないんだから。いいかい、あたしはあたしで、中納言さまの死は道真さまの祟りだと吹聴して回るからね。そっちもしっかりやるんだよ」

早口でしゃべり散らして帰って行った阿鳥は本当に、可能な限りの伝手を使って、中納言の死が道真の祟りだと触れ回ったらしい。二、三日もせぬうちに、綾児の家には昼間から物見の客が押し寄せるようになった。

とはいえこれまでの阿鳥の客がそうであったように、彼らは祟りを為した御霊を信仰

するほどの熱心さまでは持ち合わせていないらしい。綾児が大急ぎで鉈（なた）で叩き割った幣を眺めては、

「あれが枇杷中納言さまが亡くなられた朝、いきなり大音声（だいおんじょう）とともに割れたのじゃそうな」

「中納言さまが寝つかれてからというもの、あの幣は夜毎、寒かろう、寒かろう、と呻き、時には亡き左大臣さまへの恨み言を漏らしたともいうぞ」

「なんと恐ろしい話じゃ。それにしてもかような御霊を祀って平然としているとは、あの巫女も見かけによらず胆（きも）の太い女子じゃのう」

などと、好き勝手なことばかり言って引き上げて行く。

要は彼らは御霊を拝みに来たというより、その痕跡を見物に来ただけ。念のためにと新しくした注連縄や、それとなく置いた賽銭受けに気付く者など誰もいない。

都の人々はとかく物見高く、秋に梅が咲いたと聞けば見にゆき、尾が二本ある犬が生まれたと聞けば足を運ぶ。

おおかた今、綾児の家に詰め掛けている人々も、半月も経てば噂に飽き、他に面白いものを求めるのに違いない。それにしてもこの人の多さに、馴染み客の足が遠のかねばよいが。

そんなことを案じていたある日、綾児が土間にひしめく人々をいつものように不機嫌

に眺めていると、しげしげと幣を見つめていた狩衣（かりぎぬ）姿の男が突然、「おい、ちょっと聞きたいのだが」と権高（けんだか）な声を綾児にかけた。

年の頃は四十半ば。指貫（さしぬき）を穿（は）き、品のいい老僕を従えた姿からして、どこぞの貴族がお忍びでやってきたといった風情であった。

「なんだい。あたしはたまたまご縁があって、その幣を立てていただけ。別にあたしが枇杷中納言さまとやらを、祈り殺したわけじゃないからね」

両目が離れ、どこかうらなりの瓜（うり）を思わせる男の顔を見上げ、綾児はぶっきらぼうに吐き捨てた。

ちらりと賽銭受けに目を走らせれば、彼のすぐ脇に置かれた土器（かわらけ）には、いまだ銭一枚置かれていない。

これで少しでも喜捨があれば、作り話の一つも語って聞かせてやるのだが、これではまともに物を言うのも馬鹿馬鹿しい。それが貧しい庶人であろうが、宮城のお偉方であろうが、綾児にとっては同じだ。

無論、公卿や帝といった人々が、この国を動かしているのは知っている。だが実際のところ綾児はこれまで、彼らからひと握りの米とて与えられたためしがなかった。

銭や米をもたらす客であれば、笑顔を振りまき、世辞の一つも言おう。しかしそうでなければ、腹の足しにもならぬ地位なぞ、自分には何の役にも立ちはしない。

（ふん、どこのお人だか知らないけど、供連れでわざわざ来るんなら、少しは銭を出したらどうなんだい。まったく、気が利かないね）

腹の中で毒づいていると、男は汚らしいものを見るような顔で、つくづくと綾児を眺め回した。何かを決意したように、うむ、と一つうなずくや、開いた蝙蝠扇（かわほりおうぎ）で鼻から下を覆い、こちらに身を乗り出した。

「その縁とは、いったいどういうものだ。よければわたしに語ってくれぬか」

春の陽は淡い朱色を帯び、門口に長い影を引いている。そろそろ、気の早い客がやってくる時刻にもかかわらず、土間ではまだ四、五人の人々が、裂けた幣を指して口々に何か言い合っている。

見れば見るほど二番生（な）りの瓜そっくりなその顔から目を背け、綾児はむき出しの腕をぼりぼりと掻いた。

「聞きたければ、それなりの志を出すんだね。あたしだって暇ってわけじゃないんだ」

「志だと」

あまりに意外だったのだろう。男はいささか離れすぎた双の眼を見張り、従僕と顔を見合わせた。

「そうさ。それが嫌なら、今夜、あたしの客になってくれるってのでも構わないよ。祈禱でも託宣でも、何でもやってやるからさ」

しまりがないほどに大きい口のせいで顔立ちはぱっとしないし、権高な物言いも気に食わない。だがそれでも男は男、貴族は貴族。もしうまく客にできれば、後々、何か役立つかもしれない。

伝え聞く限りでは、貴族の女は物静かで、閨でも嬌声一つ漏らさず、人形のように横たわったままという。さりながら、男とはとかく物好きなもの。そんな女とは一味も二味も違う賤女(しずのめ)の味わいを知れば、きっとその虜(とりこ)となるであろう。

この世に男はふた色しかいない。自分と寝る男か、寝ない男か。そして自分と寝る男が多ければ多いほど、こちらの懐は潤うのだ。

上目遣いに男を見やり、綾児はその袖をそっと引いた。

「あんただって一つや二つ、願い事ぐらいあるんだろう。言ってみなよ。菅原道真さまはきっと、叶えてくださるからさ」

なに、と男が息を呑んだ。軟弱な外見に似合わぬ強引さで綾児の肩を摑むや、

「おぬし、いったい何者だ。お祖父(じい)さまを祀るばかりか、その御霊(みたま)を好き勝手にしているとは、どういうわけだッ」

と押し殺した呻きを漏らした。

「お祖父さまだって」

綾児がぎょっと問い返した途端、男は我に返った様子で綾児を突き放した。逃げるよ

うに一歩退き、足元の盥を蹴飛ばしてたたらを踏む。

「じゃあ――じゃあ、あんたはもしかして」

そこまで呟いて、綾児は言葉を失った。こちらのやりとりには気付かぬ様子の見物の者たちのやりとりが、ひどく遠く聞こえる。背中に冷たいものが走り、我知らず眼差しが左右に泳いだ。

阿鳥はこれまで、道真に子孫がいるとは一言も口にしなかった。ゆえに綾児はそんなことをまったく考えなかったが、当代一流の学者だった道真とて、当然、子供の一人や二人はいたであろう。

ましてや帝が道真の左遷を悔い、その魂魄に正二位を贈ったとすれば、同時に子孫もまた、朝堂で相当の地位を与えられたはず。

貴族など有り難いとは思っていないし、何の恩を受けたこともない。しかし彼らの側はどうだろう。賤しい市井の巫女が父祖を勝手に祀ることに、腹を立ててはおるまいか。

(あ、阿鳥めッ)

畜生。あの女狐は、自分になんという人物を祀らせたのだ。胸の中で阿鳥に毒づきながら、綾児は手負いの獣が逃げ道を求めるように、板の間をじりじり後ずさった。

先ほどは柔弱と映った男の姿が、急に大きく見えてくる。

綾児は小さく身体を震わせ、目の前に立ちはだかる男を見上げた。男が衣に焚きしめているのだろう。こんな陋屋(ろうおく)に不釣り合いな香の匂いが、不意に強く鼻先に漂ってきた。

# 第二章　志多羅神（しだらがみ）

菅原文時（すがわらのふみとき）の母が息子の乳母（めのと）に暇を出したのは、文時が十六歳の春であった。父・高視（たかみ）の喪が明ければ元服をと、周囲からうながされていた最中でもあり、もはや乳母の乳房が恋しい年ではない。しかし幼い頃から共に育ち、初めての閨事の相手にもなった乳母子の伊予（いよ）までが、乳母ともども屋敷を追い出されたと知った時には、平生（へいぜい）おとなしい文時もさすがに母親を恨みもしたものだ。

（とはいえ、こうして大人になってみれば、母上のお気持ちも分からぬではないが）

文時の乳母は器量こそ十人並みだったが、肌がなめらかで美しく、特に乳房の豊かさ柔らかさは幼い文時を陶然とさせるほどであった。それゆえ彼女が湯浴みをする折は、いくら襟をかき合わせても隠しきれぬ豊満な胸乳に惹かれ、透き見をたくらむ家令（かれい）や従僕が庭木の陰に群れを成しもした。

従僕ばかりか、父の高視までが乳母の乳に心奪われ、しばしば物陰でその胸に手を差し入れていたことに、母はきっと気付いていたのだろう。そうでなければ、亡夫の形見分けも済まぬうちに、嫡子の乳母を叩き出すわけがない。

(あの頃の父君は、亡きお祖父さまの汚名を雪(そそ)がんと、昼も夜もなく、懸命に働いておられた。乳母のあまりの肌の美しさに、ついふらふらと手を出されたのもまた、止むを得んのやもしれん)

だがそのせいで、あれほど仲の良かった伊予とひき離されたと思えば、母の妬心(としん)と亡き父の迂闊(うかつ)さがやはり恨めしくなってくる。

文時は今年、四十五歳。だとすれば伊予もまた、同じ年になっている理屈だ。どこぞに嫁いで子どもの一人でも産み、老いた乳母ともども、穏やかに暮らしてくれていればいいのだが。

「顧みればわたしは幼い頃から、周囲に振り回され通しだったなあ」

誰にともなく呟き、文時はここのところめっきり小さくなった髷(まげ)の根を元結(もとゆい)できりりと締め上げた。老僕の浜主(はまぬし)に用意させた狩衣指貫で身ごしらえをしながら、自分の言葉に「うむ、そうだ。その通りだ」と小さくうなずいた。

なにせ一族の中でもっとも出世した祖父・道真(みちざね)は、文時が三歳の春、大宰府に左降。

おかげで父の高視までが連座して土佐に左遷され、文時は幼くして親と生き別れることとなった。

幸い高視は数年で罪を許され帰京したが、その後の懸命な働きぶりが災いしたのか、文時の元服を待たず、三十八歳で逝去した。しかたなく文時は叔父たちの後ろ盾を得て大学寮に入り、文章生の優秀者たる得業生に選出された。ただそこまではよかったのだが、あまりの能筆に目を付けられ、約十年の勉学の果てに四十三歳で及第するや、半ば無理やり正七位少内記に任ぜられてしまった。

詔勅や宣命の起草を担当する内記は、古より大学寮出身者が多く任ぜられる職掌。さりながら蔵人や外記による詔勅作成が増えている昨今、内記の仕事は著しく減り、もはや閑職と言っても過言ではない。

四十を過ぎてこんな部署に留まっているようでは、今後の出世は望みがたい。これなら大学寮での勉学は適当に済ませ、適当な国の受領にでもなった方がよっぽどよかった。五歳上の従兄・菅原在躬は、任官と同時に式部省の大丞に任ぜられ、現在は右少弁として太政官の末席に連なっている。

肉づきのいい丸顔に、小さな口。満月そっくりの在躬の顔を思い出し、文時は強く下唇を噛んだ。

ともに贈正二位右大臣菅原道真の血を引くとはいえ、文時の父の高視は嫡子、在躬の父の淳茂は妾腹の五男。だが高視が早くに亡くなったために、本来なら自分が任されるはずだった菅原氏の私塾・山陰亭（菅家廊下）の経営は、庶子の淳茂を経て、現在、在躬の手に委ねられている。

紀伝道を家業とする菅原氏において、山陰亭を預かることはすなわち、家の血脈を継ぐことと同義。なんとかそれを在躬の手から取り戻さねばと焦りはするが、出世の遅い文時にはその手立てがない。

そんな文時の焦燥を他所に、万事そつのない在躬はほうぼうの顕官に縁故を作り、間もなく文章博士に任ぜられるとの取沙汰もしきり。彼の教えを受けて官吏となった者たちの評判もよく、在躬を褒めそやす声は高まる一方である。

「天皇や東宮の侍読を兼ねる文章博士は、そなたの高祖父の清公さま以来、代々、菅家の氏長者が継がれた職務。それを淳茂どのばかりか在躬どのにまで奪われては、亡き父君やお祖父さまに顔向け出来ませぬぞ」

老いた母はことあるごとにそう文時を叱咤するが、在躬を真似、辞を低くして買官を働くには、文時はあまりに世渡りが下手過ぎた。

これで美しい娘でもいれば、それをどこぞの高官か親王の妻に奉る手立てもあろう。だが残念なことに文時の妻は、男腹。しかも四人の息子たちは顔貌はもちろん気性までもが父親似で、およそ彼らに期待をかけることは難しい。

（まったく、わたしはなぜこうも運が悪いのだろう）

祖父・道真が大宰府で没して、今年でちょうど四十年。かつて清涼殿に雷が落ちた際には、これは道真の祟りによるものとの噂が飛び交い、自分たちにも心ばかりの贈位が行なわれもした。さりながらそれからすでに十三年もの歳月が経った今、道真の孫という血筋以外に取り柄のないこの身は、いったいどうすればいいのか。

（いいや、泣き言を言っている暇はない。立身出世の糸口を摑むため、これから手を打とうとしているところではないか）

よし、と自分を鼓舞して広縁に出れば、庭先には浜主がうずくまっている。主の見慣れぬ狩衣姿に眼をしばたたいたその背を蝙蝠扇で小突き、

「さあ、支度は出来たぞ。早う、その綾児とやらのところに案内いたせ」

と、文時は精一杯威厳を繕って命じた。

「あ、あの、文時さま。本当に、ご自身で出向かれるのでございますか。こう申しては何ですが、相手はどこの馬の骨とも知れぬ、市井の巫女でございますよ」

今年六十歳になった老僕の声には、なにを物好きなと言いたげな響きがある。それには気付かぬふりで、「おお、そうじゃ」と文時は大きくうなずいた。

「なにせその巫女は、先だっての藤原敦忠さまの死を、お祖父さまの祟りと吹聴しているのだろう。なぜかような真似を致すのか、道真公の嫡孫として、何としてでも問い

たださねばならぬ。さあさあ、早く案内いたせ」

（もしかしたらその巫女は、わたしを救う神となるやもしれぬのだからな――）

右京七条二坊の巫女が菅原道真を祀っているとの話を文時が浜主から聞いたのは、五日前。その時は綾児なる市井の巫覡の不遜さに驚き、ひどく腹を立てもしたものだ。

しかしよく考えてみれば、位人臣を極めた人物でも、死んで十年もすれば忘れられ、その威光は過去のものとなる。そんな中でこれまで御霊として祀られた早良親王や伊予親王、藤原広嗣や橘逸勢たちは、もはや百年以上前の人物にもかかわらず、いまだ神として人々の崇敬を受けているではないか。

（もし――もしお祖父さまを御霊の列に加え、朝廷より奉幣を受けることができたなら、菅原道真公の名は永遠に人々の記憶に残るのではあるまいか）

いや、それで恩恵を被るのは道真だけではない。もしかような神祭りに成功すれば、文時は祖父の名を高めた人物として、一族から長く尊敬を受けよう。そうすれば宮城の人々の目も自ずと変わり、在躬に委ねられたままの山陰亭の経営もまた、この手に転がり込むのではないか。

そのためにはまず、綾児とやらが行なっている神祭りを、この目で確かめねばならない。しかしいざ勇んで屋敷を飛び出したものの、市場の喧騒が響く町辻には傾きかけた掘立小屋ばかり並び、およそ社らしき建物はない。

「文時さま、どうやらあの家のようでございます」

辺りに漂う悪臭に顔をしかめながら、浜主が指す方角を振り返ると、菅蓆（すがむしろ）を戸口にかけたあばら屋の軒先に、これだけは真新しい注連縄が巡らされている。

噂を聞きつけた見物人だろう。祟りがどうした、幣がどうしたと声高にしゃべり散らす人々をかき分けて中に入れば、蓆が敷き詰められた土間の片隅に幣が立てられ、その傍らの板の間に、化粧の濃い女が仏頂面で座り込んでいた。

この女が綾児とやらか。だが整った目鼻立ちの割に、剝き出しの腕をぼりぼりと掻く品の悪さは、およそまともな育ちをしてきた女とは思い難い。

（このような――このような女子（おなご）がお祖父さまを祀るとは）

道真は漢和の書籍に通じ、国史の編纂にもしばしば関わった優れた文人であった。またその一方で、彼は政にも確固たる理念を持っており、昨今の公田（こうでん）減少や地方の富農の拡大にどう対処すべきか、画期的な方策を次々打ち出しもしていた。

彼が大宰府に左遷されたのは、そんな能吏ぶりを藤原氏に疎まれればこそ。さりながら綾児は、自分が祀っている人物がどれほど高潔な男であったか、これっぽっちも知らぬに違いない。

それが証拠に、こみ上げてくる苛立ちを押し殺してあれこれ問いかけても、綾児は碌（ろく）な答えを返さない。

もし自分が菅原家の家名を継いでいれば、こんな女子に祖父を勝手にさせなかった。かっと熱いものが腹の底を焼き、文時はぎりぎりと奥歯を食いしばった。

その怒りは、目の前の綾児だけに向けられたものではない。世渡りのうまい在躬や、一向に我が手に戻らぬ山陰亭、毎日くどくどと繰り言ばかり漏らす母や、出来の悪い息子たち。まるで世の中すべてが、自分にそっぽを向いているような気分に苛まれ、文時は爪が掌に食い込むほど強く、両の拳を握りしめた。

(しかも下賤の身の癖に、この口振りときたらどうだ。このような女子までが、わたしを侮るのか)

そんなことがあってなるものか。自分は元右大臣菅原道真の、たった一人の嫡孫。無実の罪を着せられ、むなしく謫所に没した祖父の汚名を雪ぐためにも、自分こそが紀伝道の家たる菅原家を牽引せねばならぬ。

ねえ、という呼びかけに我に返れば、綾児が小さな手で文時の袖を引いている。その爪紅の朱が血の色にそっくりだと思った瞬間、文時はその腕を力一杯振り払い、彼女の肩を摑んでいた。そうでもしなければ自分でも抑えきれぬ衝動に駆られ、女の細首に手をかけてしまいそうであった。

「おぬし、いったい何者だ。お祖父さまを祀るばかりか、その御霊を好き勝手にしているとは、どういうわけだッ」

その言葉に、目の前の男が何者かようやく気付いたのだろう。綾児の顔色が、他所目にもはっきりと変わった。板の間を尻で後ずさりながら、「あ――あたしは何にも知らないよ」と呻くような声を上げた。

「あたしはただ、道真さまを祀ってくれって、阿鳥から頼まれただけなんだから」

「阿鳥だと」

「そうさ。阿鳥さ。あいつがあたしに、道真さまの神祭りをさせているんだ」

「その女に会うことはできるのか」

思わず文時が畳みかけた時、土間ではやし立てるような口笛が鳴った。

「おおい、そこのお方。まだ陽が高いってのに、がっつかねえほうがいいですぜ」

振り返ればいつしか土間の野次馬たちは減り、文時と似た年頃の男が二人、薄笑いを浮かべてこちらを眺めている。そのうちの一人が、綾児の顔が恐怖にひきつっていることには気付かぬまま、「だって、よくご覧なさいな」と下卑た声を上げた。

「上っ面の化粧にだまされちゃあいけません。その女、ちょっと見は若そうですが、案外、年を食ってますぜ。せっかくこんな場末まで、女を買いに来られたんだ。どうせだったら、もう少し若くて肌も綺麗な女子を選んじゃいかがですかね」

文時を従者連れで女を買いに来た貴族と、勘違いしたらしい。下品この上ない親切があまりに馬鹿馬鹿しく、文時は無言で彼らから顔を背けた。

朝堂の役人の中には、貴族の女にない味わいがあると言って、場末の遊び女を好んで買う者もいるだけに、男たちの思い違いもある意味しかたがない。

だが文時はそもそも、化粧の濃い女子が好きではない。顔はおろか、胸元にまでこれほど白粉を塗りたくっては、せっかくの乳の匂いも分からぬではないか。

「ここから二筋南の辻には、こいつより若くて綺麗な女が何人もおりますぜ。こないだここの向かいに越してきた娘っ子も、なかなか客あしらいがうまいと評判でさあ。悪いことは言わねえ。他の女になさいませな」

男たちが親切ごかしにそう勧めたとき、「なんだって」というくぐもった声が響いた。次の瞬間、綾児がいきなり文時を突き飛ばして、その場に跳ね立った。真っ白な脛もあらわに土間に飛び降り、歯を剝き出して男たちに食ってかかった。

「あんたたち、今なんて言ったんだい。そりゃあたしはこの界隈じゃあ、少し年を食ってるよ。けどあたしより綺麗な女がいるってのは、ちょっと言いすぎじゃないかい」

「おいおい、綾児。思い上がりもたいがいにしろよ。そりゃおめえは昔は確かに、この辺りじゃちょっと見ない美形だったけどよ。どんなにお綺麗な観音さまだって、寄る年波には勝てねえんだぜ」

そう嘲笑しながら、男たちは「なあ」とお互い顔を見合わせた。

「だいたいあっちの辻に行きゃあ、まだ閨に慣れきってねえ十六、七の娘っ子が、恥ずかしそうに俺たちの袖を引くんだぜ。おめえみてえに乳やほとを剥き出しにして客を呼ぶあばずれなんぞ、比べものにならねえや」

「うるさいッ。そんなに若い女がよけりゃあ、自分の娘にでもくわえさせやがれッ」

そう金切り声を上げるなり、綾児はいきなり、上り框に置かれていた欠け碗を男たちに投げつけた。裾を乱して土間の隅に走り寄り、積み上げられていた桶や笊、更には由ありげに飾られていた幣まで引っこ抜き、手当たり次第、彼らにぶつけ始めた。

「あ痛たた。おめえ、なにをしやがるッ」

「珍しくまともな巫女稼業を始めたと聞いて来てやったのに、いったいどういう了見だ。まったく、これだからてめえはいい客がつかねえんだ。ちっとは阿鳥を見習ったらどうだ」

「うるさいッ。文句は銭を出してから言いなッ」

怒鳴り散らしながら、綾児は二人の男を強引に外へと叩き出した。

文筆を業とする菅原家では、男でも声を荒らげたり、他人に暴力を働く者はまずいない。それだけに思いがけぬ女の荒事に、文時はぽかんと口を開けた。

しかし、「二度と来るんじゃないよッ。この腐れ摩羅がッ」と怒鳴りながら、表戸を力一杯閉ざした綾児の足元に、真っ二つに割れた幣が落ちているのに目を止めると、

(いやいや、驚いている場合ではない。わたしはこの者に話があって来たのではない

か)

と、慌てて居ずまいを正し、精一杯威厳を繕って、綾児の背を睨みつけた。

綾児の側もまた、男たちを叩き出した途端、残った人物が何者か思い出したのだろう。節だらけの板戸に背中を預けるや、先ほどまでとは打って変わって顔を強ばらせ、ずるずるとその場に座りこんだ。

文時とて男。女心の移ろいやすさは、それなりに承知している。さりながら目の前の綾児の感情の変移は、その理解を遥かに超える目まぐるしさであった。

(まるで獣だな)

それとも下賤の女子とは皆、こんなものなのか。だとすれば自分はやはり遊び女なぞ買うまいと思いながら、文時はえへんと軽く咳払いをした。そうでもせねばこの旋風のような女子に、調子を狂わされそうであった。

「その……おぬしがこの家の主か。わたしは正七位少内記、菅原文時と申す。おぬしが祀っておる贈正二位右大臣、菅原道真公の嫡孫じゃ」

文時の言葉に、綾児はまっすぐに唇を結び、こくりと一つうなずいた。しおらしげなその姿は、暴れ犬が更に強い犬に噛みつかれ、突然尻尾を巻いた様子に似ている。そう気付いた途端、こみ上げてきた苦笑を噛みつぶし、文時はなるべく重々しい口調で言葉を続けた。

「聞けばおぬしは、わが祖父を御霊として崇めておるとか。如何なる理由があって、かような真似をしておるのだ」

「さっきも言ったじゃないか。阿鳥に頼まれて、しかたなくやっているだけさ」

「確かにそれは先ほども聞いた。しかしその阿鳥とは、いったい何者だ」

「三軒隣に住む、年増の巫女だよ。醜女の癖に、銭儲けに目がなくってさ。道真さまとやらを祀ってひと稼ぎしようって、あたしに持ちかけてきたんだ」

少し落ち着いて来たのか、綾児はそう吐き捨てながら、眼の端で文時の様子をうかがった。

眉根を強く寄せた文時にふと首をすくめ、乱れたままの衣の裾を大急ぎで引っ張った。

「つまりおぬしは、ただの傀儡ということか」

だんだん話が見えてきた。

少々年を食ってはいるものの、綾児は場末には稀な美形。阿鳥なる女は、道真を祀り上げて銭を得るに際し、そんな綾児を客寄せに使おうとしたのだろう。

賢しらな相棒は、時に金儲けの邪魔になるものだ。その点から言えば、野生の獣の如く荒々しく、それでいて美しい綾児は、仲間に引き入れるには最適に違いない。

「そう、そうだよ。案外、話が分かるじゃないか、あんた。だからさ、検非違使を呼ぶんだったら、あたしじゃなくって阿鳥が首謀者だって言っとくれよ。無理やりこんな神祭りを手伝わされて、こっちだって迷惑してるんだ」

先ほどの狼狽ぶりから察するに、綾児は検非違使による民間の巫覡の取り締まりをひどく恐れているらしい。そして綾児と阿鳥という二人の女は、互いが信頼しあって、祭祀を行なっているわけではなさそうだ。

文時は胸の中で、ふうむ、と呟いた。

現在、御霊として祀られる早良親王や伊予親王たちも、没後すぐ神になったわけではない。疫病や旱魃が頻発した際、それを彼らの祟りと考える人々によって祭祀が始まり、遂に神格化されただけ。いわば世の中の災害や権勢者の突然の死は、誰かを神に祀り上げるには絶好の機会なのだ。

それだけに文時は綾児の様子次第では、こちらの事情を打ち明けて銭を与え、現在の祭祀を更に人目につくよううながすつもりであった。そうしておけば、次に大きな災害が起きた時、道真を神として祀る気運は更に高められる。国家から御霊として認められやすくもなろうと踏んでいたからだ。

だが、実際はどうだ。阿鳥なる女はいざ知らず、この綾児という年増はおよそ、そんな腹芸が出来るようには見受けられぬ。しかも先ほどからの綾児や男たちの言葉から察するに、綾児は祈禱と称して色を売り、怪しげな託宣を行なう色巫女。こんな不埒な女子に神祭りを任せていては、偉大なる祖父の名にどんな傷がつくか知れたものではない。

（ならばこの女子どもに道真さまを祀ることを諦めさせ、わたしが雇った他の巫女に、同じ祭祀をさせるか――）

いいや、それも駄目だ。浜主が綾児の噂を聞きつけたように、菅原道真なる人物を祀る巫女の風評は、すでに少しずつ京に広まり始めている。そんな最中、神祭りを他の巫女に任せれば、いったいどちらが本物かと戸惑った人々が綾児の元に押しかけ、あれこれ話を聞きほじろう。そうなればこの女子はきっと、べらべらと余計なことまで口走るに違いない。

文時は腕組みをして、大きな穴が開いた天井を睨みつけた。

綾児たちにこのまま祭祀を任せても、彼女たちからすぐさま祭祀を取り上げても、どのみち自分の企みには傷がつく。ならば選ぶ手立てはただ一つ。文時がこの女たちを使い、道真を公に認められる神に仕立て上げることだ。

（されど、なあ――）

文時は人を使うのが上手くない。ましてやこんな奔馬（ほんば）の如き女が相手となれば、なおさらだ。

とはいえ、今ここで綾児たちを野放しにしては、いずれ在躬が自分と同じことを思いつくかもしれない。

ええい、ままよ、と腹をくくり、文時は細い眼をぐいと見開いた。板戸の前に座りこんだままの綾児を手招き、わずかに声をひそめた。

「綾児とやら、実は一つ相談がある。おぬしたちが行なっている道真公の神祭りに、わたしも力添えさせてはくれぬか」

「力添えだって」

あまりに思いがけなかったのだろう。綾児は形のいい目を見開いて問い返してきた。

「そうだ。こう申しては何だが、おぬしたちだけで祭事を行なっておっては、京の庶人はともかく、官吏や貴族たちの耳に届きはせぬ。どうせ祀るのであれば、わたしと手を組み、もっと盛大な祭祀にしようではないか」

「盛大って、たとえば賀茂祭（かものまつり）みたいにかい」

賀茂神社の祭礼である賀茂祭は、帝から勅使が遣わされ、国を挙げて執行される京一番の祭りである。盛大な祭祀と言われて、もっとも有名な祭礼を挙げる愚かさに内心苦笑しながら、

「うむ、そうだ。いずれはそれにも劣らぬ祭りを行なおうぞ」

と、文時は大げさに幾度もうなずいた。

綾児は何事か考え込むように己の膝先に目を落とした。だがすぐにきっと眦（まなじり）を決すると、「もしそんなに盛大な祭り事になったら、あたしたちはもっと賽銭をはずんでもらえるのかい」と、強い口調で尋ねてきた。

「賽銭だと」

あまりに思いがけない問いに、文時は一瞬、言葉を失った。

こみ上げる溜め息をかろうじて呑み込み、「ああ、もちろんだ」とうなずいた。

祖父を銭儲けの手段としか思わぬ綾児は腹立たしいが、その目的があくまで金となれば、話は早い。しばらくは綾児たちを使って人を集め、祭祀がある程度の規模になったら、彼女たちには銭を与え、手を引かせよう。

道真公の祟りに目をつけ、神祭りを始めた頭のよさは褒めてやる。だが綾児や阿鳥は所詮、下賤の色巫女。いつまでもこんな女をうろつかせては、祖父とその御霊のためにならまい。

「祭祀がうまく行けば、そんなものはほしいままになろう。まあそのためにはしばらくの間、わたしの言うことを聞いてもらわねばならぬがな。ところで綾児、おぬしの相棒の阿鳥とやらは、今いかがしておるのだ」

「普段なら、この時刻は家にいるよ。ぼちぼち、客を迎える支度もしなきゃならないしね」

見てくればかりで中身のない綾児は、どうでもいい。将来、彼女たちを叩き出す際、妙な言いがかりをつけられぬためにも、まずは阿鳥とやらの信頼を取りつけねばなるまいと、文時は目論み始めていた。

「そうか。ではすまぬが綾児、阿鳥をわたしに引き合わせてくれぬか。これからのことも申し合わせておかねばならぬからな」

分かった、とうなずいて外に飛び出した綾児を見送ると、文時は頬に貼りつけていた作り笑いを消して家内を見回した。

改めて眺めれば、狭い板間にはけばけばしい衣や塗りの剝げた装身具が散乱し、ほとんど足の踏み場がない。壁際に片寄せられた夜着の間から、染みだらけの麻布がのぞいているのに顔をしかめ、文時はううむと腕を組んだ。

学問に明け暮れ、女は妻と乳母子の伊予しか知らぬ文時でも、あの麻布が閨の始末に使う陸奥紙(みちのくがみ)の代わりであることぐらい、なんとなく想像がつく。そんなものをあけすけに出しっぱなしにしておく綾児の奔放さに、軽い眩暈(めまい)がした。

しかしながらしばらくは、あの綾児を道真公の巫女として使わねばならぬ。はてさてこれは、猿に芸を仕込むようなものだと頭を抱えていると、どたばたという盛大な足音とともに、門口に影が差した。

「おおい、あんた。連れて来たよ」

およそ知性の欠片(かけら)も感じられぬ物言いに顔を上げれば、小柄な女が綾児に腕を引かれて立っている。腫れぼったい瞼に大きな唇、妙に四角い肩。先ほどの綾児の言葉は女同士の僻目(ひがめ)と思ったが、確かにこれは立派な醜女だ。

「あんた、道真さまの祭祀に、力添えをしたいんだって？」

しゃがれ声で尋ねる阿鳥の顔には、あからさまな不審がにじんでいる。綾児の手を振りほどき、じろじろとこちらをうかがう目付きの鋭さに、文時は内心、こんな女が巫女としてやっていけるのかと疑った。

（やれやれ、綾児が猿ならこちらは牛か）

さりながらよく眺めれば、阿鳥は小柄な割に肉づきがよく、小袖の胸元は瓜でも入れたかと思うほど豊満である。

綾児とは比べものにならぬほど丁寧に襟を揃え、裾を整えたその居住まいに、文時はふと、衣に隠れた肉体を想像した。先ほど、阿鳥の不器量に納得したことすら忘れ、思わずごくりと喉を鳴らした。

男が女を選ぶ拠り（よ）どころは、容貌や身形ではない。その女子がどれだけのものを自分に与えるか、自分がその女子をどのように貪る（むさぼ）ことができるかだ。

それだけに頭のいい女は、白い脛や胸乳をあえて隠し、貪欲な男の性（さが）をかきたてようとする。なるほどこれは、道真の祭祀を思いつくだけのことはある。

綾児と違い、こちらは一筋縄では行かぬかもなと考えながら、

「わたしは正七位少内記、菅原文時と申す。おぬしが祀っておる贈正二位右大臣、菅原道真公の嫡孫だ」

と、文時は先ほど綾児に告げたのと同じ名乗りを繰り返した。

その途端、阿鳥の刺すような眼差しが、突然緩んだ。あるかなしかの笑みが、薄い唇にじんわり浮かぶ。それはまるで、抑えても抑えきれぬ嬉しさが、我知らず面上ににじんだかのような笑みであった。

（もしや――）

平然とした顔を繕いつつも、文時は胸の中で息を呑んだ。

この女子は最初から、いずれ誰かが訪ねてくることを承知の上で、綾児を巫女に仕立てたのではあるまいか。

道真の名は餌、美しい綾児は釣り針。そしてそこにかかるのは、別に文時でなくとも、在躬でも他の菅原氏の者でも――更に言えば、他家の貴族でもよかったのに違いない。

巧妙に策を巡らし、人が引っ掛かるのを待つ周到さは、目の前の醜女に似つかわしい。

そして自分はまんまとその誘いに乗り、この雌猿と雌牛と手を組むことを決めた。ならば阿鳥の目的が何であるにしろ、今はそれすら併せ呑んで、突き進むしかないのだ。

阿鳥は薄い笑みを唇に刻んだまま、静かに土間を見回した。先ほど綾児が男たちに投げ付けた泥まみれの幣を拾い上げると、衣が汚れるのも厭わずそれを胸元に抱き込んだ。

そして文時に向かって、静かに頭を下げた。

「ちょっと阿鳥、なにもっともらしいことやってるんだい」

綾児が甲高い声を上げながら、そんな阿鳥の肩を叩く。頭の悪い綾児には、いま阿鳥が嚙みしめている満足なぞ、これっぽっちも想像できぬのだろう。

夕刻を迎え、剝がれかけた白粉が、綾児の唇の端で斑（まだら）にわだかまっている。その斑が綾児がしゃべるのに合わせて大きくなってゆく様を、文時はわずかな憐れみとともに見つめ続けていた。

とはいえ二人の巫女と手を組んでも、では次に何をするかという策は、文時にはまだない。

今後、どんな人物が道真の祭祀について知りたいと言ってきても、言を左右にして追い返せと言い含めて引き上げると、文時はさっそく翌日、十貫の銭を綾児の家に届けさせた。

良質の絹一反が一貫で買えるこのご時世、十貫もの大枚を与えるのは懐に痛い。しかし綾児はともかくあの阿鳥は、実に油断のならない女子。ここで銭を惜しんだならば、他にもっといい儲け口を見つけ、さっさとそちらに寝返るやもしれぬ。

ここはまず大枚の銭をちらつかせ、文時に従えば得をすると思い込ませねば。そのための餌だと思えば、これしき安いものではないか。

（さて問題はいつどうやって、道真公のご威徳を世間に触れ回るかだが——）

を受けるためには、まだまだ足りぬ。

思えば平将門・藤原純友が諸国で挙兵した四、五年前は、京の人々はみな激しく動揺し、神社仏閣への参詣が流行した。もしあの折に乗じられたなら、今頃道真は立派な御霊として、御霊社に祀られていたかもしれない。そう思うと不謹慎とは知りつつも、文時は今、どこかで兵乱や飢饉が起こってくれればと考えずにはいられなかった。

だが皮肉なもので、文時が願えば願うほど世は治まり、六月には早くも民部省より、今年の豊作を請け合う奏上が、天皇の元にもたらされた。

数年ぶりの吉報に喜んだ帝は、七月に入るや、宜陽殿で詩宴を開催。文時や在躬を含めた官人を召し集め、こぞって詩を賦するよう命じた。

しかしながら文時は文章を書く際は、ゆっくり時間をかけて、構成を練る質である。人前で詩作を命じられ、すぐさま名句が浮かぶほど器用ではない。

「おお、さすがは右少弁どのじゃ。即座にかほどの御作が浮かぶとは、まったくおそれいりますなあ」

上座で弾けた歓声に目を上げれば、丸い顔を酒にほてらせた在躬が、官人たちから褒めそやされている。

ちらりとこちらに向けられた従兄の眼差しに嘲りの色が含まれている気がして、文時は筆を握る手に力を込めた。

いくら官位は低くとも、自分こそが菅原道真の唯一の嫡孫。その気になれば、在躬などには及びもつかぬ名詩が作れるはずと己に言い聞かせても、焦れば焦るほど頭の中は混乱し、筆先までもがぶるぶると震えてくる。

「北の飛鳥は鵲の橋を築き、南の斗星は天廟に笑むとは、いやはや、これはまさに名句じゃ。主上もさぞお喜びになられるに違いないわ」

大げさにもてはやす声は、昨年、中納言に任ぜられた藤原元方だ。在躬の姉を娶っている彼は、才弾けた義理の弟に目をかけており、在躬の順調な栄達も元方の引き立てによるものと噂されている。

「過分なお褒めにあずかり、おそれいります。ですが我が菅原家は古来、詩賦の家。即座に二、三編の詩を詠むなぞ、造作もないことでございます」

「おお、確かに右少弁の申す通りじゃ。それにしても、かような御仁より教えを受けられる門人どもは幸せじゃのう」

耳障りな高笑いに、文時は目の前が暗くなるほどの怒りを覚えた。さりながらよもや当帝の若かりし頃、東宮学士を務めた元方に嚙みつくわけにもいかない。

かくなる上は詩賦で在躬に勝つしかないと思っても、頭は怒りと恥辱に火照り、思うような句が浮かんでこない。

下手な作を提出して在躬たちに嘲笑われるぐらいならと思い定め、文時はこっそり詩宴を抜け出した。暗がりを選んで供待ちに急ぎ、控えていた牛車によろめくように乗りこんだ。

「あの、文時さま、お加減でも優れられぬのでございますか」

狼狽する浜主の声が、ひどく耳に障る。

浜主は元は、文時の父に仕えていた家人。父亡き後、文時の近習となっただけに、どうも文時の世話を焼き過ぎるきらいがある。普段であれば気が利くと思うその態度が、今ばかりは疎ましくてならなかった。

「うるさいッ。屋敷に戻るぞ。さっさと車を出せッ」

怒りのあまり冠を床に叩きつけながら命じると、文時はそのまま車の床にばったりと大の字に寝ころんだ。

御簾の下から吹き込む涼風が、怒りに煮えたぎった頭をわずかに冷やす。文時は節くれだった長い指で、両の瞼を強く押さえた。

自分の漢詩の才が、在躬に著しく劣るとは思わない。しかし衆人を惹き付ける話のうまさ、求められた時に期待通りの詩を素早く賦する頭の良さは、どれだけ努力しても到底あの従兄には及ばぬのだ。

（だからこそ——だからこそわたしは、お祖父さまの祭祀を我が物とせねばならぬ）

車の振動を背に直に感じながら、文時は大きく息を吸い込んだ。

既に日はとっぷりと暮れ、御簾の隙間からのぞく夜空には、満天の星が輝いている。

自分が抜け出してきた宜陽殿では今ごろ、同じ星の輝きの下、選者たちが在躬の詩を褒めちぎっているに違いない。そう思えば冴え冴えとしたきらめきまでが憎らしく、文時は「おい」と車横を駆ける浜主を呼んだ。

「屋敷に戻る前に、右京七条二坊に寄れ。十三町の表通りに車を停めるんだ」

「は、はい。かしこまりました」

綾児の家の周囲は道が狭く、牛車を停める場所がない。数町離れた大路に車を待たせると、文時は先ほど放り投げた冠をかぶり直し、浜主一人を供に路地へと歩み入った。

宵を過ぎ、いずれの家にも客がいるのだろう。そこここの陋屋からはあられもないあえぎ声が漏れ、一歩歩むごとに淫靡な熱気が足元に絡みついてくる。

猫と見まごうほどに太った鼠が一匹、文時の爪先をかすめて物陰に消えた。

もしかしたらこの時刻、綾児の元にも客がいるかもしれないが、そんなことはどうでもよかった。ただあの家に飾られた注連縄と安っぽい幣を一目見、この焦燥を少しなりとも安らげたかった。

(あの祭祀だけは、在躬に譲らん。あれはわたしだけのものだ)

だが意外にも綾児の家はしんと静まり返り、およそ男のいる気配はない。固く閉ざされた板戸に耳をつけて様子をうかがった浜主が、「どうやら寝ているようです」と、文時に向かって小さく首を横に振った。

「寝ているだと。こんな宵の口からか」

綾児のような年増ともなれば、客がつかず、一人でふて寝を決め込むこともあるのだろうか。

ならば遠慮なく叩き起こし、土間に立てられた幣に手を合わせよう、と文時が浜主に顎をしゃくりかけた時、向かいの家から漏れていたあえぎ声が急に高まった。それにつれて、男の野太いうなりが起こり、女の嬌声ともつれ合った末、突然、ぱたりと止んだ。

「ああ、もう跡がついちゃったじゃない。どうしてくれるの」

という甲高い声とともに板戸代わりの蓆が撥(は)ね上げられ、二十歳になるかならずやの女が足をふらつかせながら外に出てきた。その襟元はしどけなく開き、夜目にも白い胸乳がのぞいている。

綾児の家の前にたたずむ文時たちに、女はきょとんと眼をしばたたいた。だがすぐに曖昧な笑みを頬に浮かべて井戸端にしゃがみ込むと、慣れた手つきで股間をざばざばと洗い始めた。

「いいじゃないか。そんな痣(あざ)ぐらい、二日もありゃあ消えるさ。それより明日にはいよいよ、志多羅神(しだらがみ)さまが京に入るらしいぜ。鳥羽(とば)あたりまで、一緒に見物に行かねえか」

家内から、けだるげな男の声が響いてくる。

女はそれに振り返りもせず、

「まだ昼間は暑いもの。あたいはご免だよ」

と怒鳴り返し、衣の裾で手早く股を拭った。ちらりと自分の家に目を走らせてから、足音を忍ばせて文時に近付いてきた。

「そこの家の年増は、いったん寝ちまうと朝まで起きてこないよ。あいつを買うんだったら、もっと早い時間に来なきゃ」

と、低い声で囁き、紅の剝げかけた唇の両端を、にっと吊り上げた。

「よかったら、代わりにあたいはどうだい。あんたさえその気だったら、今の客はすぐに追い返すからさ。その辺りにちょっと隠れておくれよ」

束帯姿の文時に、これは上客だと目をつけたのだろう。女は文時の胸に己の胸をこすりつけ、「ねえ、いいだろう」と甘え声を上げた。

「い、いいや、わたしは綾児を買いに来たわけじゃない。ただあの女が祀っている菅原道真公に、ちょっと祈願をしたいだけだ」

あわてて後ろに飛び退いた文時に、女は急に白けた顔でふうんと呟いた。

「その道真ってのは、ここのところあいつが祀ってる神さまかい。こんなところの神さまにご利益なんかなかろうに、あんた、物好きだねえ」

嘲るような口調に、文時はむっと眉を逆立てた。

いやいや、落ち着け。こんな遊び女に、道真公がどれだけ素晴らしいお方だったかを説いても無駄だ。そう己に言い聞かせて文時が踵を返すと、女もまた、

「ねえ、やっぱり気が変わったよ。明日は、あんたに付いて行こうかなあ」

とわざとらしく言いながら、己の家の蓆を撥ね上げた。

「おお、そうしようぜ。何でも志多羅神さまってのは一柱の神さまじゃなくて、大宰府でお亡くなりになった何とか言う右大臣さまと、宇佐宮八幡大菩薩さま、住吉神さまを合わせて、志多羅神さまと呼ばれているらしい。だからきっと、並みの神さまよりご利益があるはずだぜ」

（大宰府で亡くなった右大臣だと――）

背を強く叩かれたような気がして、文時は立ちすくんだ。

「ま、待て。いま何と言った」

と大声を上げながら、両手を振り回して女の家に駆け込む。宴席帰りの身形なぞ、もはや気にしている暇はなかった。

「な、なんだよ、おめえ」

あばら屋の真ん中に全裸で寝そべっていた男が、文時の姿にぎょっと跳ね起きる。それにはお構いなしに、文時は上り框に両手をついた。

「おぬし今、大宰府で亡くなった右大臣と申したな。それはよもや、菅原道真公のことか」

「な、名前なんか知らねえや。俺が聞いているのはただ、志多羅神とか八面神とか呼ばれているありがたい神さまが、摂津国河辺郡あたりにご滞在ってことだけだい」

「志多羅神だと」

なんだ、その神は。宴席で飲んだ酒が今更回ってきたのか、視界がくらりと歪む。文時はかたわらの柱によろめきかかりながら、

「だ、誰なのだ。誰がその志多羅神とやらを扇動している」

と、震える声を絞り出した。

「誰が扇動しているわけでもねえさ。河辺郡の奴らが勝手に、幣帛を捧げて鼓を打ち、歌うわ踊るわ大変な騒ぎをしているんだ。俺は昨日も商いのためにその近くを通ったんだが、あの様子じゃ明日にも、神輿を都に運び入れるだろうって評判さ」

「なんだと——」

もともと気のいい男なのだろう。むき出しの肩に衣をひっかけ、彼は文時に問われるままに河辺郡の様子を述べた。

それによれば、河辺郡の者たちが志多羅神を祀り始めたのは、先月の末。当初は諸国の神々をまとめて祀っているらしかったが、日を追うにつれて、それが三柱の神と定ま

ったという。

「それにしたところで、何もないところにいきなり神祭りは始まるまい。いったい誰がその神を崇め始めたのだ」

「さあ、そこまでは知らねえなあ。ただあの一帯は一昨年の秋に大水が出て、田畑はもちろん、家ごと流された奴らもいるらしい。もしかしたら皆、そんな憂さを追い払ってほしくて、あんなに必死に神祭りをしているのかもしれねえな」

確かに人は辛いこと、哀しいことに遭った時ほど神仏を崇め、救いを求める。だとすれば志多羅神なる神は、河辺郡の人々が抱いていた不安が作り出したものというわけか。さりながらそこによりにもよって、道真が含まれてしまうとは――。

（なんということだ）

土間の湿った冷気が、文時の身体にじわじわと染み通ってきた。

河辺郡の者たちは、別に自分や綾児たちと競うつもりで、道真を祀り始めたわけではあるまい。ただ、大宰府で亡くなった元右大臣の存在を何らかの形で知り、自分たちの不遇はその祟りゆえではないかと、勝手に結びつけただけだ。

そこまで考え、文時は背筋に寒いものを覚えた。

神とは本来、誰かが勝手に祀り上げる存在ではない。朝堂から官幣を授けられ、神祇官とその支配下にある祝部・神主によって祭祀を受けるものだけが、神と公認されるのである。それは全国の社も、過去の御霊も同様であり、何者も朝廷よりの奉幣なくしては、神として認められることはなかった。

さりながら今や各地では、庶人が勝手に神祭りを行ない、中には河辺郡の者の如く、それを神輿に仕立てて、都に運び入れようとする例すらある。

(それは——それはこの国の秩序を乱し、政の基(もとい)を揺るがす行為ではないか)

諸国では昨今、権門勢家・富農の荘園が激増し、班田制の崩壊が著しい。朝廷は諸国の実情に従って税を課すべく、一国ごとに「国例」を定めるよう、国司に命じている。しかし一度崩れ出した制度はそんなことでは留めようがなく、今や朝堂の官吏たちは班田制のほころびをとりつくろうのに懸命であった。

だがもしかすると、崩壊しつつあるのは班田制だけではなく、この国の秩序や祭祀——いや、そのすべての根幹たる律令制そのものなのではないか。そして民衆はそんな時世の変化を素早く察しているがゆえにこそ、自ら神々を奉じ、この国の崩壊に拍車をかけているのでは——。

自分の足元が崩れ落ちていきそうな恐怖に全身を鷲摑(わしづか)みにされ、文時はぎりぎりと土間の土を握りしめた。

(いいや、そんなことがあってなるものか。始まりはどうあれ、神々とは、最終的にはみな朝廷に支配されねばならん。卑賤の奴らが勝手に扱ってよい存在ではないのだ)

そう、だからこそ自分は何が何でも正しい手続きを経て、道真を神にせねばならぬ。

文時はがばと立ち上がると、あっけに取られる男女を後目にあばら屋を飛び出した。綾児の家に駆け寄るや、固く閉ざされた板戸を力任せに蹴り飛ばした。

「起きろッ。起きぬか、綾児ッ。わたしに道真さまを拝ませろッ」

そのためには綾児はいついかなる時も、正統な道真の祭祀者たる自分の言うことを聞かねばならぬ。文時が菅家氏長者としての地位を確保するためにも、そしてこの国の制度を保ち続けるためにも、綾児の勝手を許してはならぬのだ。

「ふ、文時さま、おやめください。人目につきますッ」

浜主がうろたえた声で言いながら、文時を後ろから羽交い締めにする。ええい放せッ、とそれを振りほどくと、文時はなおも板戸を蹴飛ばし、殴りつけ、固く閉め切られた家の中に向かって怒声を浴びせ続けた。

星々は夜が深まるにつれてなお輝きを増し、声も嗄れよとわめき続ける文時の背を、小さく照らし続けていた。

蟻か、それとも羽虫か。うつらうつらとまどろむ首筋を、小虫がゆっくり這ってゆく。蓆を敷き詰めた土間で惰眠をむさぼっていた綾児は、小さな呻きを上げて、その小虫を叩きつぶした。汚れた掌を無意識に小袖の腰で拭い、ごろりと寝返りを打った。

開け放たれた板戸から吹き込む初秋の風は、かつての熱気の余韻を孕んで生温かい。だが冷たい土間で居眠りするには、そのぬるさがかえって心地よかった。

ああ、これで眼裏を刺す陽射(ひざ)しさえなければ最高なのに、と胸の中で呟きながら、再び淡い眠りに身を任せる。その途端、勝手な願いが叶えられたかのように、眩(まばゆ)い陽が急に翳(かげ)った。

「おいおい、綾児。こんなところで昼寝とは、いいご身分だな」

枕代わりの桶を蹴飛ばされて跳ね起きれば、酒壺(さかつぼ)を小脇に抱えた秦吉影(はたのよしかげ)が、唇を片方に歪めて笑っている。

春先からかれこれ三月(みつき)、いや四月(よつき)ぶりだろうか。その頬が以前より少しこけたように感じながら、綾児ははだけた胸元をわざとらしくかき合わせた。

「しかたないじゃないか。昨日は夜中にいきなり叩き起こされて、おちおち寝かせてもらえなかったんだ。昼寝でもしなきゃ、身が保(も)たないよ」

「ふうん、夜中にやって来る客がいるとは、商売繁盛で結構じゃねえか。今年は久々に稲の実りがいいらしく、市にも大路にもどことなく活気があらあ。この界隈の客も、以前より増えたみたいだな」

言いながら吉影が顎をしゃくった外では、まだ陽が高い時刻にもかかわらず、辺り構わぬ嬌声が響いている。

この春に亡くなった老巫女の家には、先日、まだ二十歳前の若い巫女が越してきた。おとなしい顔立ちに似合わぬやり手なのだろう。昨夜は宵の内から三、四人の客を次々引き入れていたかと思えば、今日は今日でもう新しい客をくわえ込んでいる。

両手をついて床から起き上がると、綾児はわざとらしい喘(あえ)ぎ声を締め出すように、ぴしゃりと板戸を閉ざした。吉影の腕から酒壺をひったくり、その口封を両手でびりびりと破り取った。

「おいおい、こぼすなよ。うちのご主人さまが特別に下さった御酒(ごしゅ)なんだからな」

苦笑する吉影を無視して壺に口をつければ、なるほど普段飲んでいる糟(かす)混じりの酒とは比べものにならぬ芳香が、ぱっと口の中に広がる。

御酒とは、宮城(きゅうじょう)の酒造所である造酒司(みきのつかさ)が、晩冬に仕込む清酒(すみざけ)。夏に醸(かも)される醴酒(れいしゅ)、秋に醸される御井酒(ごいしゅ)と並んで、京の者にはあこがれの酒であった。

「昼間から出歩けるってことは、お屋敷の方はもういいのかい」

濡れた口許を手の甲で拭いながら尋ねると、吉影はああ、とうなずき、綾児の隣にどっかりと尻を下ろした。

「北の方さまの具合が、この一月(ひとつき)でぐんとよくなられてな。昨日はとうとう快気の祝宴まで開かれ、俺たちにもこうやって祝いの酒が下されたのさ」

綾児は急に鼻白んだ気分で、「ふうん」と呟いた。

吉影の主である大納言やその妻には、なんの恨みもない。だが生まれながら衣食住すべてに満たされた貴族が病で苦しんでいると聞けば、日々の憂さや溜飲は幾らかでも下がるもの。てっきり北の方は亡くなったと思ったのに正反対とは、まったくつまらないことこの上ない。

他人の痛みは、我が身の楽しみ。同じ酒なら、弔い酒の方がよっぽどうまく感じられるものだが、さりとて目の前の酒に罪はない。

もう一口、と意地汚く壺を呷る綾児を、吉影は面白そうに眺めやった。

「それにしてもこんな時刻に昼寝とは、おめえ、何とか言う神さまを祀るのはもう止めたのかよ」

と、馴れ馴れしげに綾児の肩を抱き寄せた。

「別に止めたわけじゃないよ。門口には相変わらず、注連縄がかかってただろ。ただ今日は阿鳥が、祀りに使っている幣を持って、山崎に出かけていてね。おかげであたしは久し振りに、気ままをさせてもらっているのさ」

「そんな洛外に、なんでまた用があるんだ」

「なんでも摂津国河辺郡の奴らが、志多羅神とかいう新しい神さまを引っ担いで、その辺りまで来ているんだと。阿鳥はうちの神さまのご子孫を名乗る野郎と一緒に、それを見物に行ったのさ」

「ふうん、志多羅神なあ。おめえのところもそうだが、最近は色んな神さまがほうぼうに次々出来ちまって、俺みてえな者にはどこの誰が一番ご利益があるのか、全然分からねえや」

物事を複雑に考えぬ吉影は、綾児が神祭りをしておろうがおるまいが、別にどうでもいいのだろう。早くも太腿をまさぐり始めた大きな手には気付かぬふりで、綾児は酒壺の縁に三度唇をつけた。

菅原文時が綾児の家に怒鳴り込んできたのは、昨日の深夜。志多羅神がどうの、右大臣がどうのとわけの分からぬことをまくし立てる彼に閉口し、たまたま得意先から戻ってきた阿鳥を呼びに行けば、彼女は急に表情を険しくし、その志多羅神を見に行こうと話を決めてしまった。

さりながら文時がなぜそんなに苛立っているのか分からぬ綾児からすれば、まだ暑さの残る最中、はるばる遠くまで出掛ける意味が理解できない。一方で文時もまた、綾児を同行させると、話がややこしくなるとでも考えたのだろう。明け方まで、阿鳥とぼそぼそと話し合っていたかと思うと、土間に立てられていた幣を抜き取り、二人して出ていってしまったのである。

(そりゃあ、どうしてもって言うんだったら、付いて行ってやらないでもなかったのにさ)

無理やり連れて行かれれば腹が立つが、こうもあっさり留守を言い付けられると、それはそれで小馬鹿にされている気がして忌々しい。

初めて会ったときから、文時は綾児に獣でも眺めるような目を向けていた。だが一方で阿鳥に対しては、何やら一目置いている様子がある。

しかし文時がこの家を訪れた当初、彼の相手をしたのは自分のはず。そんな恩義も忘れて、文時と共にそそくさと出て行った阿鳥にも、綾児は腹立ちを抑えかねていた。

（ふん、なんだい。少しばかり頭がいいと思ってさ）

綾児は元々、神祭りそのものに興味はない。だが興味の有無と、おざなりに扱われて平気かどうかは、まったく別の話だ。

陋巷（ろうこう）に稀なこの美貌があればこそ、綾児は阿鳥から道真の巫女として選ばれ、自分もまたそんな阿鳥を手助けしてやったのだ。そしてあの醜女の阿鳥に比べれば、綾児の方がはるかに巫女役にふさわしいことは、文時とて認めていよう。それなのに何故（なぜ）自分だけが、こうも粗略に扱われねばならぬのだ。

「なんだよ、綾児。酒ばっかり飲んでねえで、ちったぁこっちの相手もしろよ」

吉影の不機嫌な声を皆まで聞かず、綾児は空になった酒壺をどすんと床に置いた。太腿をまさぐる吉影の手を握ると、それを自ら小袖の奥へと導き、誘い込むようにゆっくり足を開いた。

身体の内側を流れるとろりとしたものが、文時と阿鳥の顔を胸の中から押し流す。これ以上、彼らのことを考えるのが腹立たしく、綾児はもっと、とせがむように腰を浮かした。

ごくり、と生唾を呑みこむ音とともに、節くれだった指が柔らかな内腿を撫で、足の付け根の叢（くさむら）に分け入って来る。早くも火照り始めた身体を吉影にすり付けながら、綾児は板戸の隙間から忍び入るすすり泣きを打ち消すように、大げさに作り声を上げた。湿り始めた肌を撫でる風が、今は苛々するほど疎ましく感じられた。

志多羅神一行をなかなか見つけられなかったのか、阿鳥が京に戻ってきたのは、それから四日後の昼下がり。ちょうど綾児が客を迎えるため、襟足に白粉を塗り込んでいる最中だった。

よほど疲れているのだろう。よろめくように綾児の家に転がり込んできた阿鳥は、化粧半ばの綾児をじろりと見やるや、物も言わずに上り框に腰を下ろした。手近にあった襤褸布（ぼろぬの）で埃まみれの顔をごしごし拭い、割れた幣を思い出したように懐から取り出した。

「綾児、もうじき文時さまが、今後について話し合うためにお越しだからね。今夜はどんな客が来ても、一切断るんだよ」

「なんだって。そんなこと、あたしに無断で決めるんじゃないよ」

綾児の文句にはお構いなしに、阿鳥は土間の片隅に幣を乱暴に立てた。大きな息をついて天井を仰ぐや、両の手でがしがしと髪をかきむしった。

「ああ、もうッ。あんな田舎者どもが突然、道真さまを崇め出すなんて、思ってもいなかったよ。大宰右大臣神霊と書かれた神輿の額は、どさくさまぎれに他の神さまのものにすり替えたけど、それもこれも綾児、あんたが悪いんだからねッ」

「なんだって」

いきなりの阿鳥の罵詈に、綾児はぽかんと口を開いた。一瞬遅れて何を言われたのか気づき、わななく手で鏡台の前をまさぐった。

「あんたがつべこべ言わず、一緒に来てくれりゃよかったんだ。そうすればあんたに神がかりのふりをさせ、志多羅神を摂津に追い返すことも出来たってのに。額をすり替えただけじゃ、誰かがいつかまた道真さまのことを思い出すかもしれない。まったくあたしたちの苦労も知らずに化粧とは、いい気なものだよッ」

「ちょっと、言いがかりはよしとくれ」

地団駄を踏んで荒れ狂う阿鳥に、綾児は手近にあった櫛を投げつけた。肩に羽織っていた小袖に急いで袖を通すや、帯を締めるのももどかしく、裸足のまま土間へ下りた。

「そっちが勝手に、あたしを置き去りにしたんじゃないか。文時さまと二人して、学のない綾児なんか置いてきゃいいって面をしたのは、どっちだい」

「そりゃあ、あんたが露骨に面倒臭げな顔をするから、こっちが気を遣ったんだよ。まったく、好みの男には雌犬みたいに尻尾を振るくせにさ。そんな風だから綾児にはいつまで経っても、ろくな客がつかないんだよ」

つんと顎を上げ、阿鳥が見下す口調で言い放つ。

この女はこれまでもずっと、自分をそんな風に見ていたのか。怒りのあまり視界がさっと暗くなった。

「うるさいッ、年上のあんたに言われたくないよッ」

「ふん、女もこの年になりゃあ、一つ二つの年の差なんて、大した違いはないよ。あたしが婆(ばば)あなら、あんただって立派な婆さんさ。幾ら厚化粧したってほら、鴉(からす)の足跡みたいな皺が目尻にくっきり浮いているじゃないか」

やかましいッ、と叫びながら、綾児は両の手を振り回して阿鳥に飛びかかった。肩先で一つに結わえられた髪を引っ掴み、身体ごとぶつかるようにしてその場に彼女を押し倒した。

「なにをするんだい。こん畜生ッ」

しかしながら、阿鳥とて負けてはいない。腰にゆるく巻きつけただけの綾児の帯を力ずくで引っ張ると、襟元がはだけ、むき出しとなったその肩に、いきなりがぶりと噛みついた。

「痛たたたッ。雌犬はそっちじゃないか。このくそ女ッ。だいたいあたしは昔っから、あんたみたいな澄ました女が大っ嫌いだったんだッ」

「あたしだってあんたみたいな色狂いはご免だよッ」

狭い土間で上になり下になり取っ組み合ううちに、綾児の安物の小袖は裂け、帯はほどけて、蓆の上にとぐろを巻きはじめる。

髪を引っ張り引っ張られ、むき出しになった肩や胸乳を摑まれ摑み返しながら、綾児が「あんたなんかとはもうこれっきりだッ」と喚いたとき、いつの間にか宵闇が這い始めた表で、軽い足音がした。

「お——おぬしら、いったい何をしておる」

低く押し殺した声に、二人してはっと顔を上げれば、狩衣姿の文時が全身をわなわなと震わせている。

その顔が見る見るうちに、赤やら青やら目まぐるしく色を変えたかと思うと、不意に狼狽しきった様子で己の背後を顧みた。

「す、すまぬ、最鎮(さいちん)。しばし外で待っていてはくれぬか」

ああ、という低い応えは、文時の背後に佇(たたず)んでいた、背の低い僧形(そうぎょう)のものであった。

年は阿鳥より、四つ五つ上だろう。くっきりした眉と鰓(えら)の張った顔立ちは、数珠や袈裟より太刀弓箭(たちきゅうせん)の方が似つかわしげである。しかしそれにもかかわらず、周囲の視線を避けるように肩をすぼめたその姿に、綾児はふと河原の石陰を這い回る蟹を思い浮かべた。

ちらりと上げた最鎮の眼と、綾児の視線がからみあう。その途端最鎮は小袖の前をはだけ、胸乳ばかりか下肢まで露わにした綾児に、不快そうに顔をしかめた。まるで野犬のまぐわいでも目のあたりにしたかのような、汚らわしいと言わんばかりの面持ちであった。

（なんだよ、こいつ）

むっとして睨みつけた綾児には構わず、最鎮は「では、話が終わったら呼んでくれ」と言って、踵を返した。

妙なことにその姿は歩むごとに大きく一方に傾ぎ、よたよたと危なっかしい。戸口に立てかけていた杖を摑み、それにすがりながら井戸端に伏せられていた桶に座り込む。

綾児はまだ摑んだままの阿鳥の髪を放し、小さく舌打ちをした。

阿鳥の本心は、つい先ほど知れた。文時にしても、自分を卑しい似非巫女だと思っているであろうことは、想像に難くない。しかし足がままならぬ身でありながら、自分はおぬしらとは違うと言わんばかりの最鎮は、そんな二人以上に忌々しくてならなかった。

「何者だよ、あの坊主」

「あれはわたしの学友で、いまは北野の朝日寺に寄寓している最鎮だ。大学寮におった頃は、わたしともども文章得業生に選ばれた秀才でな。出家後は比叡の御山に登り、先代座主の尊意さまの御覚えもめでたかったと聞く。このたびお祖父さまを祀るに際し、知恵を借りようと思うて、ここまで連れてきたのだ。——それにしても」

文時は綾児と阿鳥を、じろりと睨んだ。

「おぬしら、そんな友の前で、よくもまあ恥をかかせてくれたな。ゆえあって官途を擲ち出家遁世を果たした最鎮は、世俗の雑事を何より嫌う男。そんな男に力添えしてもらおうと、三拝九拝して同道を願ったわたしの苦労を無にするつもりか」

細い目を必死に剝いて憤る文時の姿は、残念ながらこれっぽっちも威厳がない。

文時の旧友ということは、最鎮もまたそれなりの貴族の子弟なのだろう。言われて見れば地味な墨染ではあったものの、地に菱文を織り出した裳付や練絹の指貫は、およそこの界隈ではお目にかかれぬ高価な品。だがこんな下賤の地に、そんな血筋のいい僧侶を勝手に連れて来て、恥をかかせるも何もあったものか。

綾児はぶすっと口を引き結んだまま、はだけた衣を整え、帯を胸前で結んだ。先ほど阿鳥が立て直した幣を引っこ抜くと、それを力いっぱい土間に叩きつけ、泥まみれの足でぎりぎりと踏みにじった。

「な、なにを致す」

「うるさいッ。どこで何があったか知らないけど、阿鳥やあんたがどれだけ困ろうとも、もうあたしの知ったこっちゃないよッ。さあ、さっさと出て行っとくれ」

「綾児、ちょっと落ち着きなよ」

いつの間にか髪や衣を整えた阿鳥が、分別顔で衣の袖を引く。

「ええい、やかましいよッ。あんたともこれきり縁切りさッ」

「まあまあ、待ちな。あんたが怒るのも、分からないじゃない。あんたを一人置いて、山崎に行ったあたしたちも悪かった。さっき、ついつい腹立ち紛れに悪口を言ったことだって謝るよ」

もうだまされるものか。人間、腹立ちまぎれに口走ったことこそ、そいつの本心。こんな女とは二度と手を組むものかとそっぽを向いた綾児の正面に回り、阿鳥は「悪かったよ」とまた深々と頭を下げた。

「実はね。あたしも文時さまも、志多羅神を目のあたりにして、これはやっぱりあんたの力が必要だって分かったんだ。さっきついつい怒ったのは、それだけあんたが同行してくれていれば、と思ったからこそさ。腹に据えかねているのは、よおく分かる。けどもう少しだけ、あんたの力を貸してくれないかい」

「あたしの力だって」

そもそも、綾児が同行してくれていればとはどういう意味だ。思わず首をひねったのに気づいたのだろう。阿鳥はちらりと傍らの文時を見上げ、更に猫なで声で続けた。

「あたしと文時さまが志多羅神を見物に行ったのは、そこで祀られている中に大宰右大臣——つまり、菅原道真さまの御霊が含まれているって聞いたからさ。そんな神輿が京に入って来ちゃあ、あたしたちには邪魔だからね。どうにか一行を阻(はば)んで、摂津に追い返そうと思ったんだよ」

ところが阿鳥たちが志多羅神一行を探し出したとき、みすぼらしい神輿を取り囲む民衆は数百人に膨れ上がり、追い返すのはもちろん、近づくことすら容易ではなくなっていた。

「しかたなく一行に紛れ込んで様子をうかがったんだけどさ。山崎あたりまで来たところで、神輿の傍(そば)を歩いていた若い女がいきなり神がかりになって、志多羅神は男山の石清水八幡宮に行きたがっていると喚き出したのさ」

おそらくその女は、石清水八幡宮の手先。志多羅神を奉じる人々の熱狂ぶりに目をつけ、神輿を境内に運び入れることで、新たな信者を獲得しようと考えたのである。

だが京から目と鼻の先の石清水八幡宮に道真の御霊が祀られては、洛中の人々は石清水社こそが道真を祀る社だと考えてしまうだろう。そこで阿鳥と文時は知恵をしぼり、神輿の額をすり替えるという強引な策に出たのであった。

「綾児が一緒に来てくれていたらねえ。あんたが神がかりを演じ、道真さまを祀るのはあたしたちだって、皆に信じさせられたのに」

本当にそう思っているんだよ、と言わんばかり、阿鳥が上目遣いに綾児をうかがう。

そのかたわらから文時が、

「もしおぬしが志多羅神一行のただなかで神がかりを演じたならば、そのまま勢いに任せ、山崎郷あたりにお祖父さまの社を建てることも出来たかもしれぬ」

と悔しそうに続けた。

そう思うと千載一遇の機会を逃したことが悔やまれるが、人間とは案外、誰もが似たようなことを考えるものだ。このまま手をこまねいていては、いったい誰がまた道真の御霊を奉じようとするか知れたものではない。

「こうなれば一日でも早く盛大な神祭りを行ない、わが祖父の御霊の威信を京の者たちに知らしめるのだ」

そのためには文時と綾児・阿鳥の三人だけでは、心もとない。また賑々(にぎにぎ)しい神祭りのためには、道真を祀る社を新たに造る必要もあろうと考え、旧友である最鎮の知恵を借りることにした、と文時は重々しい口調で述べた。

「なるほどねえ。そこでようやく、あたしの託宣が入り用だって、気付いたわけかい」

先ほど阿鳥が綾児に罵詈雑言(ぞうごん)をまくし立てたのは、自分が思いついたはずの道真の祭祀が、他の奴らに奪われるやもしれぬという焦りゆえか。とはいえ、文時と阿鳥に邪険に扱われた恨みは、そう簡単に消えはしない。それにいくら文時が信頼していても、あの最鎮とかいう坊主から汚物を眺めるが如き眼を向けられたのも気にくわない。

先ほどの阿鳥のように、綾児はつんと顎を上げた。文時と阿鳥をゆっくり交互に見比べてから、「ご免だね」と低く吐き捨てた。

「あんたたち、口先ではあれこれ言うけれど、要はあたしをこき使おうとしているだけじゃないか。そんな口車に乗って、これ以上、振り回されるのはもう真っ平だよ」

「待て。少しはわたしの話も聞かぬか」

「そうだよ。さっき、悪口を言ったのは謝っただろ。だからちょっと待ちなよ、綾児」

二人が大慌てで止めようとするのに、綾児は「ご免って言っただろッ」と怒鳴った。

「阿鳥、あんたは念願かなって、文時さまと手を組むことになったんだ。だったらもう、あたしの力なんか、要らないだろ」

一度ならず二度までも、阿鳥の甘言に乗った自分が愚かだった。いくら頭がよく、世知に長(た)けていても、こんな女に付き合っていては、いつまたどんな風に見捨てられるか知れたものではない。

阿鳥と文時の力をもってすれば、憑坐(よりまし)の一人や二人、容易に見つけられるだろう。それはきっと自分より醜い女に違いないが、ともあれこいつらに関わり合うのはもうご免だ。

吉影はあれ以来、ほぼ毎日綾児の元に通い詰め、酒やら干し肉やら綾児の好みそうな品を厨から運んできてくれる。そう、結局自分が売ることが出来るのは、この美貌だけ。いささか年を取り始めたとはいえ、美しく着飾り、男に股さえ開いていれば、当座のところは楽しく毎日を送れる。それをなにを好き好んで阿鳥たちに見下され、塵芥を見るような目を向けられねばならぬのだ。自分のような女とて、それなりの意地はあるのだ。

「あたしはあんたたちが大っ嫌いなんだよッ。もう顔も見たくないんだ。さあ、とっと出て行っとくれッ」

綾児の甲高い叫びに、阿鳥と文時がどうしたものかと顔を見合わせる。駄々っ子の処遇を考えるにも似たその眼差しに、綾児が更に二人を怒鳴りつけようとしたときである。

「あの、綾児って巫女の家はここでいいんでしょうか」

聞きなれぬ女の声が、門口で響いた。

振り返れば、まだ二十二、三歳と思しき地味な身ごしらえの女が、険のある目付きで門口にたたずんでいる。

全力で走ってきたのか、髪は乱れ、裾も胸元も大きくはだけている。それでいていささか大きすぎる唇は血の気を失い、その端がわずかにわなないているのが、ひどく癇性な雰囲気を放っていた。

「ああ、そうだよ」

阿鳥がうなずきながら、綾児を顎で指した。

「そら、お尋ねの綾児は、あいつだ。けどあんた、用だったら、またにしておくれでないかい。こっちは今、その綾児と大事な話をして――」

「この女狐ッ」

阿鳥の言葉を遮って、女はいきなり金切り声を上げた。爪を立てるかのように両手を構え、そのまま綾児に体当たりしてきた。

「ちょ、ちょっと、なんだいあんた。男に恨まれる覚えはあっても、女に噛みつかれる心当たりはないよッ」

「うるさいッ。あんた、秋永(あきえ)をどこにやったのよ。あの浮気者、あたしがちょっとすげなくしたのを恨んで、どうせあんたの所に戻ったんでしょッ」

(あ――秋永だって)

長らく忘れていたかつての情人の名に、綾児は目を見開いた。ではこの女は、秋永が綾児を捨てて転がり込んだ、藤原師輔(もろすけ)邸の下女・室女(むろめ)なのか。

そう思ってしげしげと眺めれば、ぽってりと肉感的な唇やすらりと伸びた手足は、いかにも秋永好みである。

だがそれにしても、秋永が綾児の家を出て行ったのは、一年以上前。顔かたちすら忘れ果てた男のことで逆恨みされるなぞ、とばっちり以外の何物でもない。

「知らないよ、秋永なんて。あんたがいま名前を言うまで、そんな奴のことなんか忘れていたぐらいさ」

「嘘をつかないでッ。秋永ったらあたしと喧嘩するといっつも、綾児はそんなことを言わなかった、綾児はもっと優しかったたって、あてつけがましかったんだから。そんな人が、あんたのところに行かないわけないじゃない。おおかたあたしが来ると思って、どこかに隠したんでしょッ」

怒声は勇ましいが、お屋敷勤めの哀しさ。どうやら、室女は荒事には慣れていないらしい。右に左に身をかわす綾児を追いかける室女の両の目には、いつしかうっすら涙まで浮かんでいた。

「どうせあんたみたいな淫売は、男なんぞ飯の種としか思っていないんでしょ。そんな女の所にいたんじゃ、秋永が可哀想だわ。返してよ、あの人を返してってば」

「い——淫売だってえ」

自分たちが男に身体を売っていることは、紛れもない事実。しかし、男とただ酒を飲み、春をひさぐ遊び女とは違い、自分たちは仮にも相手の悩みを聞き、祈禱をした上で、一夜の添い臥しをしているのだ。

それは普賢菩薩が女に化け、悩める衆生を癒すに似た行ない。そんな自分たちの生業を、淫売呼ばわりされてたまるか。

綾児は両の拳を力一杯握りしめた。ひび割れた声でまだ何か叫ぶ室女を睨み、ぐいと大きく胸を張った。

「あたしに濡れ衣を着せるのはよしとくれ。だいたいあんただって、家司頭の目を盗んで、お屋敷に男を引き入れたんだろうが。身持ちの悪さは、いわばお互いさま。むしろ口を拭って生娘でございって顔をしている方が、よっぽど性根が汚いじゃないか」

「あ、あたしはあんたみたいに幾人もの男と寝ちゃあいないわ。人の男にまで手を出す商売女と素人じゃあ、性の悪さは比べものにならないわよッ」

「そうやってぎすぎす騒ぎ立てる女は、だいたい床下手って決まってるんだ。あの秋永がどうして逃げ出したのか、あんたを見ているだけでだいたい知れたよ」

「なんですって」

室女の顔が怒りに赤黒く染まる。綾児は一瞬、室女がこのまま怒りに駆られて、この家を飛び出してくれるのではないかと期待した。

しかしそんな予想に反して、室女は大きく息を一つつくと、先ほど綾児が引き抜いた幣にちらっと目を走らせた。口許をひくひく震わせながら薄笑いを浮かべるや、

「淫売じゃなけりゃ、似非巫女ってわけね。ふうん、なるほど。だから減らず口がうまいのかしら」

と、精一杯余裕をつくろった口調で毒づいた。

「秋永から聞いているわよ。あんた、これまでに色々な神さまの託宣をでっち上げちゃ、

客から金をむしり取っていたんでしょ。そんな似非巫女が人の男を盗んだって検非違使に訴えたら、どんな騒ぎになるかしらねえ」

「け、検非違使だって」

突然の脅迫に、綾児は息を呑んだ。その慌てぶりがさぞおかしかったのだろう。室女は怒りに顔を紅潮させながらも、ひきつった笑いをますます大きくした。

「そりゃあたしだって、色恋のもつれを検非違使が取り締まってくれるとは思っちゃいないわ。けど真っ当なお屋敷勤めの下女が、似非巫女に迷惑をかけられたと訴え出たら、あんたはどうなるかしらねえ」

目の前の室女に摑みかかりたい衝動を、綾児はぐっと堪えた。

朝廷は古来、神祇官を通じて諸国の官社を統率することで、祭祀を政の一部に組み入れている。それだけに民間の巫覡による祭祀は、本来、政の根幹を揺るがす犯罪なのだ。とはいえ無論、京内に無数の巫女や覡者が暮らす今、朝廷は託宣や祈禱などにまで、いちいち目くじらを立てはしない。さりながらそんな巫女を、堅気の庶人が訴えたとなれば、話は別だ。

しかも室女の主は、大納言・藤原師輔。そんな主の権威まで振りかざされては、綾児のようなしがない巫女は太刀打ちしようがない。

家財没収の末、東西の市の門前で百叩きの刑に処された仲間の姿が、脳裏に浮かぶ。

手足や歯を折られ、面相まで変わり果てた彼女たちは、ある者は物乞いとなって路傍に立ち、ある者は身体の傷が癒えぬまま、全身を膿(う)み爛(ただ)れさせて命を落とした。

おそらく、室女の言葉はただの脅しではあるまい。女とは我を忘れると、どんな残虐なことでも平然とやってのける生き物だ。これはまずい、という思いが綾児の胸をひたひたと満たした。

「それが嫌なら、秋永の行方を教えてよ。そうしたら、これまでのことは許してあげてもいいわ」

嫌もなにも、秋永がどこにいるのか本当に知らないのだ。むしろ知っていれば、今すぐその居場所に駆けつけ、その首ねっこを摑んでここまで引きずってくるのだが。

(畜生、秋永の野郎ッ)

自分に貢がせるだけ貢がせて逃げ出した上、再びこんな迷惑をかけるとは。今度どこかで巡り合ったら、必ず陰嚢(ふぐり)を握りつぶしてやる、と綾児がぎりぎりと奥歯を食いしばったときである。

「ふうむ、お前はお屋敷勤めの女子か」

太い声と共に、最鎮が杖を突き突き、女二人の間に割って入った。

「ちょっと。誰よ、あんた」

言いさして、室女が不自然に言葉を呑みこんだのは、最鎮の異形もさることながら、一見、地味な最鎮の裳付や袈裟が、実はひどく金のかかったものだと気づいたからだろう。

「拙僧か。拙僧は北野・朝日寺の役僧で、最鎮と申す。お前はいま、この綾児を淫売だの似非巫女だのと罵ったな。されどもし綾児を検非違使に訴え出るのであれば、比叡の御山が黙っていないと承知しておけよ」

「お、御山ですって」

仰天したのは、室女だけではない。綾児や事の成り行きを見守っていた阿鳥と文時もまた、いったい彼は何を言い出すのだと目を剝いた。

なにせ比叡の御山こと比叡山延暦寺は、国内屈指の大寺。綾児のような卑賤の巫女と、つながりがあるわけがない。

だが最鎮は綾児たちの驚愕(きょうがく)にはお構いなしに、平然と言葉を続けた。

「知っての通り、比叡の御山にほど近い比良(ひら)の山々は、験者(修験者)僧侶が多く住まいする聖なる山。この女子はこれより、その比良の山裾にある近江(おうみ)・比良宮の巫女になるのだ。かような女相手に下手な訴えを起こせば、おぬしの主(あるじ)にさぞ迷惑がかかるであろうなあ」

比叡山は古より、大山咋神(おおやまくいのかみ)や大比叡神(おおひえのかみ)といった神々の居処として、畿内の人々から崇められてきた霊山である。やがて最澄(さいちょう)が延暦寺を開き、それが朝廷の庇護(ひご)を受けて勢力を増すにつれ、延暦寺の寺域は比叡山に隣接する比良山にまで拡大。大勢の僧侶が修行に適した地を求めてほうぼうに堂舎を築いたことから、比良一帯は山岳修行の場として発展するようになったのであった。

最澄以来、比叡山の高僧たちは常に時の帝の崇敬を受けている。ことに当今・寛明（朱雀天皇）は、延暦寺律師・延昌に全幅の信頼を寄せ、まだ帝位にありながらしばしば出家の望みを口にしているとも聞く。

そんな延暦寺と所縁のある巫女に手を出せば、なるほど一介の下女など容易く暇を出されるであろう。室女の顔が、見る見る血の気を失った。

「この巫女がどれほど不埒な女子か、拙僧とて知らぬわけではない。だからこそこのたび、こ奴は比良宮で巫女修行をし、その性根を鍛え直すこととなった。それゆえこうして拙僧が罷り越したのだ」

冗談じゃない、と叫び出しそうになるのを、綾児はかろうじて呑み込んだ。

少なくとも最鎮は、ここから室女を追い払おうとしている。ならば先のことはともかく、今は彼の言葉に従うべきと気づいたのである。

「そ、そうだよ、室女。このお方の言う通り、あたしは明日から比良宮に行くことになってるんだ。だからここのところはずっと客を断り続けているのさ」

言いながら、綾児は最鎮の傍らにぴったりと寄り添った。

「それにこの最鎮さまって方は、今のあたしにはどんな男より大事なお人なんだ。だから正直言って、他の男に目を移す暇なんて、ありゃしないのさ」

しなを作る綾児から、最鎮が不快そうに身体を離す。この野郎、と胸の中で罵りながら、その腕を摑んで胸元に抱え、綾児は「ねえ」と最鎮に同意を求めた。

僧侶にとって女犯が最大の罪であることは、承知している。しかしどんな清僧とて、法衣の下は肉欲に喘ぐただの男。相手が女でなければ構わぬだろうとばかり、諸寺には数多くの稚児が養われているし、俗人に化けて女を買いに来る僧侶とて、この界隈ではさして珍しくない。

ところが綾児の懸命の芝居にもかかわらず、最鎮は綾児の身体を突き飛ばすようにして、一歩退いた。そればかりか、綾児に握りしめられていた二の腕を、さも汚らわしいとばかり反対の袖でごしごしとこすった。

（なんだよ。このあたしがすがりついてやったってのに、そりゃあないだろう）

いささか潔癖にすぎる挙措に、綾児はむっと頰を膨らませた。

しかし室女はそんな片意地な最鎮の姿に、むしろ彼の言葉は真実と信じ込んだらしい。先ほどまでの勢いが嘘のように肩を落とし、双の目にいきなり涙を浮かべた。

「じゃあ、秋永はいったいどこに行っちゃったのよ……」

そんなこと知るか、と怒鳴りつけてやりたいが、それでまた喧嘩になっても厄介だ。

綾児は顔に精一杯の笑みを貼り付けると、室女の肩を軽く叩いた。

「分かったよ。じゃあ、もしここらであいつを見かけたら、必ずあんたに教えてやるよ。ひょっとしたら今こうしている間にも、ひょっこり帰っているかもしれないしさ。今日のところはこれで、お屋敷に引き上げたらどうだい」

あの秋永のことだ。おおかた今ごろは新しい女の元で、のうのうと居候暮らしを楽しんでいるだろう。

ああいった手合いには、心を残すだけ時間の無駄。さりながらそんな道理を弁(わきま)えるには、室女は少々真面目すぎるのかもしれない。

「本当かい。本当に秋永を見かけたら、教えに来てくれるのかい」

「ああ、もちろんさ。秋永を心配する気持ちは、このあたしが一番よく分かっているからね」

室女にこれ以上親切にしてやる気持ちなぞ、綾児にはさらさらない。だが大納言の屋敷に室女を訪(おとな)えば、門番である吉影と必ず顔を合わせる。そうすれば単純な彼はきっと、綾児が自分に会いに来たと喜び、厨から酒や食い物をもらってきてくれるだろう。

情人が逃げてからずっと張り詰めてきた気持ちが、思わぬ言葉にほだされたらしい。室女は更に双眸(そうぼう)を潤ませると、「必ず来ておくれよ。お願いだから」と幾度も念押しして帰っていった。

（まったく、二度と来るんじゃないよ）

腹の底で毒づきながらぴしゃりと戸口を閉ざし、綾児は「さあて」とおもむろに文時たちを見回した。

「妙な奴に邪魔されちまったけど、あんたたちもとっとと出て行っとくれよ。あたしはこれから、客を待たなきゃいけないんだから」

「それは道理に合わぬだろう」

うっそりと反論したのは、最鎮だった。

「先ほど拙僧があの女子に言ったのは、偽りではない。わしが思うに、おぬしは今のままでは、道真公の祭祀を行なうには不向きだ。しばらくは比良宮で修行してくるがよかろう」

近江国高島郡の比良宮は、比叡山延暦寺の鎮守社の一つ。禰宜を務める神良種のもとで修行を積めば、せめて挙措ぐらいは人並みとなろうと、最鎮は一方的に告げた。

「じょ、冗談じゃないよ。あんた、さっき何を聞いていたんだい。あたしはもう金輪際、道真さまの祭祀に関わり合いたくないんだ。だいたい今更この年で、まともな修行なんぞ出来るもんか」

「出来るか出来ぬかではない。やるしかないのだ。さもなくば先ほどの女子が申していた通り、今すぐ検非違使に突き出してやってもよいのだぞ」

「な、なんだって」

綾児は、文時と阿鳥を顧みた。しかし二人はさっと顔を背け、綾児の眼差しを避けた。まるで申し合わせたかのように、息の合った仕草であった。

冗談じゃない。こんな奴の言うなりになってなるものか。しかしそう怒鳴り立てようにも、実際、似非巫女として色稼ぎをし、一度は道真の託宣まで述べているとあっては、どうにもこちらに分が悪い。

先ほど、舌先三寸で簡単に室女を丸めこんだ最鎮だ。言うことを聞かねば、本当にすぐさま検非違使に訴えを起こすだろう。

(いや、ちょっと待ちなよ)

文時の目的は、現在の祭りを更に大きくし、菅原道真を誰もが知る偉大な神として祀り上げること。しかし綾児はすでに、その祭祀がいんちきであることを嫌と言うほど知っている。ならばもしここで綾児が無理やり一味を抜けたいと言えば、文時は——そして最鎮は、綾児の口を封じんとするやもしれない。

冷たいものが、背中を伝う。そうだ。すっかり忘れていたが、文時は仮にも貴族の端くれ。その気になれば、自分のような市井の巫女を抹殺するなぞ、さして難しくないはずだ。

(ど——どうすればいいんだよッ)

こんなことに自分を巻き込んだ阿鳥が恨めしいが、今更そんなことを言っても無駄だ。いやむしろ阿鳥の本心が知れた今、彼女は味方ではないと腹をくくらねばならぬ。

急に口をつぐんだ綾児を横目でうかがい、文時が「おい待て」と最鎮を制した。

「ということは、おぬし。今後もこの綾児を巫女として使い、お祖父さまの託宣を述べさせるつもりか」

最鎮に知恵を借りると言いつつも、どうやら文時はまったく神祭りに関わる計画を聞かされていなかったらしい。細い目をおどおどとしばたたく文時に、最鎮はわずかに顎を引いた。

「うむ、そうだ。そしてそれと同時に比良宮の神良種にもひと芝居打たせ、あちらにも道真公の託宣が下ったことにするのだ」

「なんだと。つまり偽りの託宣を同時に二箇所に下すのか」

ああ、と首肯し、最鎮は顎で綾児を指した。

「神がかりの巫女とは、純粋であればあるほど喜ばれるもの。とはいえ、より多くの信者を集めるには、こういった下賤の女子が道真公の巫女となるのも、また悪くはない」

「下賤で悪かったねッ」

思わずがなった綾児に顔をしかめながら、最鎮は「つまり」と言葉を続けた。

「この綾児のような巫女と、それとは裏腹に、清浄なる神社に暮らす正しき巫覡。その双方に託宣が下れば、京の者たちは道真公のご威徳はあまねく天下の隅々にまで広まっていると勘違いしてくれるだろう。二箇所で効き目がなければ三箇所、それでも力及ばずば四箇所と、ほうぼうの巫覡に道真公を降ろさせるのだ」

「なるほどな。しかしそんな幾人も、巫覡の心当たりがあるのか」

「神良種には、太郎丸（たろうまる）という当年七歳の息子がおる。年のわりに聡（さと）く、顔立ちもよい子だ。こやつに託宣が降りたと触れてはどうだろう」

「なるほど、比良宮の童か。それは確かに効き目がありそうだ」

市井の巫女の綾児と、無垢（むく）な神主の息子。性別も立場も異なる二人にそれぞれ道真の託宣が下れば、なるほど人々の興味はいや増そう。

「その上で、託宣を受けた綾児と神良種が話し合い、共に手を携えて道真公を祀り出せば、京の者はこぞってその社を訪れよう。そのためにはまず綾児をもう少しまともな巫女に仕立て上げ、どんな者たちに謗（そし）られ、罵声を浴びせ付けられようとも動じぬ知恵も授けねばなるまい」

最鎮はすでに、かつて神がかりを演じた綾児が秦吉影の野次のせいで馬脚を露わした一部始終まで聞かされているらしい。忘れかけていた過去の恥辱が甦（よみがえ）り、綾児はかっと顔を火照らせた。とはいえここで無理やり嫌だと言い立てたならば、己の命すら危うくなる。

喉にせり上がる熱いものを、綾児はぐっと呑み下した。震える手を強く握りしめ、誰にも気取られぬよう、大きく息を吸い込んだ。

しかたがない。ここは我慢することだ。阿鳥や文時が求めるような巫女となり、本当に大勢の人々の崇敬が受けられれば、いずれその信者たちが自分を守ってくれよう。その日まで牙を磨き、爪を研ぎ、文時たちの言葉に従うのだ。

そう、こうなったら、やれるところまでやるしかない。文時も阿鳥も——最鎮すらも跪くほどの巫女となり、道真の祭祀とやらを我が手に摑むしか、もはや生きる道はないのだから。

「——分かったよ。巫女になってやろうじゃないか」

押し殺した声で呟いた綾児を、最鎮がゆっくり振り返る。蟹にそっくりの顔を一つうなずかせ、よし、と呟いた。

「けど、あんたさ。社を造るとか言っていたけど、まさかこの家を社にしちまうんじゃなかろうね。ここはあたしの大事な住まいなんだ。幾らあんたたちでも、そこまで勝手にはさせないよ」

「ふん、心配はいらん。社を建てる場所なら、もう既によそに定めてある」

自信に満ちた口振りに、文時が驚いて目を見張った。

「それはいったいどこだ。ひょっとしたら我が家の一隅か。それともお祖父さま所縁の地のどこぞか」

「いいや、そのどちらでもない。こうした時はまったく新しい場所に社を建てた方が、京の者たちも集まりやすかろうて」

「新しい場所だと。それはどこだ」

身を乗り出す文時を苦笑いして見やり、「北野だ」と最鎮はゆっくりと告げた。

「北野だと――」

平安京北方、洛外の北野は、川からも山からも離れた原野。一角に右近衛府の馬場こそあるものの、京の賑わいからは遠く隔たった辺鄙(へんぴ)な野原であった。

「そうだ。あの北野に道真公のお社を建てる。これは面白いことになるぞ」

文時と阿鳥が、戸惑った顔を見合わせる。それにはお構いなしに、最鎮は浅黒い顔をにやりと歪めて、両手を楽しげにこすりあわせた。

# 第三章　神　託

明るい朱に色づいた紅葉が、朝靄（あさもや）の中で濡れたように輝いている。

最鎮（さいちん）は北野社の本殿に続く参道に足を止め、場違いなほど鮮やかなその木を、斜視ぎみの眼でじっと見つめた。

右近の馬場の西、朝日寺にもほど近い北野は、もともと数多（あまた）の松樹が茂る森。近隣の人々を雇ってそれを半年がかりで開墾させ、松に囲まれた小さな祠を建造してから、早三月（みつき）が経とうとしていた。

最鎮が旧友の文時（ふみとき）から、祖父・菅原道真（すがわらのみちざね）公を神として祀りたいとの相談を受けたのは、約一年前。そのとき真っ先に最鎮の脳裏に浮かんだのは、かつて比叡山の斜（なぞえ）で目にした松の大木であった。

何百年もの齢を重ねたと思しきその大木は、美しい花を咲かせた藤にからみつかれ、そこここの枝を灰色に枯らし始めていた。天に向かってねじけ伸びたその枝が、今しも息絶えんとする老木の断末魔の呻きの凝りの如く映った。

無論、今年三十六歳の最鎮は四十年も昔に亡くなった菅原道真を直に知らない。しかし彼が、急増する荘園の整理を目論んだために藤原氏から疎まれ、大宰府に左遷されたことはよく承知している。

つまり道真なる男は、美しくも残虐な藤によって腐らされた、哀れな松。ならば彼の祠は松に囲まれてしかるべきだと考え、最鎮は松の生い茂るこの地を道真祭祀の場に選んだのだった。

ただ、社建立の折に、松以外の雑木はすべて引っこ抜けと命じたはず。それにもかかわらず、なぜあの紅葉だけがこうして残っているのだ。

緑の色濃き松に囲まれた紅葉は眼が痛くなるほど華やかで、どこかふてぶてしさすら感じさせる。

「――あの図々しい巫女そっくりだな」

と毒づき、最鎮は不自由な片足をひきずって、再び参道を歩き始めた。

掃除をしていた祝たちが、こつり、こつりという杖の音に振り返り、大慌てで頭を下げる。その眼差しの底に畏怖と嘲笑がないまぜになって沈んでいるのを見て取り、最鎮はふんと鼻を鳴らした。

曲がったまま伸びぬ右足と、佝僂(くる)の如くかがまった背中。そこに生まれ付きの四角い顎と眇(すがめ)が加わった自分が、他人の目にどう見えるかはよく承知している。

だからといってそんな我が身を糊塗(こと)すれば、人々はかえって最鎮をあざ笑い、憐れみの目を向けてくる。

そう、人は自らを優位に立たせようとするあまり、とかく醜いもの、己には理解できぬものを嘲り、虐げるもの。ならば己のような男はいっそその醜さを振りかざすことで、平凡な者を威圧し続けるしかないのだ。

長い墨染の衣を揺らしながら、最鎮は祝たちに向かって、「みな、ご苦労だな」と鷹揚(おうよう)に声を投げた。

いいえ、と返事を寄越す彼らの眼が、思うように動かぬ右足や火傷(やけど)の跡の残る掌にちらちらと向けられている。

火傷の一つや二つ、別に珍しくもなかろうに。それともこんな容貌のくせにかくも尊大に振る舞う自分が、そんなに羨ましいとでも言うのか。

(――おぬしらはみな、五体満足なくせに)

どす黒いものが腹の底で、ぐるぐると渦を巻いている。その熱を心地よくすら感じながら、最鎮はわざとゆっくりとした足取りで社の本殿へと向かった。

最鎮は、代々、太政官の外記を務める多治比(たじひ)家の次男。二十三歳で大学寮の成績優秀者である文章得業生に選ばれ、文章博士も夢ではないと噂されるほど、優秀な学生(がくしょう)であった。

そんな彼がかような身体となったのは、十二年前の冬。文章生同士の乱闘を止めようとして、炭が真っ赤に熾(おこ)った火桶に突き落とされたのである。

大学寮の教堂に置かれた火桶は、一抱えもある銅製のもの。だが暴れる学生に突き飛ばされ、燃え盛る炭の中に尻から落ちたとき、最鎮は不思議に熱さを感じなかった。とっさに己の状況が把握できぬまま、両手足を振り回してもがく自分を、一瞬にして我に返った仲間たちが呆然と見下ろしている。

その顔が不思議にゆらゆらと揺れていると思いながら、最鎮は尻の下にあった炭を摑んだ。その瞬間、肉が焼ける嫌な臭いとともに、灼熱(しゃくねつ)の痛みが身体を貫き、最鎮は喉が裂けるばかりの悲鳴を上げて、炎の中をのたうち回った。

学生たちが総がかりで最鎮を火桶から引きずり出したおかげで、ただれた皮膚が触るたびにずるりと剝けるほどの火傷を負いながらも、命だけは無事であった。だが、火桶に落ちた際の衝撃と激しい炎のせいで右足は曲がり、下半身を中心に全身にも無惨な火傷が残ったのであった。

家族や仲間たちは、灼熱の炎に焼かれながら命が助かったのは幸いだと、最鎮を励ました。しかしながら、突如、彼を見舞った不幸はそれだけではなかった。

宮城で働く官人は、容貌才知ともに優れていることが必須条件。このためひどい火傷を負った彼には、太政官の一員として天皇に近侍する道は、もはや残されていなかったのである。

事件から半月後、典薬寮（官人の怪我・病気を診（み）る施設）で養生する最鎮にそれを通告したのは、大学寮の下官。その使者がこれまで自分を可愛（かわい）がってくれた文章博士でも、大学頭（だいがくのかみ）でもない事実に、最鎮は激しい絶望を抱いた。

下官が形ばかりの慰めの言葉を述べ、逃げるように帰って行くと、最鎮は麻布が巻かれた己の下肢に手を伸ばした。

薬を塗られ、布で覆われた右足は、どれだけ触っても他人の足の如く感覚がない。膝から太腿、更に鼠蹊部（そけいぶ）へと手を這わせた末、最鎮は股間に巻かれた布の下に、無理やり指を突っ込んだ。

かゆみに似た鈍痛が、腰に走る。その感覚の遠さに歯がみすると、最鎮は火傷で腫れあがった男根を無理やり手でしごいた。さりながらどれだけ手を動かしても、そこに走るのはわずかな痛みのみ。快感は一向に込み上げてこない。どこからか漏れ出した血膿が、うなだれたままの男根を汚した。

官吏の道を絶たれた自分は、同時に男ですらなくなったのか。喉の奥から低い呻きを上げながら、最鎮は己の股間を力一杯殴りつけた。どんな暴力にも蚊が止まったような痛みしか伝えぬ己の身体が、憎くて憎くてたまらなかった。

二月に及ぶ養生を終えると、最鎮は自邸に戻り、その日のうちに出家遁世を遂げた。官人としての将来が断たれたのなら、せめてはこの学識を活かし、京きっての学僧とならんと、比叡山に上ったのであった。

(それが結局、京に舞い戻り、文時の手伝いをしておるのだからな)

真新しい瑞垣を見回しながら、最鎮は唇に自嘲の笑みを浮かべた。

ともに文章得業生に抜擢されたといっても、文時は最鎮より十歳も年上。有体に言ってあの当時、文章博士や大学頭の期待は、最鎮ただ一人に集中していた。

もし最鎮が平凡な人物だったなら、己の不運を嘆きつつも俗世に留まり、それなりの幸せを得たであろう。

だが自分より劣った仲間の出世を目の当たりにし続けるには、最鎮はあまりに誇りが高すぎた。官途を閉ざされた秀才への憐憫の眼差し、知ったような囁き声。なにもかもが腹立たしくてならなかった。

さりながらいざ入山してみれば、二千余人の僧が暮らす山内は、俗世の身分がそのまま物を言う世界。貴族出身ながらも凄まじい火傷を負った最鎮は、同じ貴族出身者からも身分の低い僧侶からも、常に異物として扱われた。

幸い、先代座主の尊意（そんい）は最鎮を気に入り、入山して日の浅い彼を側仕え（そばづかえ）として引き立ててくれた。しかし四年前、その尊意が七十五歳で亡くなると、最鎮の居場所はもはやどこにもなかった。

何かしらの口実を探しては、他人を貶め（おとしめ）、差別する点は、叡山も京も変わりはない。所詮、人は他人を踏み付けにすることでしか生きて行けぬのだ。

一旦そう気づいてしまえば、最鎮にとってもはや叡山は魅力的な場所ではなかった。かくして最鎮は御山を下り、多治比氏と所縁の深い朝日寺に寄寓を始めたのであった。

「かけまくも畏き（かしこき）、大宰右大臣公の御前にかしこみかしこみて申す」

朝の祈禱が始まっているのだろう。本殿からは重々しい祝詞の声が響いてくる。

最鎮は長い参道を、おもむろに振り返った。その途端、祝たちが箒（ほうき）を握りしめたまま、びくっと顔を背ける。

身体を傾がせ、肩で息をしながら参道を進む自分の背に、彼らはどんな眼差しを注いでいたのか。腹の底が再びかっと熱を持つのを感じながら、最鎮は参道の中ほどに生えた紅葉の木を顎で指した。

この北野社の造営費用や神職たちの禄は、みな文時の懐から出ている。だが現在、多忙な文時に代わって、最鎮がその経営を任されていることは、この北野社では周知の事実。それだけに祝はもちろん、近江国の比良宮から引き抜かれた神主の神良種（みわのよしたね）、阿鳥（あとり）

とかいう不細工な巫女も、表だって最鎮に歯向かうことはない。

(そう、ただ一人、あの綾児(あやこ)のみを除いては——)

胸の中で呟いた途端、ままにならぬ右足がずきりと痛む。

「おい、誰か。今すぐあの紅葉の木を切り倒せ。まったく見苦しくていかん」

祝たちにそう怒鳴ると、最鎮は刻々と明るくなる空を見上げ、祝詞と鈴の音が響く檜(ひ)皮葺(わだぶき)の本殿へ近づいた。

左右に松の木を備えた本殿は小ぶりで、いささか安っぽく見えなくもない。だが、今はこれでいい。むしろ少々粗末な社であったほうが、後々寄進者が現れたとき、援助の頼みがいがあるというものだ。

外陣(げじん)に居並ぶ神職たちの祝詞にしばらく耳を傾けてから、最鎮は今度は御堂の裏に建つ細殿(ほそどの)へ足を向けた。

巫女たちが暮らす長さ五間の細殿は、もっとも東の一室を除いて、みな蔀戸(しとみど)が上がっている。一間(ま)だけ庇(ひさし)が降りたままの室の戸を、最鎮は杖の先でどんどんと叩いた。

「ええい、いつまで寝ているのだ。もはや朝の祝詞が始まっているぞ」

しかしどれだけ耳を澄ましても、それに対する応えはない。やむなくもう一度杖で板戸を打ちながら、最鎮は「いいかげんにせぬか、綾児ッ」と声を荒らげた。

絶え間ない杖の音に、さすがに眠りを妨げられたのだろう。低いうなりが響いたかと思うと、蔀戸がわずかに持ち上げられ、髪をぼさぼさに振り乱した綾児がぬうっと顔を突き出した。

「もう、なんだよ、いったい。昨夜（ゆうべ）は横になったのが遅かったんだ。良種や阿鳥がいるんだから、朝の祈禱ぐらい、あいつらに任せたっていいじゃないか」

折しも射しこんだ朝日の眩しさに顔をしかめ、綾児は腫れぼったい目をこすった。

「ならん。この北野社の筆頭巫女はおぬしなのだ。それがかように朝寝を決め込んでおっては、この社の評判にもかかわろうが」

北野社が完成したのは、今年の六月九日。だがその半年も前から、最鎮はほうぼうに銭をばらまき、この社について噂させていた。

もともと京の人々は、不遇の死を遂げた貴人に肩入れする傾向がある。最鎮はそれを利用して、生前の菅原道真公がどれほど情け深かったか、雷神となって清涼殿を襲わねばならぬほどの憂憤はいかばかりのものであったのかを、京のそこここで吹聴させたのである。

「大宰府に流された道真さまは、祭文（さいもん）を拵（こしら）えて、七日七晩、天に無実を訴えられ、とうとう神さまになって、姿を晦（くら）まされたんだと」

「その後、道真さまの御霊（みたま）が前（さき）の天台座主さまのもとを訪れられ、座主さまが勧めた柘榴（ざくろ）の実を召しあがられたらしい。すると御霊が吐き捨てた柘榴の種が、たちまち炎となって燃え広がったので、座主さまは灑水の印を結ばれ、法力で火を消されたそうな」

人はとかく、理解しやすいものを好んで受け入れるきらいがある。かつて綾児たちが道真を祀りながらも上手くいかなかったのは、その御霊を「何物にも代えがたいありがたい神」とのみ吹聴したため。飽きっぽい京人の心を捕らえ、長きにわたってその信心を受けるには、京を守護する叡山の威光を借り、「天台座主とすら対等に渡り合う靭き神」と位置付けたほうがよいと、最鎮は考えたのであった。

昨年はたまたま豊作であったが、諸国ではこの十数年頻発した旱魃と飢饉のせいで、本貫地を離れる流民はいまだ数多く、数年前に東国・西国で勃発した乱の衝撃も記憶に新しい。それゆえ人々はいま、すがるべき神を心のどこかで求めているはずだ。ならばそんな時世を受けて造る社は、決して怪しげな祠堂であってはならない。賀茂社や石清水社にも劣らぬほど風格があり、御霊社にも負けぬほど強靭な神々を祀る社でなければ。

そうした読みが当たったのだろう。北野社が落慶するや否や、この地を訪れる者は跡を絶たず、毎日何十人もの人々が本殿に安置された道真の御影に手を合わせたり、いわくありげに紙垂をかけた本殿脇の松の葉を、守り札代わりに抜いたりしてゆく。

ただそのせいで境内の二本の松の木はすでに葉の半分以上がむしり取られ、この分ではあと二、三か月で枯れてしまいそうだ。

せっかく多くの参拝者が押しかけるようになったのに、験の松が枯れては縁起が悪い。祝に命じ、人のおらぬ夜の間に植え替えさせねば、と考えながら、最鎮は大あくびをする綾児を睨んだ。

それにしてもまったく、この綾児という女はどうだ。顔貌だけはいいが、中身はからっぽの気まま者。その癖、妙なところで勘がよく、すぐに雌猫の如く歯を剝き出すのだから、扱いづらいといったらない。

昨夜、化粧をしたまま寝てしまったのだろう。白粉が肌の上でひび割れ、粉を吹いている様は、出来の悪い築地塀そっくりだ。

祖父を祀り、菅家氏長者の地位を己が手に取り戻さんという文時の計画は、なかなかの名案。だが、この綾児を一味に加えざるをえなかったことだけは愚策だ、と最鎮は内心舌打ちをした。

「うるさいねえ。筆頭巫女ってったって、ほとんどの仕事は良種がやってくれるんだ。祝詞だって祭文だって、あいつの方がずっと上手く読めるんだから、あたしは好きにさせてもらうよ」

一方的にまくし立てるなり、綾児はもう一度大あくびをして、ばたんと蔀戸を閉ざした。

「おいこら、ふざけるな。そんな気随が通ると思っているのか」

怒声を上げたものの、衾（ふすま）にくるまって耳でも塞いでいるのか、呼べど叫べど綾児の返事はない。不自由な足で地団駄を踏み、最鎮はええい、と声を限りに怒鳴った。

「昨夜寝るのが遅かっただと。わしが何も知らぬと思うているのか」

最鎮の目は節穴ではない。北野社創設に併せて近江・比良宮から引き抜いた、神職の神良種。綾児が周囲の目を盗み、その良種を臥所に引き入れていることなぞ、最鎮はとうの昔にお見通しであった。

良種は確か、今年三十歳。いささか意志が弱いきらいこそあれ、顔立ちはまあまあ悪くない。

良種の息子である太郎丸（たろうまる）に道真の託宣が下ったとの噂は、残念ながら他の風評ほど人々の口に上らなかった。しかし良種はさしてそれを残念がりもせず、今は太郎丸を比良の知人に預け、単身、北野社に住みこんで、禰宜や祝の差配に当たっている。

そんな神職をくわえ込む綾児もおぞましければ、あんな野放図な女にたぶらかされる良種も情けない。だいたい右京七条二坊から北野に家移りしたとはいえ、巫女稼ぎをしていた当時の馴染み客は幾人もおろうに、綾児はなぜこんな手近な男に手を出すのか。

学問に打ち込んで青年期を過ごした末、火難で女を抱けぬ身体となった最鎮は、女子（おなご）というものがまったく理解できない。それだけに神域に暮らしながらも人目を盗んで乳繰り合う二人が、なんとも賤しく思われた。

かなうことなら今すぐ綾児を叩き出してやりたいが、社の造営成って間もない今、筆頭巫女を失うのは痛い。三年、いや、二年の辛抱だ。あと二年の間に、自分は北野社の名を畿内諸国に轟かせ、その地位を不動のものとしてやる。そうすればあんな色狂いなぞおらずとも、北野社の経営にはなんの支障も出ぬはずだ。

いつしか祝詞は終わり、神職たちがぞろぞろと本殿から引き上げ始めている。先頭の良種の顔に疲労の色が浮かんでいるのは、昨夜の荒淫のせいであろう。とはいえもともと頭のいい良種のことだ。今は綾児にたぶらかされていても、数か月もすれば己の過ちに気付こう。

最後に階を降りた阿鳥が、細殿の傍らに立つ最鎮を目ざとく見つけ、深々と頭を下げる。真新しい緒太草履の紅緒の色が、白い肌に映えていた。

綾児は気に入らないが、あの女は役に立ちそうだ。化粧ごときでは誤魔化せぬほど醜い顔立ちと、文時に素早く取り入った頭のよさ。それに腹の中では色々思惑があろうに、日々黙々と働き続けるそのふた心も面白い。

(文時もたまには、役立つ者を見つけてくるのだな)

わずかに顎をしゃくって阿鳥にうなずき返し、最鎮は社務殿に向かう彼らをじっと見つめた。

一列になって歩む彼らの姿が、自分のために働く忠実な蟻の列に似ている気がした。

「畜生、畜生、畜生ッ。蛙みたいな面をした糞坊主に、なんで説教されなきゃいけないんだいッ」

腹立ち紛れに枕を蹴飛ばし、綾児は部屋の片隅に丸められていた衾を頭からひっかぶった。

その途端、生臭い男の残り香が鼻をつき、昨夜の良種の身体の熱さがゆるゆると下腹に甦る。

昨日、捨て損ねたのだろう。丸めた陸奥紙が一つ、褥の裾から転がり出て、かさりと小さな音を立てた。

以前の陋屋とは比べものにならぬほど立派な部屋を与えられ、畳の寝台と衾で夜を過ごすようになったとて、そこに健康な男が加われば、結局、やることは一つ。ましてや洛外の北野に引き移ったせいで、吉影が顔をのぞかせなくなった今、ついつい手近な良種で身体の寂しさを満たしてしまうのも、綾児からすればしかたのない成りゆきであった。

それにしてもあの最鎮は、なぜこうも自分を目の敵にするのだろう。己の振る舞いを棚に上げ、綾児はぼりぼりと胸元を掻いた。

あまりに強い痒みに鏡を覗き込めば、喉の真下がぽっちりと赤く腫れている。おおかた昨夜、睦み合いの最中、虫にでも噛まれたのだろう。まったくこれほど秋が深まってもなお虫がいるとは、さすがは四方を松に囲まれた洛外だ。

　右京に暮らしていた頃は、託宣といえば客にしなだれかかってあれこれ話を聞き出し、相手の顔色をうかがいながら、訳の分からぬ言葉をぼそぼそ漏らすことだった。しかし北野社でさせられる託宣は、美しい絹の衣をまとって端坐し、几帳の陰から良種が囁く通りをそのまま繰り返すだけ。

　訪れる者の中には、高価な絹で身を装い、美々しく化粧をした綾児を一目見るなり、ぼおっと顔を赤らめ、何も言えなくなる純朴な男もいる。誰も見る者がいなければ、そんな男は自室に連れ込んでしまいたいが、仮にもこの社の筆頭巫女たる身ではかような真似も出来ない。正午から日没まで身じろぎ一つせずに座り、ただひたすら言われるがままを繰り返すのは、綾児からすればなかなかの苦行であった。

（まったく、誰のおかげでこれだけこの社が繁盛していると思ってるんだよ）

　文時と最鎮が、北野社建立に奔走したことは知っている。しかしながら都の人々は彼らが流した噂よりも、賤しい巫女たちが右京で行なっていた祭祀がこれほどの社に化けた事実に驚き、その中心人物たる綾児を見るため、北野に足を運んでいるのだ。

　その証拠に参拝者の中には、綾児があの陋屋で神祭りをしていた頃の見物人がちらほら交じっている。畏敬の目で綾児と社を見つめ、こそこそと松の葉をむしって帰って行

った者たちは、必ずその数日後には新たな参拝者を連れて再来し、

「俺はあの巫女がまだ右京にいた頃を知っているんだぞ」

と、周囲に自慢するのであった。

おかげで本殿に押しかける人々は日に日に増え、昨日なぞは界隈が薄暗くなってもなお、託宣を求める人の列が途切れなかった。胸をかき出し、男にほとをまさぐらせながらの託宣で数枚の銭を得ていた昔からすれば嘘のようだが、一方では朝から晩まで瑞垣の外に出られぬ暮らしに、いささか飽きも来ている。

（これだけ懸命に働いているんだ。男の一人ぐらい、そんなに目くじらを立てなくたっていいじゃないか）

そうぼやきながら、腰の気だるさを堪えて朝餉をかき込んでいると、早くも参拝者が訪れたのだろう。本殿の方角でがやがやと声が起こり、にぎやかな柏手がそれに続いた。

「しかたないねえ、ぼちぼち行こうか」

空袍の上に重ねた千早は、千鳥の柄を青摺りにした高価なもの。髪を束ね、挿頭にこれまた鳥を象った釵子を挿すと、綾児は汁で濡れた唇を手の甲で拭って立ちあがった。

境内に敷き詰められた白砂に柔らかな陽が弾け、辺りはまだ早朝とは思えぬ明るさに満ちている。胸を張り、ゆったりとした足取りで本殿に上がる綾児を、参詣の人々がわっと声を上げて顧みた。

「巫女さまだ、あれが道真さまの御霊を降ろす巫女さまだぞ」

「道真さまが最初にあの巫女さまに憑いたのは、二年前。その時からご神霊は社を北野に建てよと仰っていたのに、あの綾児は卑賤の身を恥じ、あえて祠を右京のご自宅に作ったそうだ」

「おお、その話はわしも聞いた。ところが昨年の夏、比良宮の禰宜の息子に再び道真さまが憑き、綾児さまとともに北野に社を建てろと仰せられたって言うんだろう。それにしてもこんな町はずれには初めて来たが、道真さまがさほど執着されるだけあって、心が洗われるような清らかな場所だなあ」

なるほど、今はそういうことになっているのか、と綾児はまっすぐに前を向いたまま、人々の噂話に耳をそばだてた。

最鎮は北野社を更に繁栄させるべく、文時とともに様々な策を巡らしているらしいが、綾児にはその内容を滅多に教えてくれない。

不思議なもので、最初は無理やり北野社造営に引きずり込まれたことを厄介と考えていたのに、文時や最鎮からそんな態度を取られると、あの二人の鼻をどうにか明かしてやろうと思われてくる。

阿鳥は北野に移ってからこの方、昔の饒舌（じょうぜつ）ぶりが嘘のように黙り込み、あまり綾児に近付いて来ない。かつては安曇宗仁（あずみのむねひと）からもらった手鏡をご神体にしようなどと言っていたのに、そんなことも皆目、口にしなくなった。おそらく道真の祭事こそ第一と考える彼女は、文時や最鎮に逆らわぬことで、自らの立場を維持しようと決めたのだろう。

とはいえ参拝者の熱狂ぶりからも知れるように、今の北野社の繁栄は綾児の存在あればこそ。ならば一旦手に入れたこの立場を、そうやすやすと手放してなるものか。

格子戸で区切られた内陣に入ると、綾児は参拝の人々から顔が見えるように、外を向いて座った。その途端、境内の男女はみな、綾児の顔を少しでもはっきり拝もうと、浜縁の外にどっと詰めかけた。

巫女の託宣を受けるには、最低でも三貫の銭が必要。そんな大枚を持たぬ者たちはみな、こうやって社の外から綾児の一挙手一投足を眺めて帰って行くのであった。

(まるで見せ物だよ、まったく)

「綾児どの、今日はお早いのですね」

布衣(ほい)に指貫を着た良種が、綾児の後を追うように内陣に入ってきた。ひょろりと細い身体を几帳で仕切られた物陰にひそめ、湿った手で綾児の手を握り締めた。

顔立ちは女と見まごうほど整っているが、耳障りに高い声やいささか軽薄な挙措は、正直、綾児の好みではない。

さりながら良種は小心者だけに、少なくとも綾児を裏切る真似はせぬだろう。自分は昨夜、神良種という男とまぐわったのではない。北野の神主、ひいてはこの社そのものとまぐわったのだと考えながら、やんわりと相手の手を振り払った。

「綾児どの。今日は昼過ぎに、文時さまがお客人を連れてお越しだそうです。何でも文時さまがかねがねお世話になっている中納言さまが北野社の噂を耳になさり、ぜひ一度参拝したいと仰せられたとか」

「ふうん。相変わらずあのお方は、人寄せに熱心でらっしゃるねえ」

境内に聞こえぬのを良いことに、綾児は低い声で吐き捨てた。

「一昨日は右衛門督さまだか権大納言さまだかを連れて来られたし、その前は確か治部卿さま。いつぞやなんぞ、えらく気難しげな爺さんを案内してきて、こっちが大変な目に遭ったじゃないか」

小野のなんとかというその老人は、幼い頃、大宰府で生前の道真に会ったことがあるという。小柄な癖に眼光鋭い彼から、道真の霊告の内容を聞きほじられたときは、まったく冷や汗をかいた。

文時は名のある公卿を北野社の支援者として迎え、この社を更に発展させるつもりらしい。しかし、上卿とはおおむね頭が固いもの。石清水や賀茂社、松尾、平野といった大社が林立する京で、こんな今作の神社を信心する物好きがそうそういるわけがない。

内記である文時に三拝九拝され、しかたなく北野までやってきた高官たちはみな、見るからに新しげな社を胡散臭げに眺め、葉をもがれ、枝を折られた松の木に眉をひそめる。そんな上役の態度に一喜一憂し、ぺこぺこと頭を下げながら境内を案内する文時の姿を見るたび、

（あたしだったらあんな偉そうな奴らの手なんか、借りないけどねえ。だってこの京には、何万人という人間がひしめいているんだ。中には裕福な商人や富農だっているだろうし、そんな奴らから寄進を受けたほうが、よっぽどあと腐れがないじゃないか）

と、綾児は彼の意外な卑屈さに呆れていた。

とはいえ自身も貴族の端くれである文時や最鎮は、庶人千人の信心よりも、貴人一人の信心を喜ぶのだろう。

きっと今日やって来る中納言も、これまで同様、いけすかない野郎に決まっている。ああ、やだやだ、と胸の中で悪態をつきながら、綾児はこちらに向かって柏手を打つ人々をぼんやり眺めた。

好奇心に目を輝かせた若い男、足元のおぼつかない老婆……その向こうできょろきょろと四囲を見回している猫背の男が、通りかかった祝に何か話しかける。かと思えば、彼は弾かれたようにこちらを振り返り、大きく目を見開いて、本殿の中を覗き込んだ。

「お前——お前、まことに綾児か。そんな身形をしているから、まったく見違えたぞ」

小さな目を驚いた様子で見開く男には、覚えがある。右京七条の家の裏に住んでいた、

医師の橘康明だ。

几帳の陰から顔を出した良種が、知り合いか、と目顔で問いかけてくる。綾児が小さく顎を引くと、小走りに縁先に出て、康明を外陣まで招き入れた。

実のところを言えば、わざわざ親しく言葉を交わすほどの仲ではない。だが昔とは違う自分を誰かに見せたい欲望に駆られ、「久し振りじゃないか、康明」と、綾児は珍しく愛想を振りまいた。

「こんな町はずれに来るなんて、珍しいね。どこかの帰りかい」

「あ、ああ。太秦村の刀禰（在地の有力者）から呼ばれた帰り道だ。それにしても驚いた。お前と阿鳥が北野に出来た社で巫女をしているとは聞いていたが、まさか本当だったとはなあ」

つくづくと嘆息して、康明は上目遣いに綾児をうかがった。ふと眼をしばたたき、「そのできものはどうした」と己の喉を指差した。

「ああ、これかい。ちょっと虫に刺されただけだよ」

虫、と呟いて、康明は眉根を寄せた。これでいい男であれば、更に内陣へと招き入れ、胸の一つも触らせてやるが、常に人の顔色ばかりうかがっている意気地なしに、そこまでしてやるつもりはない。

しかし綾児の思いとは裏腹に、康明は珍しく強い口調で、「本当に虫か。少し明るいところで見せてみろ」と、こちらに向かって身を乗り出した。

「うるさいねえ。あたしが虫といったら、虫に決まってるじゃないか。あんたみたいな野巫医者なんぞ、お呼びじゃないんだよッ」

まったく、少しばかり親切にすればつけあがりやがって、と綾児は声を荒らげた。

その途端、水をぶっかけられた野良犬のような顔で、康明がしゅんと肩を落とす。久々に眼にするその顔つきにますます苛立ちが募り、「良種、お帰りだよッ」と綾児は険しい声を几帳の向こうに投げた。

康明自身、いたたまれなくなったのだろう。良種にうながされるまでもなく、そそくさと外に出る。そのくせそのまま立ち去るでもなく、境内の雑踏からこちらをちらちらうかがう様があまりに苛立たしく、綾児はぷいと横を向いた。

康明に悪気がないのは分かっている。だがあのおどおどした物言いや、探るような眼を見ていると、どうにもむかっ腹が立ってならない。

世の中には相性の悪い人間がいるというが、自分にとっての康明はまさしくそれなのだろう。

「ああもう、下手に懐かしむんじゃなかったよ」

と小声でぼやきながら、綾児は両手でぼりぼりと喉元をかきむしった。

かゆみは掻けば掻くほど増し、いつしか喉元にはうっすら血がにじみ出していた。心なしか、できものも熱を持ち始めたようだ。

「あ、あの綾児どの。あまり掻かないほうがいいんじゃないですか」

「うるさいねえ。あたしはここのところ毎日、こうして傀儡のように座ってるんだ。掻きたいところを掻くぐらい、構やしないだろうが」

恐る恐る止める良種に吐き捨てても、いっこうにかゆみは治まらない。良種に濡らした手巾（しゅきん）を持って来させ、それを首筋に当てると、ようやく少し楽になった。

そうこうしている間にも、境内の参拝者はどんどん増える一方である。やがて正午を過ぎた頃、当番の祝が託宣を求める者を整列させ始めた。

まず真っ先に外陣に呼び込まれたのは、東市（ひがしのいち）で桶屋を営んでいるという老婆。所帯をもって十年になる息子夫婦に子が出来ぬのを案じ、どこぞから貰（もら）い子でもしたほうがいいのか、それとももうしばらく待つべきかを教えてほしいとの願いであった。

託宣を求める者は前もって、自らの姓名年齢、更には北野の神に聞きたい内容などを祝に告げておく。すると良種が祝が書きつけたその内容を一読し、適当な内容をでっち上げて、綾児の背後から囁く手筈である。

「子種とは家内の安寧によってもたらされるもの。人を恨み、世を嫉（そね）む家にはどれだけ待っても子は産まれぬぞよ」

几帳の陰からの囁きを、もっともらしい抑揚をつけて繰り返す。

すると不意に参道の方角で、「おいおい、いったいどこの上卿さまのお越しなんだ」というざわめきが上がった。

見れば黒毛の牛に曳かせた半蔀車が一両、参道の人々をかき分けてこちらに近付いてくる。瑞垣の前で停められた車から降り立った朝服姿の老人が、混雑する境内を見回して、不機嫌そうに顔をしかめた。

「綾児どの。託宣の続きを」

背中を小さく突かれ、綾児はあわてて、外陣でうなだれる老婆に視線を移した。

「ええと――」

「……人を恨み、世を嫉む家にはどれだけ待っても子は産まれぬ」

「ああ、そうそう。人を恨み、世を嫉む家にはどれだけ待っても子は産まれぬ」

「ただひたすら身を慎んで、時節を待つべし。されど縁あれば他家の子を認めて容れるも、またよろしからずや。己の血統ばかりを尊ぶべきにあらず」

「ただひたすら身を慎んで――」

意味深長なだけで、ほとんど役に立ちそうにない言葉を連ねている間に、さきほどの老人はひどく尊大な態度で瑞垣を巡り、まっすぐ本殿に近付いてきた。

あたふたと境内に現れた文時が、老人に何か話しかけている。しかし老人はそんな文時を一顧だにせず、本殿の浜縁に勝手に上がりこんだ。

「ど、どなたさまでございます」

良種があわてて立ち上がり、老人を留めんと外へ出る。老人はそんな良種をちらりと見やっただけで、そのままずかずかと外陣へ押し入ってきた。

頭を垂れて託宣に聞き入っていた老婆が、ひゃあ、という声とともに飛び上がる。駆けこんで来た祝が老婆を外へ連れ出すのを後目に、綾児はその場に座ったまま、じっと老人を睨み上げた。

朝服の色は浅紫。制止を気にも留めず押し入ってくる無遠慮さからして、相当高位の公卿なのだろう。頬骨の目立つ面長の顔とよく手入れされた顎鬚が、賀茂の川で餌を拾う鷺を思わせた。

「も、元方さま。お運びはありがたく存じますが、何分、ここは神域。何卒、何卒、外にお出になってくださいませ」

文時が老人の前に飛び出し、ばっと両手をついて平伏する。

そんな文時を一瞥し、元方と呼ばれた老人は不機嫌そうに顔をしかめた。

「神域というには、何もかもが真新しすぎるのう。麗々しく掲げられている御影も、妙にぴかぴかして威厳がないわい」

と、聞こえよがしに言い放ち、じろじろと堂内を見回した。

北野社のご神体として本殿にかけられた道真の御影は、最鎮が半年前、存知寄りの画師に描かせたもの。古びた紙を使い、わざと古色蒼然とした体に仕上げてあるが、顔料の新しさまでは誤魔化せない。

は、はあ、と口の中でもごもごと呟き、文時は卑屈な態度で床に額をこすりつけた。

「お、お言葉ごもっともでございます。ですがこの社の建造は、それがしが一人で行なったことでございまして。至らぬところは多々ありましょうゆえ、できますれば博識で知られる中納言さまに様々お教えをいただければ――」

良種は先ほど、文時が世話になっている中納言が来ると言っていた。だが目の前の元方の態度から察するに、彼もまたこれまでの上卿同様、望んで北野に来たわけではなさそうだ。

(だから上つ方なんぞ呼んだって無駄だってのにさ)

ぺこぺこと頭を下げる文時を眺めながら、綾児はちっと舌打ちをした。どうやらその音が耳に入ってしまったらしい。

その途端、本殿の作事にあれこれ文句をつけていた元方が、すさまじい形相で振り返り、

「なんだこの女子はッ」

と、耳を聾するばかりの声で怒鳴り立てた。

「いま、わしに向かって舌を鳴らしたであろう。この無礼者ッ」

「こ、この者は北野社の巫女の綾児でございます」

一足飛びにこちらに駆けてきた文時が、綾児の頭を摑んで無理やり床に押し付ける。

（い、痛いじゃないか、この野郎ッ）

と腹の中では思っても、殿上人の前で文時を罵倒するほど、綾児も愚かではない。しかたなくしおらしく頭を下げ、ちらりと上目遣いに元方を仰ぎ見た。

「この綾児はもともと、右京の市街でわが祖父を祀っていた巫女。託宣を能(よ)くし、わたくしに北野に社を建てよとの祖父の言葉を伝えてくれたのでございます」

「ふうん、道真公の言葉をのう」

元より文時の弁なぞ信じていないのだろう。元方は馬鹿にしたように笑うと、「ちょうどよい」と大きく一つうなずいた。

「ならばそやつに、我が家の先行きを占わせよう。どうだ、綾児とやら。まことに道真公の巫女であれば、わしの望みが何か、黙っていても言い当てられようが」

「は、はい。それはもちろんでございます」

声を震わせて相槌(あいづち)を打つ文時の顔は、完全に血の気がない。愉快そうににたにた笑う元方を睨み、綾児はこん畜生、と胸の中で吐き捨てた。

どうせここで自分がなにを言おうとも、こいつは端(はな)っから北野社を信じるつもりがないのだ。そんな意地の悪い老人も、彼にひたすら追従(ついしょう)するだけの文時も、何もかもが忌々しくてならなかった。

視界の隅で、良種が必死に目配せをしている。こちらに任せろと言わんばかりのその様に更に苛立ちを募らせながら、「分かりました」と綾児は大きくうなずいた。

「それでは道真さまのお言葉を申し上げます。どうぞわたしの前にお座りください」

あ、綾児どのッと、良種が小さな悲鳴を上げる。真っ青になってよろめいた文時が、両手で頭を抱えてその場に尻餅をついた。

「さてさて、道真さまはどのようなお言葉を下さるのであろうかな。念の為申しておくが、わしはまだ少年だった頃に一度、生前の道真さまにお目にかかっておるのだ。偽りの託宣なぞには、決してだまされぬぞ。この先の文時の官途（かんど）は、すべておぬしの託宣にかかっていると心得よ」

元方の嫌味に、綾児はにっこり笑って目を閉じた。両の手を胸の前で組むと、静かな声で祝詞を上げ始めた。

前後に小さく身体を揺らしながら薄目を開ければ、元方は相変わらず薄笑いを浮かべてこちらを見ている。

宮城での文時の立場なぞ、綾児にとってはどうでもいい。だがこの社を馬鹿にされることだけは、どうにも許し難い。こん畜生、ともう一度胸の中で罵倒してから、

「――人を恨み、世を嫉む家には、いかに待てども子は産まれぬ」

と、綾児は歌うような声でゆっくりと言った。

「子だと」

その瞬間、元方の顔がはっと引き締まる。

しめた。あたりだ。

「ただひたすら身を慎んで、時節を待つべし。時節を——待つべし——」

元方がいったいどういう人物か、綾児は知らない。ただ先ほど彼は、「我が家の先行きを占え」と口にした。

言葉の端々から相手の本心を読み取り、その願い通りの託宣を述べるのは、市井の巫女のもっとも得意とするところ。占いをさせるに際し、「家の先行きを」と口走ったことから、綾児は元方が自らの家の繁栄にひどく心を砕いているのではと推測したのである。

だとすれば元方に告げるべき託宣は、先ほどの老婆に述べたそれと同じで充分なはず。託宣を聞く当人は、少々辻褄(つじつま)が合わなくとも、言われた内容を勝手に己に引きつけて考えるものだ。

綾児は更に大きく身体を揺らし、ううっと低い呻きを漏らした。その苦しげな表情に魅入られたように、元方は眉根を寄せて、綾児に向かってわずかに身を乗り出した。先ほどまでの嘲笑は拭ったように消え、白髪交じりの眉根がぴくぴくと痙攣(けいれん)している。

「時節とはいつじゃ。祐姫は——祐姫はいつ帝のお子を産めるのだ」

（帝のお子だって？）

さすがは中納言。桶屋のお婆の相談に比べると、随分話が壮大だ。

呻き声を続けざまに上げながら、綾児は一瞬、どうしたものかと逡巡した。さりながらここで妙に喜ばせるようなことを言うと、託宣が外れた時に厄介である。

元方が北野社を信奉するようになれば、文時はきっと喜ぶだろう。だが綾児にしてみれば、こんな口うるさげな老公卿にまとわりつかれるのはご免だ。だいたいこんな権高な爺が出入りしていては、ようやく増えた参拝者が減ってしまうではないか。

よし、と胸の中でうなずき、綾児はがくがくと身体を震わせた。「されど」と不意に声を高め、組んだ手を頭の上に掲げた。

「縁あれば他家の子を認めて容れるも、またよろしからずや。己の血統ばかりを尊ぶべきにはあらず——」

「他家の子を認めて容れよだとッ」

そう怒鳴るなり、元方はいきなりその場に仁王立ちになった。

「そ、それはどういう意味だッ。あの憎たらしい師輔や実頼の娘どもが産んだ皇子に、祐姫の子が先んじられるということかッ」

激しい怒声に目を開ければ、顔を真っ赤に紅潮させた元方が、今まさに綾児に摑みかかろうとしている。思わず板の間を飛び退き、「し、知らないよ、そんなことはッ」と綾児はなおも迫りくる元方を、力いっぱいつき退けた。

「あたしはただ託宣を述べただけなんだ。どんなことが起ころうとも、そこまでは知ったこっちゃないよッ」

「なんだと。ただの巫女のくせに生意気なッ」

言うなり元方は老人とは思えぬ素早さで、壁にかけられていた道真の御影をひったくった。文時が制止する暇もなく、それを二つ四つと引き裂いて床に叩きつけると、足でぎりぎりと踏みにじった。

「こ、こんな腹立たしい社が、道真公を祀る宮であるものかッ。他の太政官たちにも北野社のいかさまぶりを吹聴しておく。以降はそのつもりでおれッ」

「お、お待ちください、元方さま。この者はなにも祐姫さまのことを申したわけではありません」

「いいや、わが姫のことに決まっておる。そこな巫女は、わしが主上のもとに娘を上げたことを承知の上で、かようないやがらせをしたのであろう。娘を後宮に奉っているのは、右大臣の師輔も同様。他家の子を認めて容れよとは、他の妃が産んだ子を祐姫が認めねばならぬとの意味であろうよ」

「そ、そんな。お待ちください。それはまったくの誤解でございます」

どすどすと足を踏み鳴らして出て行く元方の後を、文時が転がるように追いかける。

どうやら自分は、元方が一番言われたくないことを言い当ててしまったらしい。あの怒りようから察するに、元方は明日から本当に宮城で、北野社の悪口を言い触らすだろう。だとすれば自分は以後、高慢な上卿たちにあれこれ嫌味を言われずに済みそうだ。

「あ、綾児どの。あなたは——あなたはなんということを申し上げたのですか」

唇まで蒼白(そうはく)に変えた良種が、遠ざかる元方の背中と綾児を交互に見やって呻く。

なんだ、つまらない。この男もまた、文時同様、殿上人に尻尾を振る男だったのか。

(あたしが北野社を動かすようになったら、上卿たちの力なんか一切借りずに済ませるのにねえ)

ふん、と小さく鼻を鳴らして肩をすくめ、綾児は首に巻いた手巾の下に指を突っ込んだ。

また熱を持ち始めたできものが、ひどくうずく。長く伸ばした爪でそれをがりがりと掻き、綾児は爪先についた血を舌で小さく舐(な)め取った。

綾児が元方を怒らせたことが、よほど許し難かったのだろう。

知らせを受けて朝日寺から飛んできた最鎮は、菅原文時と肩を並べ、綾児に渋面を向けた。

二人があからさまな怒声を上げぬのは、それだけ綾児の度し難さを知っているからだ。躾の悪い犬を眺めるような目で綾児を睨み、文時は溜め息まじりに「いかがする」と言った。

「元方さまは、主上の学問の師。あの御仁を怒らせては、官幣社の座はもちろん、上つ方より寄進を賜ることすら難しくなってしまう。なあ、どうすればいいのだ」

「まあ、そう焦るな。太政官の高官は、なにも元方さまだけではあるまい。左右大臣はもちろん、大納言や中納言のお歴々の中にも、まだ北野社にお越しいただいていないお方はたくさんおわすではないか」

元方には当然、幾重にもお詫び申し上げる。だからといって、その他の公卿を招くことまで躊躇う必要はない、と最鎮はぼそぼそと続けた。

「たとえば現在、右大臣の地位におわす藤原師輔さまは、まだ四十そこそこながら、元方さまに勝るとも劣らぬ野心家。もはや老体の元方さまはさっさと諦め、今度は師輔さまをこの社に招けばよいではないか」

「とんでもない。右大臣さまをお誘いするなぞ、あまりに恐ろしすぎるわい」

ただでさえ青ざめていた顔を、文時はますます蒼白に変えた。ぶるっと身体を震わせ、両の腕で己の肩を抱いた。

「しかも右大臣さまはかねてより、元方さまと犬猿の仲。元方さまを先にここにお招きした後、掌を返してお声をおかけしても、かえってご機嫌を損ねるだけだ。それにだいたいそんな真似をして、それが元方さまのお耳に入ってみろ。どんなお叱りを受けるか、考えるだけでもそら恐ろしいわい」

文時はひと息にそれだけ言うと、ああッと叫びながら、両の鬢をがしがしとかきむしった。

「元方さまは、我が従兄・在躬の義兄。今頃は在躬の屋敷に立ち寄られ、わたしが造った北野社の悪口を、二人して言い合っておられよう。ええい、在躬には――あ奴にだけはこんな不始末、知られたくはなかったというにッ」

文時たちとは異なり、綾児は朝堂の高官にはなんの興味もない。彼らが自分に飯を食わせ、衣を与えてくれるわけではない以上、身分なぞは市で売買される牛馬の軛札とさして変わりがないではないか。

（ああ、もう面倒くさいったりゃありゃしない）

つまらなさのあまり、ふあああと大あくびをする綾児を、真向かいに座っていた良種が睨みつけた。

今朝方まで幾度も睦み合ったのだから、疲れているのはお互いさま。それなのに彼は何をこうも真面目くさった顔をしているのだ。

腹の底でせせら笑ったのに気づいたのだろう。良種は不意にその場に跳ね立つと、綾児に大股に歩み寄った。

千早の袖をぐいと摑んで綾児を立たせるや、「巫女さまをご自房までお送りしてきます」と、文時たちに低い声を投げた。

「お、おお、確かにこれ以上、綾児を問い詰めたとて、無駄だろう。そうしてくれ」

疲弊した様子でうなずく文時の傍らで、最鎮がぎょろりと眼を光らせている。年経た蟇(がま)を思わせる眼差しが不快でならず、綾児はわざとらしく鼻を鳴らして、二人から顔を背けた。

その途端、良種がぐいと腕を引く。

「ちょっと、何するんだよ。そんなに引っ張らなくたって歩くよ」

良種の手を振り払い、乱暴な足取りで社務殿を出る。折しも本殿から戻ってきた阿鳥にもそっぽを向き、足早に自分の房（部屋）へと駆け込んだ。

数歩後についてくる良種を閉め出すように、力一杯板戸を閉ざす。ひたひたという良種の足音が遠ざかるのを聞きながら、戸に背を預けてその場に座り込んだ。

綾児とて、愚かではない。文時や最鎮が自分を扱いづらく感じていることなぞ、とうの昔に承知だ。

だが男たちがいかに自分を疎んじようが、この北野社の繁栄が綾児の存在の上にあることは、紛れもない事実。そして文時と最鎮はその事実を心の底で認めつつも、綾児を下賤の巫女と見下すことで、かろうじて自らの誇りを保っている。彼らのそんな空威張りが、ひどく苛立たしくてならなかった。

だが今、それにも増して腹が立つのは、あの良種だ。まったく、文時たちの前だからといって、あれほど自分を手荒く扱わずともよかろうに。

（女日照りが続き過ぎ、このままでは雌牛でも雌馬でもよくなっちまう。一度でいいから抱かせてほしいって夜這ってきたのは、どこのどいつだい）

そもそも綾児が最初に良種と関係を持ったのは、阿鳥とともに比良宮へ修行に遣られた折。まだ幼い彼の息子に懐かれ、汚れ物を洗ってやったり、その遊び相手を務めてやったのがきっかけだった。

とはいえそれは良種の歓心を買うためにしたことではなく、むしろ修行を怠ける口実づくり。それが男やもめの良種を夜這わせたばかりか、その後もこうして関係を続ける結果になろうとは。

おそらく良種は今宵も綾児の房に忍んできては、先ほどの乱暴をぼそぼそと謝るに違いない。

こちらの顔色をうかがいながらの、歯切れの悪い言い訳。そしてそれとは裏腹に、綾児の機嫌が変わるのを恐れるように性急に進められるはずの行為を思い浮かべると、不本意ながらも身体の奥がじんわり熱くなる。

ただ、男たちがどれほど綾児を疎んじたとて、所詮彼らは一人では何も出来ぬ。つまりあの男たちは結局、この自分の支配下にあるわけだ。

良種も文時も最鎮も、ひと皮剝けばみなただの男。女子のほとから生まれた彼らは所詮、女子のほとの力には到底抗えぬ。そんなことにも気付かず、自分のほとに突っこむことばかり考えている良種が、ひどいうつけとも思われた。

すでに夕刻近くにもかかわらず、境内にはまだ、大勢の参拝者がいるらしい。波の音に似たざわめきを遠くに聞きながら、綾児は千早と奴袴（ぬばかま）を乱暴に脱ぎ捨てた。

翌日から、託宣を述べる綾児の隣には、阿鳥が常にぴったり張り付き、少しでも妙なことを口にしようものなら、すぐさまそれを封じるようになった。

「まったく、あんたも馬鹿な女だよ。なにもわざわざ、お偉方に楯突（たてつ）かなくてもよかろうに」

小声で叱る阿鳥に、綾児は聞こえぬふりでそっぽを向いた。

比良宮に修行に行く直前、阿鳥から投げつけられた雑言を、綾児は決して忘れていない。また賢明な阿鳥にも、そんな綾児の腹の中は手に取るように分かるのだろう。共に右京の家を離れてからというもの、二人が以前のように言葉を交わすことはほとんどなくなっていた。

それに綾児からすれば、もはや阿鳥なぞいなくても、自分の地位が揺らぐことなぞありえない。

(だって、この社はあたしのものだもの)

造営費を文時が出したとか、祝や禰宜を最鎮が監督しているとか、そんなことは些細(ささい)な話だ。

人々は綾児という美しい巫女に道真の霊威を重ね、この鄙(ひな)の地を訪れる。そう、この社を繁栄させているのは、他ならぬ綾児。ならばいつまでも北野社を、文時たちの好きにさせるものか。

一日の務めを終えて細殿に戻ると、綾児は釵子(さいし)や宝冠を手荒く外し、敷きっぱなしの衾にごそごそともぐりこんだ。

(見てなよ、あいつら。いつか必ず、あたしを馬鹿にしたことを後悔させてやるんだから)

とはいえ元来、頭が単純に出来ている綾児には、胸に兆した野心をどう実現すればいいか見当がつかない。

かつてであれば秦(はたの)吉影あたりが、話を聞いてくれただろう。だが九条東洞院の藤原師輔邸から北野社までは、大人の足でも一刻の余はゆうにかかる。しかもそれ以前に半年以上も比良宮に遣られていたこともあって、綾児が北野社に移ってからというもの、吉影との関係は完全に切れていた。

(だからといって、康明なんぞに相談するのも業腹だしねえ)

臆病な鼠そっくりの医師の顔を思い浮かべた途端、それまで忘れていた首の痒みがまた甦る。

あのできものは小指の先ほどまで腫れあがってから、急にしぼんで消えた。現在、その跡は赤黒い痣となり、時折、わずかに痒くはなるが、それも普段は忘れていられる程度のもの。痣とて常は充分、軽粉を塗って隠すことができる。とはいえあのお節介な康明は、顔を合わせたならきっと目ざとくそれを見つけ、またあれこれ口出しするに決まっている。

日中無人だった細殿はひどく寒く、部屋の隅から湿っぽい冷えがじんと伝わってくる。もう少し日が傾けば、祝が炭を運んで来る。それまでの我慢だと己に言い聞かせながら衾にくるまっていると、庇の方で不意に、こつり、と小さな物音がした。

鴉でも歩いているのか、と思いながら寝返りを打てば、少し間を置いてまた、こつり、と同じ音が響く。

誰かが蔀戸に石を投げているのだ。綾児は眉根を軽く寄せた。

この細殿は本殿から垣根で隔てられているが、参拝者の中には稀にこの辺りまで入り込む輩がある。おおかたそんな一人が、細殿の様子を見てやれと、庇に石を投げているのだろう。

ちょうどいい。もし男ならば引っ張り込み、気晴らしに口の一つも吸ってやろう。それで文時や最鎮たちが怒りだそうと、そんなことは知ったことか。

綾児は衾を抜け出し、勢いよく板戸を開け放った。その途端、「綾児か」という押し殺した声が、思いがけぬほど近くで響いた。

えっと息を呑んで、立ちすくむ。庇の下を覗き込み、

「秋永じゃないか。いったいどうしたんだい」

と、綾児は小さく叫んだ。

霜月を迎え、すでに朝晩は身震いするほどの寒さというのに、目の前の男がまとっているのは麻の単衣一枚。光り輝くほどに美しかった顔は頰がこけ、まるで瘦せ衰えた鼠そっくりだ。

そのあまりの変貌ぶりに驚きながら、綾児は素早く周りを見回した。

秋永の腕を摑むと、そのまま有無を言わさず房に引きずり込む。ばたんと板戸を閉ざしてその場に座り込み、

「あんた、右大臣さまのところの室女と切れたんだって？　あの女ときたら、いきなりあたしのところに怒鳴り込んできて、そりゃあ大変な騒ぎだったんだからね」

と矢継ぎ早に文句を連ねた。

もともと自分をあっさり捨てて、若い女に乗り換えた男だ。言いたい文句はごまんとある。

するとと秋永は綾児の言葉を遮り、「すまなかったッ」と板の間に額をこすりつけた。

「別にお前のことが、嫌になったわけじゃない。ただ……ただ室女がどうしても、綾児と切れてほしいと言って譲らなかったんだ」

立て板に水の口調とは裏腹に、言い訳を連ねる背は震え、紙のように薄かった。

「俺が恨まれるだけなら、まだいい。けど室女と来たら、俺がお前と別れなきゃ、お前を殺してやるとまで言い出したんだ。だから、だから俺は綾児を守るためにしかたなく——」

だがそうなると、吉影に綾児が来ても追い返してくれと頼んだり、自分が買い与えた身の飾りのたぐいを残らず家から持ち出したのは、どういうわけだ。綾児はこみ上げてくる怒りをこらえ、両の手を強く握り締めた。

「だいたい室女って女はわがままで、俺はすぐにあいつと暮らすのに嫌気が差しちまったんだ。だからあいつとは半年、いや三月あまりで別れ、それからはずっと独り身で勤めに精を出していたんだ」

いや、それもおかしい。室女が綾児の家に怒鳴りこんで来たのは、昨年の秋。つまり秋永は少なくとも一年ほどは、彼女と夫婦同然の暮らしを続けていたはずだ。

ちょっと調べればすぐ知れる嘘をつくのは、秋永の昔からの癖。しかしそうと知りながらさして腹も立たぬのは、綾児が彼にほとほと愛想を尽かしていればこそだろう。目の前のやつれぶりから察するに、秋永は室女の元を逐電する際に、宮城の勤めも辞めてしまったのだろう。その癖、今になって自分を頼ってきたのは、双六（すごろく）か闘鶏か……いずれにしても銭に困り果てた末に違いない。

秋永はまだ床に額をこすりつけ、くどくどと言い訳を続けている。その垢染みた襟を見おろしながら、綾児は不思議な喜びがじわじわと身内にこみ上げてくるのを感じていた。

目の前の男が欲しいわけではない。むしろその逆だ。

かつて自分からすべてをむしり取り、嫉妬に狂わせた美しい男。それが無様に落ちぶれ、許しを請うている様が、叫び出したいほど憎らしく、同時に愉快でたまらない。

許しを請う襟髪を、爪紅を施した足で踏みにじり、頭から小便をかけてやれば、どれだけ楽しかろう。垢染みた衣を引き剝いで衾に押し倒したならば、かつて馴染んだ身体の感触に、彼はどんな喘ぎをもらすだろう。

そう考えるだけで、身体のそこここがぞわりと粟立（あわだ）ってくる。這いつくばった秋永の脇腹を力一杯蹴り飛ばしたい衝動をかろうじて抑えながら、「それで幾ら必要なんだい」と、綾児はそっけなく言い放った。

「い、いいや。俺は別に銭の無心のためにここに来たわけじゃないんだ」

言いながらも綾児をちらっと仰ぎ見たその顔には、あからさまな安堵が浮かんでいた。秋永は昔から金遣いが荒く、共住みしていた頃もしばしば酒家や賭場で借金を拵え、その都度、綾児が尻拭いをしてやった。年若い室女でも、その次の女でもなく、昔馴染みの年増を頼ってくるほどだから、借金は五貫か十貫か……いずれにしてもそう簡単に返せる額ではあるまい。

「ふん、きれいごとを言うんじゃないよ。そんなことでもなけりゃあ、あたしのところに来ようなぞと思わなかったくせに」

「そ、そんなことはないさ。夏の初めだったっけか。おめえがこの神社の巫女に納まったと知ったときは、飛び上がりたいほど嬉しかったんだ。けどあんな風におめえを捨てた俺が顔を出すわけにもいかないと思い、これまで辛抱していたんだ」

そのくせ、今になってこそこそと姿を現したのは、それほど金策に困っている証拠。すがりつく眼に一層の快感を覚えながら、綾児は房の隅に置かれた櫃（ひつ）に歩み寄った。

綾児は文時たちから、一文たりとも給金を受け取っていない。ただその一方で彼らは、綾児が託宣の際に挿す釵子や宝冠、また千早や領巾（ひれ）などには銭を惜しまない。むしろ筆頭巫女を飾り立てることが北野社の名を上げるとばかり、これまでに度々、贅（ぜい）を尽くした品を買い与えていた。

白貝の歩揺を垂らした宝冠は一番のお気に入りだし、瑠璃と瑪瑙を眼に埋め込んだ鴛鴦の釵子も、秋永如きにくれてやるのは惜しい。

背中に注がれる眼差しの熱さを感じながら、綾児は長い間迷った末、文縠で菱文を織り成した萌葱色の領巾と、銀線で胡蝶を象った釵子を櫃の底から取り出した。

綾児の目にはいささか地味と映る二品は、ともに最鎮が求めてきたもの。おそらく最鎮は、こういった飾りが似合う慎ましい巫女になれと思って、自ら市に足を運んだのだろう。

とはいえ綾児からすれば、そんな説教は大きなお世話。正直、眼にしているだけでも腹立たしくてならない。

己がどんな女でいるかは、自分自身が選ぶ。男に強いられて決めることではない。

「そら、もってお行きよ」

二つの品を無造作に投げ出すと、秋永は大きく息を呑んだ。

「だ、駄目だ、綾児。俺はそんなつもりで来たわけじゃねえんだ」

じゃあどういうつもりだと内心せせら笑いながら、綾児は「いいんだって」とそれらを秋永に押し付けた。

「あたしに出来るのはこれぐらいだからさ。そんな地味な飾り、あたしにはどうしたって似合わないいんだ。秋永の役に立つんだったら、使っておくれ」

だけど、と反論する声が急にしぼんだ。己の手中に眼を落とした秋永が、ぎょっと目を見開いたのだ。その露骨な態度に、綾児は口許に薄い笑みを浮かべた。

路傍の野良犬ですら、餌を投げ与えられてもしばらくの間は唸(うな)り声を上げ、人間が遠ざかってからようやく食い物にかぶりつくものだ。それがどうだろう。口先ばかり遠慮しているが、二度と放すまいとばかり領巾と釵子を握りしめたこの男ときたら、まったく犬畜生以下ではないか。

「気にしないでおくれよ、秋永。こんなものが役に立つんだったら、あたしは嬉しいよ」

「綾児――」

秋永の肩から不意に力が抜ける。その安堵の表情が本当に野良犬そっくりに見え、綾児は危うく吹き出しそうになった。

身体と言葉で男を操るのは、昔から得意だった。しかし財力や権力で他人を操ることが、これほど心地よいものだったとは。

あまりの快楽に、鈍いしびれが腰に走る。じんわりと身体の奥が濡れていることを自覚しながら、綾児は顎で外を指した。

「社の奴らに見つかると厄介だから、そろそろ行きな。これを借りだなんて、思わなくていいからね」

「ありがとよ、綾児。俺は今、左京七条南の道光寺って寺の下男をしているんだ。近くまで来たら、いつでも寄ってくれ」

「ああ、分かったよ。もし機会があったらね」

そんな日なぞ、来るはずがない。内心そうせせら笑う綾児には気付かぬまま、秋永はぺこぺこと頭を下げ、房を飛び出して行った。

怠け者の秋永のことだ。持たせてやった品で借金を返した後、しばらくはおとなしくしていようが、一月も経てばすぐまた銭に困って、綾児に泣きついてこよう。いや、もしかしたら自分という金蔓(かねづる)を得た事実に安心して、十日も経たぬうちに新たな借金を拵えるやも知れぬ。

(まあ、それならそれで構わないさ)

野良犬に投げ与える財物ぐらい、今の綾児にはどうということもない。後々、しつこくねだり続ける秋永が疎ましくなったなら、祝に命じて叩き出せばいいだけだ。

ああ、それにしても人を気ままに操るのが、こんなに面白いとは。文時たちが上つ方に媚(こ)びるのも、いずれはこんな力を得んがためかと思うと、その尽力がなんとなく理解できる。

さりながら同じ力を得るのであれば、権高な爺に悪態を吐かれても辛抱するのではなく、もっと自分の好きな手立てでやりたいものだ。

(だけど今のあたしの味方をしてくれるのは、銭はあるけど身分はない奴らばかりだものねえ)

上卿の信仰を得て社格を高めたい文時の思惑を他所に、現在の北野社の参拝者は、洛中洛外の庶人、近郊諸郡や右京北辺の刀禰、はたまた土豪といった人々が大半であった。

その理由の一つは、もともと民間の巫女である綾児に、市井の人々が親しみを抱いたため。そして近年、京の内外で、農民が私(わたくし)に土地を開墾し、古からの郡司(ぐんじ)にも劣らぬ富を築く例が増えていることも、もう一つの理由であった。

律令に基づく口分田(くぶんでん)を離れ、独自の土地と財物を獲得し始めた彼らは、文時たち貴族には理解しがたい諸司豪富の輩。古い体制のほころびの中に生まれた、貴族でも庶人でもない新興の人々であった。

既存の概念の外にある彼らからすれば、この社は自分たちとひどく似た存在と映るのだろう。時折、何基もの輿を連ねて北野を訪れては、多額の賽銭を弾んで帰って行く。

文時や最鎮は常々、そんな彼らを「なり上がり者め」と嘲っている。だが綾児からすれば、銭があるのに偉ぶらぬ刀禰や土豪の方が、ふんぞり返った上卿よりはるかに好ましい。

とはいえそういった人々を束ね、北野社――いや自分の後押しをしてもらうにはどうすればいいのか、綾児には皆目見当がつかない。そんな我が身を苛立たしく思っているうちに年は明け、境内に落ちる陽は一日また一日と長くなり始めた。

ある日の夕刻、託宣を終えた綾児が、内陣から引き上げようとすると、几帳の陰から這い出て来た良種が、「綾児どの、一つご相談があるのですが」と周囲を気にしながら、小声で耳打ちした。

見回せば、阿鳥はすでに本殿の階を降り、社務殿へと向かっている。今月二十五日に小さな祭礼を行なうことが決まり、これから他の巫女や神職たちとその支度をするのだ。どうやら良種は、阿鳥が綾児の側から離れるこの一時を狙って、声をかけてきた様子であった。

「相談だって?」

この三月ほど、良種はあれこれ言い訳を作り、綾児の房に一度も顔をのぞかせなかった。

おおかた、文時たちから睨まれている自分を見限り、近隣の農家の後家とでも深間になったのだろう。それだけに綾児は小さく鼻を鳴らし、そのまま内陣を後にしようとした。

だが良種はそんな綾児の肩に手をかけると、

「実は、綾児どのの力を借りたいと仰られているさる上つ方がおいでなのです」

と、耳に息を吹きかけるように囁いた。

「数日前、その方のお使いが私の元に来られたのです。是非一度、綾児どのにもお目にかかり、寄進の相談をしたいと仰せとか。ここまで輿を寄越してくれるとのお言葉ですので、今夜、一緒にその方のお宅に参りませんか」

「寄進の相談なら、文時さまに教えて差し上げりゃいいじゃないか。きっと泣いて喜ばれるよ」

「いいえ、それが綾児さまとわたしにのみ、話をなさりたいそうです」

わざとらしく顔をしかめ、良種は綾児の手を握りしめた。

まだ早春にもかかわらずじっとり汗ばんだ掌の感触が、わずかに残っていた良種への未練を、春の淡雪の如く溶かしてゆく。

（まったく、ここにはろくでもない奴らしかいないのかい）

自分のことは棚に上げ、綾児は胸の中で大きく舌打ちした。

良種はかねてより、己の才をいささか恃み過ぎているきらいがある。最鎮はそんなところも見通して、彼を神主に据えたのだろうが、当の本人だけが自らの浅薄に気づいていない。

上つ方ということは、それなりに身分も立場もある人間だろう。その彼の元に筆頭巫女たる綾児を連れて行くことで、良種は相手に自らの立場を誇示するつもりに違いない。そして上手くゆけば、文時や最鎮をすっ飛ばして北野社の実権を握ろうと考えていることまでが、綾児には手に取るように知れた。

「やだね、あたしは。お偉い上卿さまなんて、もう懲り懲りだよ。行きたけりゃ、あんた一人で行きな」

ぷいと横を向いた綾児に、良種は一瞬、顔を強張らせた。だがすぐに眦を下げると、「そんなこと言わずにお付き合いくださいよ」と、猫なで声とともに綾児の手をわざとらしく撫で回した。

「綾児どのにも、悪い話ではありますまい。その上つ方は、これまで文時さまが連れて来られた上卿がたとは、まったく異なるお人なのですよ」

良種は双眸に意味ありげな光を浮かべ、綾児に更に身を寄せた。

「どうですか、綾児どの。わたしもあなたも共に、文時さまと最鎮さまに使われている身。今回のお申し出の内容次第では、わたしと共に手を組みませんか」

境内には珍しく人気がなく、風花が一つ、また一つと御簾の隙間から吹き込んでくる。四囲をちらりと見回すと、良種は不意に、綾児の奴袴のくくり紐の隙間に指を差し入れた。

「ちょっと、なにをするんだい」

綾児の抗議にはお構いなしに、ゆるんだ紐の間に強引に手を突っ込み、そのまま綾児の下腹へと掌を這わせる。

覆いかぶさってくる身体を押しのけようとのけぞった背を、良種の空いた手が抱え込む。それと同時に熱い指が太腿に割り込んでくるのに、綾児は素早く腰を引いた。袴の中で暴れる手を無視して身体をひねり、のしかかってくる良種の下腹を膝で蹴り飛ばした。

蛙が踏みつぶされたような声とともに、男の身体が強張る。悲鳴を必死に堪えているのだろう。一瞬にして血の気の失せたその顔を両手で押しやり、綾児は乱れた髪を片手でわざとらしく撫でつけた。

「そこまで言うんだったら、話ぐらいは聞いてやるよ。輿は何刻に来るんだい」

男というものは、一度関係を持った相手はその後もずっと自分を思っていると自惚れがちである。それだけに良種も、ここで身体を重ねてしまえば、綾児が言うことを聞くと勘違いしたのだろう。だが、そうやすやすと思うままになってたまるものか。

良種は所詮、文時や最鎮に雇われる立場。誰がこの北野社でもっとも偉いのかを、今こそ弁えさせねばなるまい。

良種はしばらくの間、痛みと怒りにぶるぶると身体を震わせていた。だがやがて肩で大きく息をつくと、「四つ（午後十時）ごろです」と絞り出すように言った。

「阿鳥や祝に気取られぬよう、松林の外に輿をつけてもらう約束です。朝日寺が時の鐘をついたら、参道まで出て来てください」

「ふうん。それであたしに会いたいという方は、いったい誰だい」

綾児の問いに、良種は一瞬逡巡するように眼を泳がせた。だがすぐに唇を引き結び、

「今は言えません」と小さく首を横に振った。

「とにかく今夜来ていただければ、すべて分かります。言うまでもありませんが、このことは文時さまや最鎮さまたちにはご内密にお願いしますよ」

元より綾児は、良種の言葉に信を置いていない。しつこく念を押す彼を眺めるうち、上つ方というのは誇張にすぎず、本当はどこぞの下級官人が興味本位に綾児に会いたがっているだけではと思い始めた。

だとすればわざわざ出かけるだけ損だが、どうせ自房にいたって暇なだけだ。託宣を求められればそれらしい言葉を述べ、後は一つ二つ、道真公の霊威を語って聞かせれば、酒の一杯も出て来るだろう。

自房に引き上げると早々に夕餉を済ませ、綾児は衾にもぐり込んで夜更けを待った。隣室からは他の巫女の起居の音が聞こえてきたが、それも四つが近づくにつれて途絶え、やがて境内にはただ松籟のみが響くばかりとなった。

手探りで着替えを済ませ、髪を結う。ぎいと軋む板戸に身をすくめながら階に足をかけた時、朝日寺の方角からいささか淀んだ鐘の音が響いてきた。

社務殿にぽつりと灯った灯火は、不寝番の祝のものであろう。念の為、足半を懐に突

っ込んだまま、綾児は足音を殺して本殿を回り込んだ。小走りに瑞垣の外へ走り出、参道でようやく足半を突っかけた。

西の空に昇り出した細い月の光は淡く、参道を照らすにはほど遠い。松の根に足を取られぬよう用心しながら南に進めば、参道の彼方で松明が一つ、鬼火のように揺れていた。

「良種、そこにいるのかい」

綾児の声に、松明を手に地面に座り込んでいた老人が、軽く頭を下げた。

その肩の向こう、炎のせいでかえって暗く見える闇のただなかに、一丁の手輿が据えられている。地味な直垂に身を包んだ良種がその上から、「こちらです」と手を振った。

老僕にうながされ、綾児は良種の隣に乗り込んだ。それを待っていたように前後に控えていた輿舁が立ち上がり、何の前ぶれもなく、すさまじい速さで輿を担いで走り出した。

「痛ッ、なにをするんだい」

かしいだ身体が良種にぶつかり、綾児は思わず声を上げた。だが輿舁はそんなことにはお構いなしに一条大路まで南下すると、人気のない大路を一目散に東に向かって駆け出した。

ぜえぜえと荒い息が聞こえて振り返れば、松明を肩に担いだあの老僕が、必死の形相で輿の後を追ってくる。かっと眼を見開き、髪をふり乱したその姿に、綾児は思わず傍らの良種にしがみつきそうになったが、すぐにはっと我に返り、少しでも彼から遠ざかろうと身体をいざった。

輿に乗り込んだら、今度こそ自分たちを招いたのが何者か、良種を問い詰めるつもりだったが、これでは下手に口を開くと、舌を嚙みそうだ。振り落とされないように輿の勾欄(こうらん)にしがみつき、綾児は大路の果てにじっと眼を据えた。

ちらりと横目で見やった良種の唇は血の気がなく、勾欄を握りしめた手は小さく震えている。ひとかたならぬその緊張ぶりを見た途端、綾児の胸にわけの分からぬ度胸が湧いてきた。

そうして幾度、大路を曲がっただろう。輿舁が足を緩めた気がして見回せば、辺りは長い築地塀が続く屋敷町に変わっていた。

「開門、開門じゃ」

老僕がはあはあと息を切らしながら、古びた四脚門を叩く。鈍い軋みとともに開かれた門の内側はそこここに篝火(かがりび)が焚かれ、まるで昼間の如く明るかった。

「お待ちしておりました、さあこちらへ」

まだ二十歳そこそこの家司が、泥まみれの綾児の足に露骨に眉をひそめ、二人を屋形に招き入れた。

「いったいここはどなたのお屋敷なんだい」

前をゆく家司の背中を睨み付け、綾児は肘で傍らの良種をつついた。

「いつまで隠しているんだい。そろそろ、教えてくれたっていいじゃないか」

「——も、文章博士さまです」

「誰だい、そいつは」

「菅原在躬（ありつぬ）さまです。文時さまの従兄ぎみである、菅原家の氏長者（うじのちょうじゃ）さまですッ」

ひと息に叫び、良種はぶるっと身を震わせた。

それと同時に先を行く家司が広縁の端に膝をつき、「どうぞ中にお入りください」と二人を促した。

在躬という名前には聞き覚えがある。藤原元方が北野社に来た日、文時が「あ奴にだけはこんな不始末、知られたくはなかった」と口にした人物ではなかったか。

氏長者とは、各氏族の長。氏神・氏寺の管理や、先祖代々の伝領地の差配などを行なう他、一族の者の任官の口利きや、家同士の縁組の仲介にも当たり、一族中でもっとも官位が高い人物が就任するのが慣例であった。

「ちょっと待っとくれよ、良種。菅原家の氏長者ってのは、文時さまじゃなかったのかい」

北野社の祭神は、彼の祖父である菅原道真。それだけに綾児は当然、菅原氏の氏長者は文時だとばかり考えていたが、それは誤りだったのか。

このとき、くくという小さな含み笑いが、驚くほど近くで起きた。振り返れば、開け放された板戸の内側で、福々しい丸顔の初老の男が一人、さも可笑しげに笑い転げている。

「氏長者、あの役立たずが氏長者か。いやはや、わが菅原氏も見くびられたものじゃ」

男はしばらくの間、己の膝を叩いてけらけらと笑っていた。だが不意に顔を上げると、

「おお、なにをしておる。さっさとこちらに来ぬか」と二人を手招いた。

「いやはや、わざわざ足を運ばせてすまぬな。なにしろわしが北野社に参ろうものなら、あの文時めが眉を吊り上げて怒り出すのが目に見えておるでなあ」

年は五十前後。ただその割に少年を思わせる金切り声といい、福々しい丸顔といい、どこか浮世離れした雰囲気を漂わせた人物であった。

「わしは右少弁兼文章博士、菅原在躬。菅家氏長者にして、おぬしらの雇い主である菅原文時の従兄。菅原家が代々守り続けておる私塾・山陰亭の塾頭じゃ」

は、はあッというような声を上げて、良種がその場に両手をつく。その大袈裟な挙措をよそに、綾児は目の前の老人をまじまじと見つめた。

比良宮で巫女の修行をさせられた折、菅原道真の略歴は文時から徹底的に叩き込まれた。

生まれつき、学才に長けた道真は、三十三歳の時、大学寮紀伝道の教官たる文章博士となり、天皇や東宮の侍講として、また天下に並びなき大学者として、多くの人々の崇敬を受けた。

そういえば確かその折、文時は、

「文章博士は、わたしの高祖父たる清公（きよきみ）さま以来、代々、菅家氏長者が継いで参った職務。その地位を得ることは、いわば本邦一の学者の名を恣（ほしいまま）にすることでもあるのだ」

と、誰にともなく呟き、ふと顔を曇らせた。あの表情はつまり、この在躬の存在を憂いてのものだったのだ。

しかも右少弁といえば、中納言や大弁と同じく太政官の一員。つまり目の前の男は文時と同じ菅原氏でありながら、彼より更に権力の中枢にいるわけだ。

「それにしても綾児とやら、我が祖父を御霊に仕立てて銭を稼ぐとは、面白いところに目をつけたではないか。氏長者と山陰亭塾頭の地位をわしから取り上げんとしておる文時が、それに飛びつくのも無理はないわい」

なにせ、と言いながら、在躬は膝先に置いていた盃（さかずき）をおもむろに取り上げた。

ぷんと甘い香を漂わせる清酒をひと息に呷ると、上つ方にしてはいささか行儀悪く、手の甲で唇の濡れを拭った。

「無実の罪を得て非業の死を遂げた御霊は、いずれは官幣社に祀られ、朝堂より厚い崇敬を受けるもの。ならば朝廷に先駆けて我らが祖父を祀り、やがては朝堂より奉幣を受けるに至れば、どうじゃ。文時はあっぱれ道真公の御名を高めた男じゃと賞賛され、一族はおろか宮城の官吏たちからも崇敬の目で眺められよう。さすれば学問でも出世でもどう足掻(あが)いても追いつけぬわしに対し、あ奴は初めて水をあけることが叶うというわけよ」

「だから文時さまはあれほど必死になって、北野社を造ったのかい」

目の前にいる人物が誰であるかも忘れ、綾児はかすれた声で呟いた。

なぜ文時があれほど道真の神祭りに執着しているのか、いまだに自分を北野社の巫女として留めているのか、ようやくすべて納得が出来た。——しかし。

(なら、阿鳥はどうなんだ)

かつてあの女は、銭のために道真を祀るのだと言い切った。だが文時たちが祭祀を取りしきるようになった今、道真の名は京に広まったが、一方で阿鳥が得られる銭は当初の目論見より格段に減ったはずだ。

それにもかかわらず、何故、阿鳥はいまだに北野社で黙々と働いているのかという疑念が、ちらりと胸を過(よぎ)る。しかしそれと同時にこみ上げてきたのは、そんな疑いを忘れさせるほど激しい歓喜だった。

毎日朝早くから、北野社に参拝する大勢の老若男女。大宰府で非業の死を遂げた道真公を崇め、その託宣をいただこうと、あの暗く長い松並木を通って真新しい本殿へとやってくる彼ら。

本殿脇の松の葉をむしり、わずかな賽銭を投げて帰る純朴な人々に比べ、その社を建てた文時のなんと我欲にまみれていることか。

（だったら――だったらあたしがあの社を自分のために使ったって、別に構わないってことじゃないか）

文時に裏切られたとは思わない。むしろ彼もまた自分と同じく欲望に突き動かされていたと知ればこそなお、彼からなにを奪ってもいいのだという事実が胸に迫る。

目の前では、在躬が盃に新たな酒を注いでいる。綾児はとっさに手を伸ばして、それをひったくった。

あっ、と声を上げた良種にはお構いなしに、一気に盃を呷り、先ほどの在躬の如く、ふうと手の甲で口を拭った。

そんな綾児に、在躬はにやりと唇を歪めた。綾児の手の中の盃に自ら酒を注いでやりながら、

「のう、綾児とやら」

と、歌うような口調で言った。

「頭も悪く、面白みのない文時なぞと手を組んだとて、おぬしにはなにも得るものがな

かろう。どうじゃ。北野社の巫女として、あの社をわしに任せるとの託宣を述べぬか。決して悪いようには計らわぬぞ」

「な、なんと仰せられます」

傍らの良種が、ぎょっと腰を浮かす。

その高い声をひどく疎ましく感じながら、綾児はにやにやと笑う在躬の顔を正面から見つめた。

先ほど飲みくだした酒が、腹の底で燠火(おきび)を思わせる熱を放ち始めていた。

猫の爪に似た細い月が、東山の稜線(りょうせん)を淡くにじませている。

松林の中ほどで手輿を降りると、綾児は白み始めた空を見上げ、大きなあくびを漏らした。

夜通し在躬と酌み交わした酒のせいで口の中はべたつき、頭は霞がかかったように濁っている。

どこかで梅の花でも咲いているのだろう。しんと冷たい風の中に、微かな花の匂いが混じっている。それを胸いっぱいに吸い込むと、

「なにをぼっとしているんだい」

と、綾児はかたわらの良種の背を掌で叩いた。

「ぐずぐずしていると、祝どもが起きてくるよ。お互いさっさと房に戻り、一刻でも半刻でも横になろうじゃないか」

「あ、綾児どの」

震え声を絞り出す良種の顔から血の気が失せているのは、在躬邸で飲んだ酒が覚めてきたせいのみではなさそうだ。

「そなたさまは本当に、先ほどのお話に乗るおつもりなのですか。その……北野社の支配を、在躬さまに譲るべしという偽りの託宣を述べて」

問いに答える代わりに、綾児はふふんと鼻を鳴らした。早起きの祝に聞き咎められる恐れさえなければ、大声で快哉を叫びたい気分ですらあった。

在躬が北野社を奪おうとしていることなぞ、良種はこれっぽちも考えていなかったのだろう。しかもそこに綾児が嬉々として同調した事実に、激しく動揺している様子であった。

（まったく、こいつは利に聡い癖に気が小さいんだからさ）

舌打ちをすると、綾児はおもむろに両の腕を組んだ。丁寧に整えられた良種の眉が小刻みに震えているのを見やり、すっと顎を上げた。

「偽りの託宣なんかじゃないよ。あたしが述べる言葉は、すべて菅原道真公のご意志。誰が北野社を預かるべきかってことも、すべて道真さまがお決めになるのさ」

戻りの輿に揺られている間に、綾児はいつその託宣を述べればもっとも効果的かを、早くも思案し始めていた。

あと半月もすれば、北野社はささやかではあるが、創設以来初めての祭礼を執行する。四十数年前のこの日、道真が大宰府に左遷されたことにちなんだ祭りには、四、五人ではあるが楽人を雇い、舞楽を奏せさせる予定であった。

もし群衆がひしめく祭礼の場で、文時と最鎮を追放し、在躬を北野社の別当に据えるべしと綾児が宣えば、どんな騒ぎになるだろう。無論、文時たちは烈火の如く怒り、自分を似非巫女と謗ろうが、老獪な在躬は必ずやその機に乗じて、この社の実権を奪い取るに違いない。

いや、もしかしたら在躬は、北野社で間もなく祭礼が行なわれることも承知の上で、自分たちを招いたのではないか。そうだ、そうに決まっている、とうなずき、綾児は松林の奥を睨み据えた。

(あたし一人じゃどうにもならないところに、願ってもない助けの手が伸べられたんだ。これに知らん顔をする法があるかい)

頭を文時から在躬に挿げ替えたとて、北野社が自分のものになりはしないことは、わかっている。

しかし先ほど訪れた在躬の屋敷は豪奢で、酒も肴も舌が蕩けそうな品ばかりだった。

菅家氏長者として、すでに金も地位も手に入れている在躬には、北野社なぞ身を飾る無数の綺羅の一つにすぎない。だとすれば在躬は北野社を我が物にした後、その支配を功績ある自分に託してくれるのではあるまいか。なにせこれだけの社を、文時から在躬の手に引き渡すのだ。それぐらいの見返りがあっても、当然ではないか。

恐怖を孕んだ良種の眼差しが妙に心地よく、綾児は唇に薄ら笑いを浮かべた。

だから良種は、うつけなのだ。強者に寄り添い、甘い汁を吸うためには、その妨げになる者は徹底的に踏みにじらねばならない。文時と在躬、双方にいい顔をしながら自分の立場を守ろうとするなど、軟弱者の行ないだ。

真っ当な生き方をしたところで、それでびた一文手に入りはしない。ならば欲するものを手に入れるために他人を踏みにじって、いったい何が悪いのだ。

「あんたに手伝ってほしいなんざ、思っちゃいないよ。だけど、よおく考えてごらん。そもそもあたしを在躬さまのところに連れて行ったのは、誰なんだい。文時さまたちに告げ口なんぞしたら、あんただって無事じゃ済まないよ」

良種からすれば、掌の中の子猫が急に虎に化けたような気分なのだろう。背中に注がれる呆然とした眼差しを感じながら、綾児は白み始めた空から身を隠すかの如く、細殿に向かって駆け出した。

ぬかるみに顔を出した霜柱が、足元で微かな音を立てて折れる。

白々と明るくなる空のただなかで、細い月が次第にその輝きを失い始めていた。

少々脅しが利きすぎたのか、翌日から良種はあれこれ口実をつけ、綾児を避けるようになった。託宣の見張りも阿鳥に任せ、ほとんど社務殿から出て来ない。無論、物陰で人目をしのんで胸乳をもみしだいたり、己の股間をまさぐらせることもなかった。

良種は腰抜けの癖に、気位だけは高い。腹をくった綾児に従う度胸もなく、さりとて謀反を文時に注進することも叶わず、激しく煩悶しているのだろう。

とはいえ綾児からすれば、良種なぞいなくとも何の障りもない。むしろ、口うるさい男に付きまとわれずに済んで、せいせいするというものだ。

(ふん、だからあんな男、あたしは端っから気に食わなかったんだよ)

もともと良種との関係は肌身だけ。心まで許し合った仲でもない以上、いつかは訪れる別れだったのだ。

そう腹を決めると、必死に逃げ回る良種の女々しさが、なんとも疎ましい。自分は何をとち狂ってあんな男に抱かれていたのだと己の尻軽を忌々しく思いながら、綾児は数日後に迫った祭礼の日を、毎晩、指折り数えて待ち続けた。

菅原道真が右大臣の職を奪われ、大宰権帥に任ぜられたのは、一月二十五日。それのみならず、彼の生誕日である六月二十五日、没日の二月二十五日と、彼の有為転変激しき生涯の節目には、必ず二十五という数がつきまとっている。

それゆえ最鎮は、今回の祭礼が無事に済めば、毎月二十五日を道真公の縁日にしようと目論んでいるらしい。月ごとに北野社の境内で祭りが催されれば、京人たちはその賑わいに引かれて参拝に来る。それがたび重なる内に、社を取り巻く森に参詣者相手の露店が立ち、歩き巫女や物売り、傀儡使いたちがひしめき出すに違いない。

人が集まれば、当然、社の評判も高まり、社の評判が高まれば更にまた、多くの人々が北野に押し寄せる。いわば今回の祭礼は、北野社に更なる賑わいを招く口火になるはずだ。

なにも知らぬ最鎮は、祭りを二日後に控えた夕刻、新しく仕立て上がった絹の千早を綾児に羽織らせ、

「ふうむ。馬子にも衣装とはこのことじゃ。よう似合（にお）うておるではないか」

と、取り立てて嬉しくもなさげな口調で褒めた。

またも最鎮が注文したのだろう。梅柄をすり出した薄紅色の千早は確かに美しいが、その色目はすでに年増の綾児には少々幼すぎる。合わせて作らせたと思しき同柄の錦の帯、涼やかな音を立てる銀造の釵子を横目で眺め、綾児は内心、溜め息をついた。

最鎮はどうにも自分を淑（しと）やかで慎ましい巫女に仕立て上げたいらしく、綾児の好みなぞ無視して、巫女衣装を誂（あつら）える。だが明後日の祭礼は、綾児にとっても最大の晴れ舞台。

それがこんな地味な千早姿では、まったく見栄えがしないではないか。

「どうせだったらさ。少し前に作った、紫色の千早の方が――」

と言いかけ、いや、と綾児は言葉を呑んだ。

最鎮や文時が北野社で大きな面が出来るのも、あと二日。ならばそれまでは彼らの言うままにしてやったほうが、祭礼の日に最鎮たちが受ける衝撃はいや増すではないか。

二人が下種（げす）と嘲り、好みの衣を着せ続けてきた自分が、北野社最大の晴れ舞台で、誰も予想だにしなかった恐るべき託宣を述べる。驚天動地のその様を、しかとその眇（すがめ）に焼き付ければいい。最鎮が北野社にふさわしかれと飾り立てた巫女が、彼が選んだ千早をなびかせて裏切る様を、ただ立ちすくんで眺めるがいい。

忌々しいこの坊主を失意の底に落としこむためなら、こんな趣味の悪い千早も我慢して着てやろう。それが自分に出来る、最大の意趣返しだ。

「いいか、綾児。こたびの祭礼の場には、どこの貴人がお忍びで足を運ばれるかもしれん。物言いや挙措には気を遣い、北野社の巫女として恥ずかしくない振る舞いをせよ」

くどくどと説教をする最鎮は、うらなりの瓜のような文時は、その瞬間、どんな顔で自分を見るだろう。

そう考えただけで思わず、口許に笑みがこみ上げる。それをかろうじて押し殺して、綾児は乱暴に千早の胸紐をほどいた。

その途端、最鎮が「おい、なにをする」と声を上げて眼を逸らす。その横顔にいつにない狼狽が走っているのに気づき、綾児はおやと首をひねった。

（この坊主、もしかして——）

似非巫女として働いていた頃、綾児の客の中には僧侶が多くいた。その中には綾児を嬲るばかりでは気が済まず、気に入りの稚児を連れて来て、稚児と綾児の絡み合う姿を見たがる色狂いや、綾児にほとを触らせて、それを眺める変わり者もいた。だが目の前の最鎮はこと色事に関しては、そんな僧とはまったく異なるようだ。

そう言えば初めて最鎮と顔を合わせた日、この男は自分が胸元に抱え込んだ腕を、袖でごしごしこすりまでしていたではないか。

（ふうん、面白いじゃないか）

いかに頭がよくても、蛙をつぶしたような面に眇。しかも常に杖を放せぬあんな男に抱かれる酔狂な女子が、この世にいるわけがない。なるほど、と綾児は胸の中でにんまりうなずいた。

彼が綾児を汚らわしげに見るのも、買い与える衣や装身具の趣味の悪さも、これで全て合点が行った。要は色事と無縁に過ごしてきたこの男は、今もって女子が恐ろしいのだ。

最鎮は大きな顔をひきつらせると、綾児にくるりと背を向けた。そのまま杖にすがり、急いで房を出て行った。

よほど慌てていたのか、傍らの櫃には、梅柄の帯が置きっ放しになっている。綾児は手を伸ばすと、開け放たれたままの房の戸口に向かってそれを投げつけた。広縁に落ちた朱色の帯は、禍々(まがまが)しく身をくねらせた蛇にひどく似ている。細い顎をのけぞらせ、綾児はくくくと笑い声を立てた。身体が火照ってきたのだろう。常は忘れていた胸元の痣が、急に痒みを帯びてくる。心なしか大きくなったようにも見える痣を掻きながら、白い喉を反らして笑い続けた。

女子の一人も抱けぬ男が、大学寮一の知恵者とは恐れ入る。

所詮この世は男と女、そして嘘と欲望で成り立つもの。万巻の書を読み、故実典籍に通じたとて、女子の何たるかすら知らぬ頭でっかちに、どれだけのことが出来ようか。

そう思うと、かような男に随(したが)っていた我が身が腹立たしくなってくるが、そんな日々ももう終わりだ。あと二日。あと二日すれば、この北野社の人々はみな、否応(いやおう)なく自分にひれ伏す。そのときあの醜くも潔癖な最鎮がどんな顔をするかと思うと、その瞬間の待ち遠しさに身体の芯が潤んでくる。

しかしながらその祭礼の日、朝一番に綾児の元にもたらされたのは、あまりに思いがけない知らせであった。

「大変です、綾児さま。神主さまと阿鳥さまが――」

祝（はふり）が息せき切って房に駆け込んできたとき、綾児は化粧を終えた己の顔を、鏡でうっとりと眺めていた。

下唇を白粉で塗り込め、上唇だけにぽってりと紅を置いた顔は、作り物めいた美しさを漂わせている。細い眉に、小さな鼻。余った紅を目尻に差した双眸が、そこに勝気な印象を添えていた。

そんな己に見惚（みと）れていただけに、綾児は祝がなにを言ったのか、一瞬、理解できなかった。眼の高さまで掲げた鏡もそのままに、え、と驚きの声を漏らした。

「良種と阿鳥が、御神体の御影を盗んでいなくなっただって――」

「はい。とにかく、祭りは中止だそうです。いま最鎮さまが禰宜さまたちに、まずは御神体を探せとお命じになられました」

北野社始まって以来の大祭に御神体がないとなれば、人々は必ずやどうしたと騒ぎ立てるだろう。

そう考えれば祭礼中止は仕方ないが、問題は良種だ。なぜあのうつけの良種が、御神体を持ち出す。しかも阿鳥までもが共に姿を消すとは、どういうわけだ。

あまりに予想外の出来事に、頭が追いつかない。息も絶え絶えにしゃべり続ける祝をぽかんと見つめていると、けたたましい杖の音とともに、最鎮が房に飛び込んできた。勢い余って敷居際でつんのめり、祝に抱きとめられて危うく踏み止まる。色黒な顔を紅潮させて祝を突き放すや、「綾児ッ」と怒鳴りながら、こちらに這い寄ってきた。

「お、おぬしは元々、良種と男女の仲だったのではないか。なぜだ。なぜあ奴と阿鳥が通じておるのに、気付かなんだ」

「阿鳥と良種が通じていたって。そんな馬鹿な話があるもんか」

なにかの間違いに決まっている。あの良種が、自分と阿鳥を同時に手玉に取れるわけがあろうか。

「馬鹿な話ではない。いま、禰宜たちを問い詰め、すべてを吐かせた。良種は昨年の冬からしばしば阿鳥の房に通い、そのまま夜を明かす折も珍しくなかったそうじゃ」

昨年の冬と言えば、阿鳥が良種を手伝って、綾児の見張りを始めた直後である。そうか。自分は完全に彼を見誤っていた。女となれば見境ない彼が、薄暗い内陣の几帳の陰に阿鳥と座り、何もないはずがなかったのだ。

「あの人でなしめ。本殿の御影を盗み取るばかりか、社務殿に置かれていた金子や、わしが執筆を始めていた北野社縁起の下書きまで、奪ってゆきよった」

「縁起だって」

「おお。この北野社が、道真公のご神意を受けて創建されたことを示す縁起じゃ。草稿が完成すれば絵を添え、絵巻に仕立てるつもりであった。まったくどんな魂胆から、かような盗みをしでかしたのやら」

（——阿鳥だ）

綾児はその場に跳ね立った。

あの良種が一人で、こんな大それた真似を企むはずがない。畜生、最近のしおらしげな態度にだまされた。阿鳥は良種から、在躬がこの北野社の実権を狙っていること、綾児がそれに便乗しようとしていることを告げられ、先手を打つべく、御影や縁起の草稿を盗んで出奔したのに違いない。

「あ——あの女ッ」

阿鳥から初めて、菅原道真を祀ろうと持ちかけられた日の光景が、脳裏をよぎる。新たな神祭りを行ない、京の人々や上つ方たちの信心を得ようとしていた阿鳥。接近してきた文時の信頼を得、北野に移った後は、これまでが嘘のようなしおらしげな態度で巫女勤めをしていた阿鳥。

しかしこの社なぞ、阿鳥にはただの踏み台にすぎなかった。そうだ、やはり阿鳥は、文時に使われて満足する器ではなかった。彼女は更に道真の祭祀を盛んにするために、今度は在躬への接近を目論んだのだ。

それが銭目的で祭祀を始めた女のすることだろうか、という不審が、わずかに胸を過る。しかしそれを打ち消す勢いでこみ上げてきたのは、阿鳥に対する憎しみであった。

このままあの女の好きにさせてなるものか。菅原道真の巫女は、この自分一人。確かに阿鳥は、祭祀の始めには関わった。しかしそれをここまで大きくしたのは、ひとえに綾児の力だ。

あまりの怒りに、全身がぶるぶると震えてくる。かっと熱を帯びた身体の中で、背筋だけが氷を差しこまれたように冷え切っていた。

「それにしてもあ奴ら、いったいどこに姿を晦ましたのじゃ。阿鳥はともかく、あの良種に比良宮より他に行く当てがあるとも思えぬ。おい、綾児。二人が立ち回りそうな先に、心当たりはないのか」

「多分、菅原在躬さまのところだよ」

「なんだと」

最鎮が双眸をこぼれ落ちんばかりに見開いて、綾児の両肩を摑んだ。だがすぐに熱いものに触れたように手を放し、あわてて膝で後ずさる。とはいえ今の綾児の眼には、そんな最鎮の動きは皆目映っていなかった。

「半月前、良種に連れられて、あたしも在躬さまのお屋敷にうかがったんだ。北野社の実権をご自分のものにしたいと仰るから、あたしがお手伝いして差し上げるはずだったのに。——あ、あいつらめッ」

両手に握り締めたままの鏡を、綾児は力一杯床に叩きつけた。

さりながら青銅の重い鏡は、女の力ごときで壊れはしない。鈍い音とともに素木(しらき)の床がへこみ、磨き込まれた鏡が青ざめた綾児の顔を下から映し出した。

北野社の支配を欲する在躬からすれば、良種と阿鳥が北野社を飛び出すことは予想外。そのせいで偽の託宣の機会が失われる事実に、一度は腹を立てるだろう。しかし良種と阿鳥はその代わり、北野社の御神体を持ち出した。いや、そればかりか阿鳥は、安曇宗仁からもらった例の鏡すら所有している。つまりこれで綾児がいなくとも、在躬は御影を自らの屋敷にでも祀り、道真を祀る正統なる社はこちらだと喧伝（けんでん）できるわけだ。

更に草稿の縁起を完成させ、偽りの創建譚（たん）まで吹聴すれば、菅家氏長者が祀る道真の社には、あっという間に人々が詰めかけよう。そうなれば、この手で北野社を掌握するという綾児の夢は、むなしく潰（つい）えることとなる。

「文時だ。文時をここに呼んで来い」

険しい口調で祝に命じると、最鎮は髪のない頭を掻きむしり、ううむと低い呻きを漏らした。

何かを堪えるように激しく肩を上下させ、「――とにかく」と自らに言い聞かせるように呟いた。

「そう聞けばなおさら、今日の祭礼は中止じゃ。もしかすれば在躬さまの手の者が境内に紛れ込み、御影がないぞと騒ぎ立てるやもしれんからな」

「だけど……だけど、今日は北野社の初めての祭りじゃないか」

在躬を別当にとの託宣を述べる気は、もはや雲散霧消している。ただ、あの良種と阿鳥に裏切られ、このままおめおめと引き下がれるものか。そう、自分は北野社の巫女。この社の命運を定めるのは、他ならぬこの己であるべきだ。

節くれだった最鎮の手を、綾児は両手で強く握りしめた。

顔を強張らせた最鎮が、あわてて腕を引こうとする。

目の前の相手の女嫌いも忘れてそれにとりすがり、

「あいつらに負けてなるもんか。あたしはこの北野社の筆頭巫女なんだよ。御影がなかろうが縁起を奪われようが、他ならぬあたしがここにいる。それで何の文句があるって言うんだい」

と、綾児は矢継ぎ早に畳みかけた。

「う、うむ。確かにそうじゃ。それはおぬしの申す通りじゃが——」

脂汗を額に浮かべて最鎮がうなずいたとき、あわただしい足音とともに文時が真っ青な顔で飛び込んできた。

その瞬間、最鎮は綾児を突き飛ばすようにして手をもぎ放し、汗のにじんだ顔を法衣の袖で素早く拭った。双眸を忙しく瞬かせ、「良種と阿鳥は、菅原在躬さまのお屋敷に走った様子じゃ」と怒鳴った。

「あ――在躬じゃと。なぜじゃ、なぜあの男が良種どもと通じておるのじゃ」

一瞬にして両の眼を吊り上げた文時に、最鎮は綾児が告げたあらましを手早く告げた。話が進むにつれて、ひょろ長い文時の顔が、見る見る強張ってゆく。最後に今日の祭礼で、綾児が在躬を北野社の別当に任ぜよとの託宣を述べる手筈だったと聞くや、彼は目の前の最鎮を突きのけ、いきなり綾児に飛びかかった。

「ちょ、ちょっと何をするんだいッ。あたしはただあっちからそう持ちかけられただけだよ」

逃げる綾児の袴の裾を、文時は力いっぱい踏みつけた。蒼白に変じた唇を引き結ぶや、いきなりその頬を拳で打った。

非力なようでも、男である。たまりかねて倒れ込んだ綾児の襟首を、文時は両手で摑んで引き起こした。

続けざまに拳を振るおうとするその身体を、最鎮が背後から羽交い締めにし、

「や、やめよ、文時。今はかようなことをしている場合ではない」

と、顔じゅうを口にして喚いた。

「ええい、放せッ。放してくれッ。この女子を――このような下賤を巫女に据えたわたしが愚かだったのじゃ。お祖父さまの祀りをあの在躬に取られるぐらいじゃったら、わたしはこの女子を殺して、北野社に火をかけてやるッ」

文時の目は血走り、形相までが変わっている。そんな彼を必死に押さえつけながら、

「綾児、おぬしはしばらく外に出ておれッ」と、最鎮が叫んだ。

しかしながら身体ががたがたと震え、両脚が思うようにならない。綾児は四つん這いになって、房の壁際に這い寄った。

襟首を摑まれたときに裂けたのだろう。綾児の梅柄の千早は胸紐ごと破れ、その下に着込んだ小袖がはだけている。胸元まで叩き込んだ白粉が汗で落ち、あの赤黒い痣がうすぼんやりと姿を現し始めていた。

文時はしばらくの間、両脚をばたつかせて、怨嗟（えんさ）の声を上げていた。だがやがて、その怒号は次第に弱まり、遂には「殺して――殺してやる――」というすすり泣きに変わった。

文時を押さえていた腕を、最鎮がそろそろと放す。その途端、うわあッと顔を覆って、文時が泣き始める。そんな彼から後ずさり、最鎮はふうと大きな息をついて板間に胡坐（あぐら）をかいた。

乱れた裙（くん）からのぞいたその脛は赤黒く、油を塗ったようにてらてらと光っている。男の癖に毛一本生えていない足を、綾児はちらりと横目で窺（うかが）った。

壮年の癖にどこが悪いのかと思っていたが、なるほどあんな足ではまともに歩けるわけがない。ましてや女に縁がないのも道理だ、と頭の隅でなぜか冷静に考えた。

「最鎮、わたしは……わたしはどうすればいいのだ」

顔じゅうを涙とよだれでべたべたにした文時が、最鎮にすがりつく。困惑した様子でそれを押しやり、「とにかく落ち着け」と最鎮は低い声を絞り出した。

「おぬしと在躬さまの関わりを考えれば、あの御仁が北野社を狙わぬわけがなかった。それをすっかり忘れていたのは、我らの失態じゃ」

もしかしたらあの藤原元方が、義弟たる在躬に北野社の内実を告げたのかもしれない。だがそんなことは、今更詮索しても何の意味もなかった。

「とりあえず今は、在躬さまにどんな難癖をつけられても動じぬことだ。わしはすぐに、奪われた縁起に代わる新たな縁起を執筆する。文時、おぬしは御影を手がけた画師を呼び召し、同じ絵を描かせよ」

「し、しかし、画幅や縁起を仕上げるには、それ相当の日数がかかろう。それまでに在躬が自邸に社を拵えたり、氏長者の権限で北野社を譲れと申して来たら、どうすればいいのじゃ」

「そのときは腹を据え、在躬さまのお申し出には何の根拠もないと言い立てるまで。よいか、文時。よおく、聞けよ」

北野社がそうであるように、古来、社寺とはどこも、些細な縁起や奇瑞を針小棒大に祀り上げ、どうにかその格を高めんと腐心してきた。聖徳太子や行基(ぎょうき)などの過去の高僧、はたまた歴代天皇やその皇子といった貴人の発願（ほつがん）による社寺仏閣とて、その由来には後からこじつけたものが多く含まれている。

「要はそれを人々が信じるか、また周囲の者たちがあれほど言い立てるのならしかたがない、と諦めるかどうかだ。いいか、在躬さまがご自分の社を正統なる道真公の祭祀の場と仰っても、おぬしは決して引いてはならぬ。あちらの社は偽物だと決めつけ、我らが社の正統性を繰り返し言い立てろ。そこで少しでもあちらの言い分を見過ごせば、世の人々はやがて、北野社は在躬さまの社の真似と考えるようになろうからな」

「う、うむ。分かった」

ここが正念場だと気づいたのだろう。文時が青ざめた顔を苦しげにしかめながら、幾度も小さくうなずいた時、「失礼いたしますッ」と先ほどの祝が板戸の向こうに膝をついた。

「参道に綱を巡らし、祭礼は中止と触れ回らせておりますが、どうしても綾児さまの託宣が欲しいという者が騒ぎ立て、押し問答になっております。いかがいたしましょう。本日、託宣は幾刻より行なわれますか」

「愚か者ッ、いまは託宣なぞ与えている場合ではないわい。だいたい良種も阿鳥もおらぬのに、この女子一人に神託をさせられるわけなかろう」

文時が眉間に筋を立てて怒鳴った。

「で、ですが。綾児さまの託宣は、そもそも祭礼とは関わりなく、毎日、行なわれているもの。祭礼が取りやめになった上、今日に限って神託まで中止とあっては、参詣の者はなお文句を申しましょう」

「うるさい、うるさい、うるさいッ。休みといったら休みじゃッ。今がどれだけ大変なときかも知らず、利いたふうな口を叩きよってッ」

文時の絶叫を聞いた瞬間、綾児の胸に突如、激しい焰が燃え立った。

祭礼を中止しても、この手に入るはずだった北野社の実権は戻って来ない。いやそれ以前に、そもそも祭礼や託宣の中止を、何故、文時に決められねばならぬのだ。

北野社の巫女たる綾児の言葉は、道真公の言葉。ならば真新しい御影なぞ必要なものか。北野社の御神体は、この自分自身。そう、他ならぬ綾児こそが北野社の神だ。

（——そうだ）

はだけた胸元に、綾児は両手をかけた。ぐいと大きく襟を引き開き、眩いまでに白い乳房をむき出しにした。

「待て、綾児。なにをする」

最鎮が悲鳴とともに、顔を背ける。

それにはお構いなしに、綾児は破れた千早の端で、胸元を力一杯こすった。胸の谷間から喉元に散る痣が、いっそうくっきりと肌に浮かび上がった。

りのおしるしさ」

「御神体なんぞ必要なものかい。あたしが――あたしのこの痣こそが、道真公のなによりのおしるしさ」

「おしるしだと」

驚愕の声こそ上げたものの、最鎮はまだこちらを見ようとはしない。代わって文時が四つん這いで綾児に近付き、その胸元をしげしげとのぞきこんだ。

「そうさ。今日、一月二十五日は道真さまが大宰府に左遷された日。春の盛りを前に西に追いやられた道真さまは、きっと京に咲く色んな花を見納めだと思って、旅立たれたに違いないよ。これはその道真さまが残された、名残の花さ」

「名残の花――」

「そうさ。あたしの肌には元々、染み一つなかったんだ。それが北野社に来た途端、あっという間にこんな痣が出来たのさ。これはもう、道真さまのご神意というより他ないじゃないか」

胸乳の谷間から喉にかけて点々と散る痣は、合計六つ。大きいものは親指の先、小さいものは小指の先の半分ほどの円形である。

最鎮が道真を松にたとえ、境内に松樹を植えさせたことは知っている。だが自分の立場を守るためにも、今はそんなことに構っていられない。肌にたまたま出来た痣でも何でも、この逆境を乗り切るためなら、使えるものは片端から使ってやる。

「花、花か――」

文時は綾児の胸を凝視したまま、考えるように腕を組んだ。

「父から聞いた覚えがある。お祖父さまは梅がお好きで、ご自邸にも紅梅白梅さまざまな梅樹を植えさせ、春先には頻繁に宴を催してらしたとか」

「なんだって。梅なら、この季節にぴったりじゃないかい」

在躬との密談の翌朝、松林に漂ってきた梅の香が鼻腔(びこう)の奥によみがえる。春の魁(さきがけ)たる梅は、古くより多くの上卿に愛されてきた高貴な花。そうだ、これはうってつけだ。

この痣が道真公のご神意だとは、もちろん爪の先ほども思ってはいない。女も三十の坂を過ぎれば、悪いところがそこここに出て来るもの。それがこんな形で役立つとは、案外、年を取るのも悪くない気がした。

「されど、北野社のご神木は松だ。これまで参詣の者たちにそう告げてきたものを、今更変えることなど出来まい」

最鎮が強情に顔を背けたまま言い募るのに、綾児は荒っぽく鼻を鳴らした。

「あたしはこの北野社の巫女。その巫女にこんなおしるしが出たんだ。ご神木を松から梅に変えたって、なんの障りもないだろう」

「だが」

「いいではないか、最鎮」

文時が強引に、最鎮の言葉を遮った。

「御影と縁起の草稿が、在躬の手に渡った今、これまでと同じことをし続けるわけにはいかん。綾児の肌にかような痣があるのであれば、それを役立てぬ手はなかろう」

「待て、文時。よく考えろ。御影や縁起のような品ではなく、あの綾児の肌に道真公のおしるしが生じたと触れ回るのだぞ」

反駁する最鎮の声は、いつもの冷静さが嘘のように高ぶっている。それがかえって、文時を落ち着かせたのだろう。更に言い募る最鎮をなだめるように、彼は軽く両手を上げた。

「最鎮、おぬしが女子を信用しておらぬことはよう承知しておる。されどこれは我々にとって、むしろ千載一遇の好機ではないか」

もしここで綾児の肌に道真のおしるしが浮かんだと喧伝すれば、在躬は地団駄を踏んで悔しがるだろう。さりながら、すでに御影と縁起を奪った彼が、この上更に自分たちの真似は出来まい。ここで祀るべき対象を変更することは、いわば在躬の追随を避ける何よりの手段になると、文時は熱心に説いた。

「それに良種と阿鳥が北野社を逃げ出してもなお、綾児はここに残ってくれた。ならば我々はそれに報いるべきではないか」

最鎮はぎりぎりと奥歯を食いしばった。肩を幾度も大きく上下させ、

「──まことにそれでいいのじゃな」

と、文時にひと膝詰め寄った。

「おお、もちろんじゃ」

「ならばわしにはこれ以上、申すことはない。この社の寄進者は、他ならぬおぬしじゃでな」

諦めをにじませて言い放ち、最鎮は杖を支えにゆらりと立ち上がった。

三人のやり取りを呆然と眺めていた祝の肩を小突き、

「なにをぼんやりしておる。今日の祭礼はやはり執行するそうじゃ。参道の者たちに、すぐにそう告げて来い」

と言って、足を重たげに引きずりながら、外へと出て行こうとした。

いくら頭がよくとも、最鎮が綾児の企みまで見抜いているはずがない。女嫌いの彼はただ、女子が更に祭祀に関わることが気に食わないのだろう。

そう気づいた瞬間、綾児は思わず最鎮の法衣の裾を摑んでいた。不審げに振り返るその顔を真っ直(ます)ぐに指し、

「文時さま、一つお願いがあるんだ。良種も阿鳥もいない今、学のないあたしだけでちゃんと託宣を述べるのは、多分難しいからさ」

と、文時を振り返った。

「だから最鎮さまに、あたしの託宣を手伝ってほしいんだ。良種みたいに几帳に隠れて、あたしが何を言えばいいか、陰からささやいてもらえたら助かるよ」

「ふうむ、それも確かに道理。最鎮に任せられれば、わたしも安心じゃ」

「おい、何を言う。わしは決して、さような手伝いはいたさぬぞ」

最鎮が大慌てで、二人のやりとりに割って入った。

その顔は強張り、狼狽しきった声はおよそ叡智(えいち)に満ちた学僧とは思えない。

綾児は心の中でにたり、と舌舐めずりをした。

別に最鎮を好ましいと思っているわけではない。むしろその逆だ。さりながら自分を総毛立つほど嫌っている男を身近に置き、自分の言うがままに操る。女として、これほど面白いことはあるまい。

(すべて——すべて、あたしのものにしてやるんだから)

そうだ、衣を作らせねば、と唐突に綾児は思った。

まさか参拝の者たちに、いちいち胸を露わにするわけにもいかぬから、襟の辺りだけを薄物に仕立て、うっすら痣が透けて見える衣はどうだろう。だとすればついでに千早も袴も釵子も、新しいものに替えねばなるまい。

床に落ちたままの鏡を拾い上げ、乱れた髪を撫でつける。薄い笑みを唇に浮かべ、櫃にしまわれていたお気に入りの紫の千早をおもむろに取り出した。房の片隅に座り込んだ最鎮が、そんな綾児を瞬きもせず見上げている。その眼差しに怯えの色が含まれている気がしたのは、決して見誤りではないはずだ。

参道で足止めされていた人々が、祭礼の実施を告げられ、境内に雪崩(なだ)れこんで来たらしい。蜂の巣をつついたような喧騒を遠くに聞きながら、綾児は胸元に貼りついた痣を愛おしげに指先で撫でた。

# 第四章　鹿を逐う者

祭礼の日、北野社の巫女の身体に現れた梅文様は、その日、北野社を訪れた男女を狂喜させた。その噂は瞬く間に京じゅうに広まり、ほんの数日で狭い境内には溢れんばかりの参拝者が詰めかけるようになった。

当然、託宣を求める者の数も激増し、中にはまだ夜明け前から瑞垣の前で綾児を待ち受ける者まで出る始末。おかげで綾児と最鎮は、夜が明けきらぬうちから日没まで、そのほとんどを内陣に籠って託宣を述べる羽目となった。

綾児は衣を作り替え、胸の痣を参拝の者たちに見せようと主張したが、これには文時と最鎮がこぞって反対を唱え、結局、綾児の衣装はかつてのままと決まった。

その一方で、どうやって自らを納得させたのか、当初こそ青い顔をしていた最鎮は、面白くないことに翌日には元の鉄面皮を取り戻し、綾児が手を握ろうが肩をすり寄せようが、ほとんど表情を変えなくなった。

その癖、綾児が少しでも怠ければ叱り飛ばすのだから、こちらからすれば計算違いもはなはだしい。

だがいかに女子嫌いであろうとも、仮にも男たる者が目の前の女体に知らん顔を続けられるわけがない。恐らく最鎮はあの蟇のような顔の裏で、懸命に自制を続けているのだろう。良種たちが出奔したあの日、綾児の胸乳から懸命に顔を背けたのが、何よりの証拠だ。

(だったらどうにかして、手を出させてやろうじゃないか)

支配こそ横取りされずに済んだものの、北野社にはまだ最鎮と文時がいる。それだけに綾児は、まずは意外な形で弱点を露呈した最鎮を、自分に屈服させねばならぬと考えていた。

北野社の思いがけぬ人気に驚いたのだろう。菅原在躬が道真の祀りを始める様子は、今のところない。しかし文時がひそかに探らせたところによれば、在躬邸にはやはり良種と阿鳥と思しき男女が転がり込んでいるらしい。

在躬が二人を屋敷に留めているのは、いまだ道真の祭祀に未練を抱いていればこそ。在躬が義兄である中納言・藤原元方の威を借りて、自分に道真の祭祀を譲れと迫ったならば、文時はそれに従わざるをえない。それだけに文時は北野社の繁栄を喜ぶ一方で、どうにか在躬を黙らせる方法はないかとあれこれ考えている模様であった。

「元方さまが失脚でもしてくだされば、安心できるのだがなあ。主上の学問の師でもあるあの御仁に歯向かえる者は、太政官にほとんどおらぬ。かろうじて頼みにできるとすれば、右大臣の藤原師輔さまぐらいだろう」

文時が溜め息まじりに口にする名には覚えがある。かつての綾児の馴染み客、秦吉影の主だ。

吉影とまだ続いていれば、師輔への口利きも頼めただろう。だがさすがに長らく無沙汰が続いている最中では、それも難しい。——いや、待て。口添えを依頼できる相手は、他にもいるではないか。

「ねえ、文時さま。その師輔さまとやらに後ろ盾をお願い出来たら、北野社は更に繁栄するのかい」

激しい動悸を隠しながら問うた綾児に、うむ、と文時は頤を引いた。

「そりゃあ師輔さまにお近づきを得られれば、元方さまや在躬に怯えることなく、更に社殿を増やしもできよう。そうすればいずれは主上の寄進を受けることだって、夢ではないぞ」

まあ、ありえぬ話だがな、とひとりごちる声を聞きながら、綾児は唇に薄い笑みを浮かべた。

なるほど文時からすれば、師輔は雲の上の人物だろう。だが、自分は違う。文時たちは知らねども、綾児は師輔に近付く手立てを持っている。

(まったく、この世は誰がどこで役に立ってくれるか、わからないねえ)

文時の盃に酒を注ぎながら、綾児は胸の中でぺろりと舌を出した。

翌朝、まだ暗いうちから数十人に託宣を下すと、綾児は人の途切れるのを見計らい、内陣の円座から立ち上がった。脱ぎ捨てた千早を傍らの最鎮の胸に叩きつけ、

「ちょっと出かけてくるからさ。あとの参拝者は、あんたが適当にあしらっといておくれよ」

と一方的に告げて、本殿裏に続くくぐり戸を開けた。

「なんだと。おい、ちょっと待たぬか」

血相を変えた最鎮が、大慌てで綾児の袴を掴む。外でひしめく参詣客に聞こえぬよう声を潜め、「どういうわけだ」と顔をしかめた。

「参拝の者たちは皆、おぬしの託宣でなければ承知せぬ。それにもかかわらず勝手をするとは、いかなる了見だ」

「別に勝手をするわけじゃないよ。北野社の後見をしてくださる上つ方に、お目にかかりに行くだけさ」

「上つ方だと」

幾ら道真のおしるしを受けた巫女と崇められていても、本来、下賤の女に過ぎぬ綾児が、上つ方に伝手があるわけがない。それだけに最鎮はすぐに、浅黒い顔に嘲りをにじませた。

「馬鹿を言うな。少内記の任にある文時ですら、なかなか太政官の方々に話を聞いてもらえぬのだぞ。おぬしの頼みに耳を傾ける上つ方など、いるわけがなかろう」

「それがあてがあるんだよ。とにかく、後は任したからね」

足の悪い最鎮は、円座からすぐに立ち上がれない。袴を摑む手を蹴り放すや、綾児はまだ何か喚き散らす彼を置き去りに、さっさとくぐり戸を潜った。

自室に戻って化粧を落とし、素早く着替えを済ませると、境内の雑踏に紛れて参道へと出た。

参詣者の大半は綾児の素顔を知らぬはずだが、それでも用心するに越したことはない。深く面伏せて参道を駆け、北野社から二、三町も離れてから、ようやく四囲を見回した。

社が創建されてよりこの方、綾児が瑞垣の外に出たのは、ほんの数えるほど。それも夜陰に紛れての外出だったり、文時に付き添われての遠出が大半のため、真っ昼間から一人で出歩くのは久しぶりだ。

初めてこの辺りを訪れたとき、社域のぐるりは荒涼たる野原であった。それに比べ、今はどうだ。一条大路から社域までは幅四、五間もある道が延び、その左右には北野社への参拝の人々を当て込んだ店が数軒、建ち並んでいる。餅屋か、それとも飯屋か。門口から漂ってくる香ばしい匂いに、ぐうと腹が鳴った。

もともとこの界隈は、洛中と洛北諸村の中間地点。さりながらこれまで藪（やぶ）に囲まれた細道しか走っていなかった野面（のづら）がこのようににぎわうとは、いったい誰が想像しただろう。

身分の低い貴族の子女であろうか。古びた牛車（ぎっしゃ）がこちらにゆっくりやって来る。道の端に退いてそれを避け、綾児は参道へと吸い込まれる車を、目を見開いて見送った。

いつしか頭はかっと熱を帯び、その癖、手足の先だけが妙に冷たい。人目を惹くような真似をしてはならぬと分かっているのに、こみ上げる高揚がどうにも抑えきれない。

「うわあああッ」

と喉も裂けよとばかりに喚くと、綾児はぎょっとこちらを振り返る人々の眼差しを振り切り、洛中に向かって駆け出した。

北野社境内の賑わいぶりは、よくよく承知していた。しかしあの人気（ひとけ）のなかった荒野に道が走り、参拝者目当ての店まで建った事実は、今の北野社が——そしてひいては綾児自身が、どれほどの権勢を持ちつつあるかを如実に告げ、その胸を激しく高鳴らせていた。

在躬が北野社を欲しがるのも道理だ。わずか一年でこうも北野が賑わうのであれば、あと五年、十年も経てばどうなるか。

その社の繁栄が、すべて自分の肩にかかっているのだと思えば思うほど、身内は更に高ぶってくる。

足がもつれるのもお構いなしに、綾児は両の手をぶんぶんと振り回し、一条大路へ続くゆるやかな道を駆け通した。口をつく叫びは笑い声とも歓声ともつかぬものに変わり、道行く人々がこちらを指さして何やら囁き合っている。

かまうものか。誰がなんと謗(そし)ろうと、北野は自分がいればこそ繁栄を続ける。いわば北野社は自分であり、自分がすなわちあの社だ。

とはいえさすがにこんな興奮しきった状態で、宮城(きゅうじょう)にその人ありと言われる上つ方にお目にかかるわけにはいかない。

大内裏の上西門(じょうさいもん)の正面まで来ると、綾児は足を止め、乱れた髪を撫でつけた。

ちょうど退勤の時刻なのだろう。色とりどりの官服に身を包んだ官人が、次々と大路に出てくる。かつて縁なきものと思い込んでいたその騒がしさまでが、今はひょいと手が届くように感じられる。

よし、と自分に呟くと、綾児は奔流にも似た人混みの中、足早に大路を下った。

西市の賑わいを横目に、道を左に取る。煎じ薬の匂いを漂わせる施薬院の東、九条殿とも異称される右大臣・藤原師輔の邸宅前で立ち止まり、固く閉め切られた門を仰ぎ見た。

元々この屋敷は、師輔の祖父である関白・藤原基経が建てたもの。十六町にも及ぶ広大な敷地は、なるほど太政官の執権たる右大臣の邸宅にふさわしいが、建造から相当の年月が経っているのだろう。屋敷を取り囲む築地塀は薄汚れ、分厚い門に打たれた鋲は、輝きを失ってくすんでいた。

屋敷の裏手へと回り込めば、ちょうど出入りの商人が蔬菜でも運んできたらしい。勝手戸の傍らに荷車が据えられ、萎え烏帽子をかぶった男たちが、薦で覆われた籠をせっせと運び入れている。

その中の一人が、綾児の姿にあっと声を上げて立ちすくんだ。秦吉影であった。

「綾児じゃないか」

「なんだ、驚いたね。あんたまだ、ここで働いていたのかい」

よく日焼けした身体は、相変わらずたくましく、ぽかんと開いた口からのぞく歯だけが、不釣り合いなほど白い。だがかつてであれば、人目なぞお構いなしに、磊落な笑みを浮かべて綾児の腰に手を回したであろう吉影は、どういうわけかその場に棒立ちになったまま、視線をあわただしく左右に泳がせた。

共に荷卸しをしていた師輔家の家僕たちが、そんな吉影と綾児をにやにやと見比べている。こちらとて、何年も色を売って暮らしてきた身。こんな男の態度には、今まで幾度となく接してきた。胸の中でははんと得心しつつ、綾児は彼に向かって大股に歩み寄った。

「それにしても吉影、あんた随分お見限りだったじゃないか。もしかして、女房でももらったのかい」

男が馴染みの女を避ける理由は、そう多くない。ましてや吉影の如く単純な人間であれば、なおさらだ。

お屋敷で働く身分の低い従僕は、みないつ暇を出されても文句の言えない渡り奉公。ただ同じ邸内の者が晴れて夫婦となれば、家司（けいし）は彼らを情意投合の忠義者と見なし、終身にわたって雇い入れる。このためお屋敷勤めの者は、みな一定の年齢になると邸内で結婚相手を探し、永世の雇用につなげるのであった。

綾児の言葉に、吉影は「そ、そんなことあるかよ」と舌をもつれさせた。大慌てで綾児の肩を押し、同輩たちから見えぬ物陰に引っ張り込もうとした。

「今、お屋敷内がばたばたしていて、ゆっくり話をしていられねえんだ。それにおめえだって、北野社とやらがえらい繁盛なんだろう。俺のところに来ている暇なんぞないんじゃないか」

一刻も早く、綾児を帰らせたいらしい。「落ち着いたら一度、訪ねて行くからよ」と繰り返す吉影を、綾児はじろりと睨み上げた。

色だけで結びついた男女の仲ほど、あてにならぬものはない。本当に吉影にそのつもりがあれば、とっくに北野に足を運んでいたはず。つまりただで抱ける女房をもらった吉影にとって、綾児は用済みの女ということだ。

「ふうん。そうかい。分かったよ。ところでまさかと思うけど、あんた、室女を女房にしたわけじゃなかろうね」

「室女だって。冗談じゃねえや。あいつだったら、もう一年か二年前に、長い間ひっぱりこんでいた情人に逃げられて以来、まだそいつに未練たらたらだぜ」

話題が自分から逸れたことにほっとしたのか、吉影は少し早口になって言葉を続けた。

「そういやあの室女の情人は、おめえの昔馴染みだったよな。そのうちおめえのところに、銭でもせびりに行くかもしれねえぜ」

秋永であればもう来ている、と言いたいのを堪え、「そうかい。室女があんたの女房じゃないと聞いて、安心したよ」と綾児はうなずいた。

「実は今日は、その室女に用事があるんだ。すまないけど、ちょっと呼んでおくれでないかい」

「室女にだって」

自分たちが出会ったきっかけを思い出したのだろう。吉影は不審げに目を細めた。

「そうさ。つべこべぬかすようだったら、綾児が秋永の居場所を教えに来た、と伝えておくれ」

とりあえず、自分には関係がなさそうだと判断したのだろう。吉影は待っていろと言い残して、踵を返した。

荷卸しはすでに終わったのか、築地塀の傍らに座り込んだ男たちが、横目でこちらをうかがっている。

彼らから顔を背け、大路をぼんやり眺めていると、築地塀の向こうで慌ただしい足音が起こった。待つ間もなく、室女が髪を振り乱して飛び出してきた。

「あんた、秋永の居場所を知っているんですってッ。いつぞやあたしが訪ねて行ったときには、そんなことは知らないと突っぱねたじゃないの」

綾児に飛びかかり、その胸元を締め上げたいのを懸命に堪えているのだろう。相変わらずふくよかな室女の唇の端には、小さな泡がついている。

秋永がこの女の元から逐電したのは、一年以上前。それにもかかわらず、いまだ秋永を思い続ける純情さを少々面倒に感じながら、

「あの時は本当に知らなかったんだから、しかたないだろう。だけどそれからしばらくして、秋永があたしを訪ねてきたんだよ」

と、綾児は落ち着いた声で言った。

「どういうこと。なんであの人が、あんたのところなんぞ頼るのよ」

「そんなこと、秋永の野郎に聞いておくれ。それよりも室女、あんたに一つ頼みがあるんだ」

室女は疑い深げな目で、こちらを睨みつけている。綾児も負けじと、目元に険を浮かべた。

「あんたのご主人さまに、あたしを引き合わせてほしいんだ。あたしは今、北野社ってところで巫女働きをしていてさ。是非とも右大臣さまに、うちの社へご助力いただきたいんだよ」

「馬鹿をお言いじゃないわよ。あんたみたいな淫売を、うちのご主人さまに近づけられるわけないでしょう。だいたいあんたはあたしにとって、恋敵もおなじ――」

「その代わり、口利きをしてくれたら、あんたに秋永の居場所を教えてやるよ。あいつったら、今じゃ宮城の勤めも辞めちまってさ。とある場所で下男として働いているんだと」

室女の言葉を強引に遮って言い放つや、目の前の女の口がぽかんと開いた。

「なんでよ。どうしてあんた、そんなことまで知ってるのよ」

「そりゃあ、秋永の野郎が教えてくれたからさ。しかもあいつと来たら、銭を貸してほしいとあたしに泣きついてきてね。しかたないから、手近にあった品を小遣い代わりに与えたけど、よっぽど困ってるんだろうねえ。かつての色男が無惨なぐらい、やつれちまってたよ」

その途端、室女の顔からすっと血の気が失せた。大きな瞳が激しく左右に揺れ動いたかと思うと、「――わかったわ」という声が、震える唇から漏れた。

室女からすれば、いまだに綾児は憎い恋敵なのだろう。しかしそんな自分の敵と恋しい男とを天秤にかけ、瞬時に腹をくくった様子であった。

「師輔さまは毎日宮城からお戻りの後、きまって池端の高殿にお出ましになるわ。庭を見おろしながら、一献、お召しになられるの」

そこにだったら案内してやってもいい。ただし誰に見咎められても、自分の名前は絶対に出すなと念押ししてから、室女は上目遣いに綾児を見た。

「その代わりあんたにだって、約束は果たしてもらうわよ。それと金輪際、秋永には近づかないでちょうだい」

「はいはい、分かったよ」

別に念押しされずとも、今の綾児にとって、秋永なぞ路傍の野良犬程度の価値しかない。その居場所一つと引き換えに、右大臣師輔への対面が叶うのだから、餌はどんな犬にでも投げておくものだ。

「そういやさっき、宮城から官人たちが出て来るのを見たよ。もしかして師輔さまももう、お屋敷にお戻りなんじゃないかい」

「ええ、そうね。さっき酒の用意を侍女が言いつけに来たから、そろそろ高殿にお出ましだわ」

ついて来いとも言わぬまま、室女はくるりと綾児に背を向けた。邸内に戻るその尻を追って木戸を潜れば、厨の外には先ほどの籠が山積みにされ、数人の水仕女がかたわらの井戸でざぶざぶと蔬菜を洗っている。

「ちょっと、室女。どこに行くんだい」

水仕女頭と思しき中年女の金切り声にはお構いなしに、室女は小走りに厨の裏へと向かった。急いで追いかける綾児の腕をぐいと摑み、声を低めた。

「高殿はこの隣の棟を回り込んだ先、池に突き出した唐風の建物よ。ただ、もしそこまでの間に誰かに見咎められても、あたしは知らないわよ。根っから小狡いあんたなら、うまく切り抜けられるでしょ」

いささか棘のある口振りには腹が立つが、ここで取っ組み合いの喧嘩をするわけにもいかない。分かった、とうなずき、綾児は唇を小さく舐めた。

「秋永は今、左京七条南の道光寺って寺にいるはずだよ。寺男をしているって言っていたから、多分、住まいもそこじゃないかな」

「左京七条南ですって。このお屋敷の目と鼻の先じゃない」

なによ小馬鹿にして、という憤りの声が、室女の口から漏れる。それにはお構いなしに「じゃあ」と言い放ち、綾児は素早く走り出した。

秋永が室女とよりを戻そうが、再び彼女の元から逃げ出そうが、そんなことはどうでもいい。ただ、今は目の前の目的のためには、どんな相手でも使ってやる。いったんそう腹を決めれば、哀れにも尻尾を振って自分に泣きついてきた秋永も、彼をひたすら慕う室女も、もはやただの手駒としか映らなかった。

甘い匂いが、ふと鼻先をかすめる。見回せば、邸宅の広さの割に狭い池の端で、背の低い白梅が小さな花をつけていた。

すでに盛りは過ぎているのだろう。微かな風に花弁を散らすその木を横目に、綾児は池端をぐるりと回った。瀟洒(しょうしゃ)な高殿をそれと見定め、苔(こけ)むした岩を踏んで近づいたとき、からりと軽い音がした。

見上げれば高殿の格子窓が開き、小太りの中年男がそこに頰杖をついている。年は最鎮とさして変わらぬだろう。どこか病んでいるのかと思うほど顔色が悪く、唇なぞほとんど鉛色に近い。丁寧に整えられた眉を寄せ、おやと男は首をひねった。

「なんじゃ、おぬしは。水仕女にしても見慣れぬ面じゃな」

「藤原師輔さまでございますか」

誰何(すいか)を無視した問いかけに、相手の頰がわずかに強張る。

綾児はそれにはお構いなしに、高殿の真下に駆け寄り、くいと顔を仰向(あおむ)けた。

「わたくしは山城国葛野郡(やましろのくにかどののぐん)、北野社の筆頭巫女の綾児と申します。わが社の今後のため、師輔さまに折り入ってお願いがあり、無礼とは承知の上で罷(まか)り越しました」

「北野社だと。ああ、少内記の菅原文時が菅丞相(かんしょうじょう)（菅原道真）さまのために築造したという社か」

ひとりごちるように呟き、師輔は手にしていた盃をぐいと干した。

よく見ればその両目は吊り上がり、上半身がぐらぐらと揺れている。室女は一献という言葉を使ったが、どうやら師輔の酒量は一献や二献どころではなさそうだった。

「はい、さようでございます。実は右大臣さまに、わが社への寄進をお願いしたいのでございます」

「ふん。菅内記は以前、中納言の藤原元方どのをその社にしつこく誘っておったぞ。そうでなくとも元方どのは、菅家氏長者の義兄。菅丞相を祀る社であれば、なにもこなた（自分）の力など借りずとも、あ奴に頼めばよかろうて」

不機嫌に言い放ち、師輔は傍らの瓶子(へいし)から盃に酒を注いだ。ふらつく手でそれを唇に運びかけ、急に格子窓の外に身を乗り出した。

なにをするのだろう、と綾児が見上げる間もあればこそ、びしゃっという音とともに、顔の上に何かが降り注ぐ。鼻と口から入り込んでくる甘ったるさからそれが酒と気づき、綾児は慌てて袖で顔を拭った。

「なにをするんだいッ」

思わず怒鳴り声を上げたのと、爪先でがしゃりと音がしたのはほぼ同時。驚いて足元を見下ろせば、白い土器が池端の石に叩きつけられ、真っ二つに割れている。

血相を変えた綾児の顔が、よほど面白かったのだろう。師輔は窓枠に両肘をつき、がはははという品のない笑い声とともに両手を叩いた。

「どうじゃ、その酒はまずかろう。元方の娘が帝の御子を孕んだとかで、今日、我ら太政官の一同が、祝いとして賜った御酒じゃ。甘くて甘くて、とても飲めたものではないわい」

言われてみれば確かに、酒の味はまろやかで、普段、自分たちが飲んでいるものとは比べものにならぬほど美味である。しかしだからといって、それで顔に酒を浴びせ付けられた怒りが収まるわけではない。

「うむ、どうじゃ。あの一献だけでは分からなんだか。さすればほれ、この瓶子ごと味わうがよいわい」

その言葉が終わると同時に瓶子が放り出され、耳をつんざく音と共に、綾児の背後で砕け散る。四方に飛散した酒が濃厚な匂いを放ち、先ほどまで微かに漂っていた梅の香をかき消した。

「元方の娘はのう、昨年、主上の御許に上がったばかりの癖に、早くも御子を孕みよったのじゃ。新参者の癖に、まったくおこがましい。こなたの娘なぞ、九年、もう九年も主上にお仕えしておると申すにな。まったく父親が父親なら、娘も娘。先に女御となったわが娘を立てぬとは、さぞ立ち居振る舞いも行き届かぬ醜女に違いあるまい」

ろれつの回らぬ口調で言いながら、師輔は酒肴として用意されたらしき菱の実、干柿、唐菓子などを、次々と格子窓から投げ捨て始めた。

そのたびに土器が庭石に砕け、様々な匂いが池端に満ちるが、人払いでも命じられているのか、池の向こうの長廊に人の姿は一向に現れない。

これは大変なところに来てしまった、と歯嚙みしながら、綾児は格子窓の真下から一間ほど離れた梅の木の下に身を寄せた。

「血筋で申せば、元方ごとき、こなたの敵ではないわい。されど——されど元方の娘が皇子を産めば、こなたとて安閑とはしておられぬ。ええい、腹立たしやッ」

とうとう投げるものがなくなったのだろう。今度は怒号とともに、三方が降ってくる。酒に食べ物、土器に皿……格子窓の下はいまや、種々雑多な芥が飛び散り、足の踏み場もない有様であった。

(元方と言えば、いつぞや北野社に来た、いけすかない年寄りだっけ)

そうだ、よく覚えている。適当にでっち上げた綾児の託宣が気に食わなかったらしく、文時たちに八つ当たりをして帰って行った中納言。

　そういえばあの時、元方は自分の娘が帝の子を産めるかどうか、随分気に病んでいた。つまり元方と目の前の酔っ払いは、それぞれ後宮に娘を奉り、次なる天皇を誰が産むかを競っているわけか。

　入内して相当な年月が経ちながらなお孕まぬとは、師輔の娘はいささか分が悪そうだ。しかしながら元方に媚を売るということは、すなわち自分を裏切って出奔した阿鳥や良種に頭を下げるのと同義である。

（ふん、そんな真似をするぐらいなら、死んだ方がましさ）

　激烈な忿懣が、胸を焼く。そうだ。元方の娘が子を孕んだからといって、師輔の負けが完全に決まったわけではないのだ。

　よほど意気消沈しているのだろう。見上げれば、師輔は高殿の窓によりかかったまま、低いすすり泣きを漏らしている。

　綾児は地面を見回し、白い粉を吹いた干柿を拾い上げた。それを力一杯、師輔の頭に向かって投げつける。「痛ッ」という悲鳴とともに顔を上げた彼に向かい、「泣き暮らしている暇はないよッ」と大声を浴びせかけた。

「あたしは以前、北野社に来た元方さまに、道真さまの託宣を述べたんだ。そのとき、道真さまはあたしの口を借りてはっきりと、人を恨み、世を嫉む家には、いかに待てども子は産まれぬ、と仰せになったんだから」

ぴたり、と高殿の泣き声が止む。それとともに、涙で顔じゅうをべとべとにした師輔が、両の目をしょぼつかせながら綾児を見おろし、

「託宣じゃと。菅丞相さまの御霊が、元方に御子の件を告げたのか」

と呟いた。酒と先ほどの絶叫のせいで、無惨にしゃがれた声であった。

文時や最鎮は事あるごとに、下賤の者を無知蒙昧の輩と馬鹿にする。しかし綾児が右京の住処や北野社で観察した限り、目に見えぬものに怯え、神頼みを繰り返す者は、身分の高い人々にこそ多い。何せ守るべきものが皆無の貧乏人は、その日その日を暮らすのに手一杯で、目に見えぬ何かを恐れている暇なぞない。それに比べれば貴族や富者たちはなまじ地位や財産を有する分、それを守るために汲々とし、心のよりどころを求めずにはいられないのであろう。

己で食い扶持を稼がねばならぬ自分や阿鳥が銭儲けに走るのは、ある意味、当然の行ない。しかし、菅原在躬や文時、藤原元方に師輔。食うものにも寝る場所にも困ったことがないはずの彼らまでが、こうも気分屋で浅ましいのはどういうわけだ。

この国を動かす高官も、泥水をすすって生きる下賤も、その胸底にわだかまる醜さは、案外、変わりがないのかもしれない。そう思うと贅を尽くした高殿で暴れる師輔がひどく身近に感じられ、「そうさ」と綾児は胸を張った。

「御霊はあたしを通じて、こうも告げたよ。縁あれば他家の子を認めて容れるも、またよろしからずや。己の血統ばかりを尊ぶべきにはあらず、ってね」

「な——なんだと、それはまことか」

師輔の顔に、見る見る喜色が浮かぶ。震える手で窓枠を摑み、彼はまたしても身体を外に大きく乗り出した。

「本当さ。しかもその託宣が降りたのは、昨年の秋。つまり元方さまの娘御が孕んだと分かる前なんだよ。もし疑うんだったら、それとなく元方さまに聞いてごらんよ」

本当は元方が気に食わなかった綾児が、彼が嫌がりそうな託宣を述べただけだが、そんな顚末(てんまつ)まで語る必要はない。

案の定、綾児の言葉に、師輔は「なんじゃと」と大きく目を見張った。

「縁あれば他家の子を認めて容れるとは、まるで元方の娘以外が産んだ子が、次なる帝となる知らせのようではないか。しかもそれが、あの娘の懐妊が知れるより先に述べられていたとは。つ、つまり菅丞相さまの御霊は、今後、わが娘が孕むこともあると仰せなのか」

憎き政敵(にっく)の娘の懐妊に動転していただけで、根は愚鈍ではないのだろう。酒の酔いが瞬時に吹き飛んだ面持ちで、師輔は虚空に眼を据えた。

ううむ、ううむ、と低い呻きを幾度か漏らした末、両手でつるりと己の顔を拭って、眼下の綾児を見下ろした。

「おぬし、名をなんと申した」

「北野社の筆頭巫女、綾児さ」

「綾児、綾児か。おぬし先ほど、北野社に寄進してほしいと申したな。それは本殿を修築したいとか、楼門を建てたいとか、何か目的があってのことか」

その語調に孕まれた熱に、綾児は足が小さく震えるのを止められなかった。

師輔は綾児の託宣が、我が身にいずれ訪れる僥倖（ぎょうこう）を告げたものと信じ込んでいる。正直なところ、師輔の娘とやらが今後皇子を孕むかどうかなぞ、綾児には何の保証もできないが、だからといってこの絶好の折を逃す手はない。

「そういうわけじゃないさ。ただ道真さまがそうと見込んだお方であれば、北野社の後ろ盾を頼むにふさわしいと思っただけだよ」

「道真さまが――こなたをそうと見込まれたじゃと」

「なにせうちの社は、昨年造営が成ったばかりだからね。本殿も瑞垣も真新しいんだ。だから別に、師輔さまに何かをしてほしいなんて思っちゃいない。ただうちの社の後ろ盾になると言ってくだされば充分さ」

本音を言えば、急ごしらえの本殿はほうぼうから隙間風が吹き込むし、最鎮はいずれは参拝者を出迎える楼門が欲しいと漏らしていた。だが今はまず、元方との争いしか念頭にないこの男の信頼を勝ち取るのが先だ。

「後ろ盾。なるほど、後ろ盾か」

師輔はしばらくの間、考え込むように何か呟いていた。しかし不意に反対側の窓に駆け寄るや、

「誰かおるかッ。先だって、嶌田荘(しまだのしょう)の売買券が届いたであろう。あれをこなたに持って来いッ」

と、池向こうの細殿(ほそどの)に向かって喚いた。

主の暴れようを息を殺してうかがっていたのだろう。身形(みなり)のよい家司がすぐに細殿に現れ、一礼して引っ込む。待つまでもなく、古びた文書を三方に載せて捧げ持ち、高殿の入り口にすり足で近づいてきた。

「おお、早かったな」

ばたばたと階(きざはし)を降りてきた師輔が、「うむ、これじゃ。下がって良いぞ」と手を振る。家司は土器や食べ物が散乱した地面と綾児を不審そうに見比べたが、そのまま首をひねりひねり、細殿へと戻って行った。

「綾児とやら、なればこれを北野社に遣わそう」

師輔は三方に置かれていた紙を三つに折り、綾児に向かって差し出した。

茶色く変色したそれを恐る恐る開いたものの、文字を知らぬ綾児には何が書かれてい

るのか、皆目理解できない。

　だが師輔は、そもそも字の読めぬ者が世の中にいるなぞ夢にも思わぬらしく、「どうじゃ、嬉しかろう」と、畳みかけた。

「見ての通り、こなたが先日亡くなった姉より伝領した、近江国栗太郡蔦田荘の券契（けんけい）（地券）じゃ。猫の額ほどの小さな荘園だが、まずはこれを寄進しよう。その代わり、くれぐれも菅丞相さまの御霊にわが家のことを頼んでくれよ」

　一瞬、その意味が分からず、綾児は言葉を失った。

　だがすぐに、身体の底からこみ上げる喜びを必死に堪え、「それは——それはありがとうございます」とかすれた声で礼を述べた。

　胸に紙を抱き込み、強く押し当てる。ほんの一瞬、己の胸に浮かんだ幾つもの痣が、本当に道真のおしるしであるような気すらした。

　荘園。荘園だと。皇族貴族から厚い崇敬をうける官幣大社（かんぺいたいしゃ）や、僧侶を何百人も抱える大寺は、諸国に領田や荘園を経営し、莫大（ばくだい）な収入を得ていると聞いている。しかしそんな話はあくまで、格が高く、貴賤の人々から崇め奉られる社寺のみの話と思っていたのに。

　師輔からすれば、荘園の一箇所や二箇所、大した価値はないのだろう。だがあの右京のねぐらで、蚤（のみ）に食われながら男に抱かれていた自分に、まさか荘園を与えられる日が来るとは。

券契を握り締めた手が、ぶるぶると震えている。それを気取られてはならぬと必死に己に言い聞かせながら、

「道真さまもきっと、お喜びになられるよ」

と、綾児は鷹揚な笑みを浮かべて、懐に券契を押しこんだ。

師輔が北野社への寄進を即座に決意したのは、帝の外祖父の座争いに勝たねばとの執念ゆえ。逆に言えば、その宿願が果たされぬことが明らかになれば、師輔はすぐに掌を返すに違いない。

とはいえさすがの綾児も、宮城奥深くに住まいする帝や師輔の娘までは自在にしようがない。

(娘ってのがそこらへんに住んでいるんだったら、男を手玉に取る方法の一つや二つ、指南してやるんだけどねえ)

男とは単純なもので、こちらが追えば逃げるし、反対に逃げれば追って来る。

秋永は綾児が追わなくなった途端、腹を空(す)かせた犬のようにこちらに寄ってきた。吉影はきっと今ごろ、綾児のそっけない態度にそそられ、下腹を疼(うず)かせていよう。

そしてそれはきっと、上つ方とて同じこと。師輔の娘も一度、帝のお召しにそっぽを向き、冷たい態度を取ってみればいい。そうすれば帝はどうにか彼女を意のままにせん

と、躍起になって彼女の局に通うはずだ。

「それにしても菅丞相さまがかような託宣を下されたとあれば、こなたも一度、北野社に足を運ばねばならぬな」

そう呟いた師輔が本当に北野社にやって来たのは、その三日後。嶌田荘寄進の旨を綾児から聞き、半信半疑で師輔の訪れを待っていた文時は、すぐさま参道に駆け出し、自ら美々しい檳榔庇の牛車を先導して戻ってきた。

「ふうむ。これが菅丞相さまを祀る社か。思うたより粗末な造作じゃな」

悪気のない師輔の言葉に、最鎮の太い眉がぴくりと痙攣する。しかし文時はそんな最鎮を宥めるように前に出て、「なにせ微禄のそれがしが、私財を擲って造営しましたもので」と卑屈に頭を下げた。

「このように安っぽい社では、菅丞相さまにも申し訳が立つまい。こなたは近々、九条の屋敷を建て替えるつもりじゃ。なんだったらその中の幾棟かを、ここに寄進してやってもよいぞ」

不用となった宮城の殿舎や貴族の邸宅は、大寺や大社に奉納されるのが古来の習わし。参詣の者たちは寺社仏閣に移築された殿舎の存在によって、その寺社の後ろ盾が誰であるかを推し測るのである。

「な、なんというありがたいお計らい。御礼の申しようもありません」

文時が顔を紅潮させて、ぺこぺこと頭を下げる。さりながら綾児はその言葉にかぶせるように、

「お申し出は嬉しいけどさ。今回はご遠慮させていただくよ」

と、甲高い声で叫んだ。

「なんだと」

驚いたのは、文時と最鎮だけではない。師輔までが目を見開いて、本殿の前に立つ綾児を顧みた。

「道真さまは質素を尊ぶお方。右大臣さまのお心は確かに嘉(よみ)されるだろうけど、だからといって建てたばかりの本殿からお移しすることは、ご本意に背くんじゃないかい」

最鎮が凄まじい勢いで綾児に駆け寄り、その袖を引いて黙らせようとする。しかしその腕を反対に強く摑み、綾児は師輔だけを見つめた。

「もしまことに殿舎を下さるんだったら、師輔さまの宿願が叶った後にしてくれないかい。そうすれば道真さまも喜んで、ご寄進を受けられるはずさ」

綾児の言葉に、ふうむ、と師輔は感慨深げに首肯した。

「いや、確かにそれも道理じゃ。これはわしの思慮が足りなんだ。まったく綾児は道真さまのご気性をよう存じておるのだな。なれば殿舎の寄進はおぬしの申す通りにしようぞ」

とはいえ文時や最鎮からすれば、せっかくの機会をなぜみすみす逃すのかと腹が立ってならぬのだろう。怒るどころか満足げな顔で師輔が帰って行くや、綾児は早速社務殿に呼び出され、二人に激しく叱責された。

「どういうわけだ。せっかく師輔さまがその気になられているのじゃぞ。くださる殿舎であれば、ありがたくいただけばよいではないか」

上ずった文時の声に、綾児はわざとらしく息をつき、軽く首を振った。

「分かってないねえ。師輔さまの宿願はご自分の娘に皇子を産ませることなんだよ。本当にそれが果たされるかどうかも分からない今、下手に建物なんかいただいちゃ、後で厄介じゃないか」

「厄介だと」

最鎮が低く問うた。

「だってそうだろ。荘園だけならともかく、お屋敷の建物までいただいた末に、肝心の娘御が孕まなかったらどうだい。師輔さまはきっとお怒りになって、この社への寄進を打ち切っちまうよ」

だがそれがまだ荘園しか与えられていない状態なら、師輔は娘の不妊は自分が殿舎の寄進をためらったからと考えよう。人間、何かに入れ込めば入れ込むほど、後の揺り返しは激しくなる。ここであえて喜捨を拒んでおけば、仮に天皇の外祖父となれずとも、師輔は北野社への支援を長く続けてくれるやもしれない。

綾児の真意がよく分からなかったのか、文時がぽかんと口を開ける。代わりに最鎮が、「なるほど」と呟き、四角い顎をつるりと撫でた。

「その言い分は確かに一理ある。文時、ここは綾児に従おうぞ」

「だが、最鎮――」

せっかくの申し出を諦めきれないのだろう。文時が不満げに、最鎮と綾児の顔を見比べる。

「黙れ、文時。鹿を逐う者は兎を顧みずとの言葉も、世にある。我らが第一に考えるべきは、いかに長い年月にわたって、上つ方に北野社の後ろ盾をしていただくかだ。ここで半端な喜捨を受けたがゆえに、すぐさま師輔さまから見捨てられる事態となっては、これまでの苦労が水の泡だ」

藤原師輔が北野社に来たという事実だけでも、参拝者は増える。下手に政争に巻き込まれぬためにも、今はそれだけで我慢しろと、最鎮が文時を説き伏せてから半月後。驚くべき知らせが、北野社に飛び込んできた。

入内していた師輔の娘・安子の懐妊が、判明したのである。

これにはさすがの綾児も仰天し、早速、文時ともども、師輔の屋敷に祝いを述べに行った。すると師輔は、かつての悲歎が嘘のような笑みで、北野社に安子の安産祈願を申しつけた。

「これは面倒なことになったなあ。元方さまの娘御のご出産は今年の夏、師輔さまの方はその一月ほど後との噂だ。元方さまの孫が姫君で、師輔さまの孫が皇子であれば問題はないが、万一、反対になってみろ。我々はどんなお叱りを受けるか知れぬ」

文時はそう呟いて、不安げに肩をすぼめた。だがあにはからんや、それから数か月後、元方・師輔双方の娘が産んだのは、ともに丸々と肥えた男児であった。

生まれた順番で言えば、元方の孫が第一皇子、師輔の孫が第二皇子。さりながら誰が次なる帝――つまり東宮に定められるかは、年の順ではなく、その母親の身分や外戚たる一族の血筋による。

当今の学問の師である藤原元方は、従三位民部卿兼中納言。それに引き換え師輔は、亡き醍醐帝の皇女を妻とし、現在の官位官職は従二位右大臣。これほどに地位の異なる外祖父を持ち、ましてや生まれ年まで同じとなると、わずかな生まれ月の差なぞ、何の役にも立ちはしない。

七月二十三日、天皇は生後二月にも満たぬ第二皇子・憲平を、東宮として擁立。同時に東宮の祖父に当たる師輔に、その後見を命じた。

それは藤原元方の失脚の始まりであるとともに、その係累たる菅原在躬――そして彼の元に走った阿鳥と良種の敗北でもあった。

「やった、やったぞ、綾児。おぬしの託宣通りじゃ。縁あれば他家の子を認めて容れるも、またよろしからずや。己の血統ばかりを尊ぶべきにあらずとは、菅丞相さまも気の利いたことを仰られる。今ごろ元方はあの託宣を思い出し、臍を噛んでおろう」

綾児と文時が祝いの品を手に再び屋敷を訪ったとき、師輔は大勢の人々に囲まれ、盛大な酒宴を行なっていた。

二人の姿に気づくと、こちらに来るようにとせわしげに手招きをし、こればかりは以前と変わらぬ色の悪い顔に、満足げな笑みを浮かべた。

「先だっては辞退されてしもうたが、こうなったからには何が何でも我が邸宅を、おぬしの社に寄進させてもらうぞ。我らが東宮さまが無事にお産まれになったのも、第一皇子を蹴散らしての立坊も、すべて菅丞相さまのご加護あればこそじゃ」

すでに陽は西に傾いているが、残暑厳しき最中だけに、肌にまつわりつく熱気は一向に冷めず、わずかな夕風がかえって蒸し暑さを際立たせている。

宴席は夜半まで続くのだろう。数人の家僕が庭のそこここで篝火の支度を整えている。その中に吉影の姿を認め、綾児は口許にうっすらと笑みを浮かべた。

額に大汗を浮かべた文時が、しゃべり散らす師輔に、「まったくその通りでございます」と必死に相槌を打っている。だが当の師輔は、そんな文時を一顧だにせぬまま、綾児の面上に熱い眼差しを注いだ。

「何か頼みがあれば、どんなことでも申せ。北野の神は、わが一族の守り神。なればおぬしはわが一族の巫女も同様じゃ」

綾児にのみ向けられた熱心な物言いに、文時の顔が強張る。しかし師輔はそれに気付かぬ様子で、ますます上機嫌で言葉を連ねた。

「おお、そうじゃ。いずれは帝に請うて、北野社にそれ相当の社格をいただかねばなるまいな。それに安子の側仕えの侍女を代参として、近々、北野社に遣わさねば」

今日を晴れの日とばかり、入念な化粧を施してきたせいで、晴れやかな宴席のただなかにあって、綾児の姿は水面（みなも）に咲いた蓮（はす）の花の如く美しかった。

その隣に座した文時もまた、一張羅と覚しき錦の直衣（のうし）に身を包んでいるが、仕立ては良くとも色目が地味なせいだろう。その姿は目立つどころか、純白の千早をまとい、金銀の釵子（さいし）で髪を飾った綾児を引き立てるばかりである。

宴席に侍（はべ）る者たちはみな、師輔の言葉の端々から、どうやら北野社の巫女が、憲平親王の東宮擁立に一枚嚙んでいると悟ったらしい。綾児を横目でうかがい、意味ありげに囁き合う姿に、文時は唇を強く引き結んだ。突然、がばと立ち上がると、「そろそろ、帰るぞ」と綾児の腕を摑んだ。

「ちょっと待ちなよ。まだ来たばかりじゃないか」

突然の文時の態度に、綾児は仰天した。

冗談ではない。今日という日の訪れを待てばこそ、今まで師輔への物ねだりを堪えてきたのではないか。

人間、どれほどの恩義を受けたとしても、日が経つにつれ、感謝の念を忘れてゆく。だいたい東宮に立てられたと言っても、まだ生後たった二月の赤子。どんな病で命が失われるかも知れぬだけに、殿舎や褒美をねだるには、まさに今が絶好の機会だ。

「我々は別に褒美をもらうために、ここに来たわけではないのだ。もはや、祝いの言葉は申し上げた。さあ、帰ると言ったら、帰るぞ」

一方的にまくし立てるや、文時は綾児をひきずるようにして、師輔の前から退いた。

師輔が一瞬、戸惑い顔で目をしばたたく。だが、ちょうど入れ替わりに祝詞(しゅくし)を述べに来た客がその前に膝をつくと、すぐに相好(そうごう)を崩してそちらに身を乗り出した。

「放せってば。せっかく師輔さまにねだり事が出来るってのに、なんて真似をしてくれるんだよ」

文時は男としては頼りないが、それでも女子の力で突き放せるほど軟弱でもない。怒声を上げながら渡廊(わたろう)を引きずられてゆく綾児を、庭に控えていた家僕が驚いて見送っている。その中に知った顔を見つけるのが腹立たしく、綾児は懸命に彼らから顔を背けた。

褒美をもらうために来たのではないだと。嘘だ。文時とてここに着く直前までは、北野社にはどんな褒美を与えられるだろう、銭か、それとも領地や殿舎か、と楽しみにしていたではないか。

硬い表情で供待ちまで来ると、文時はあわてて引き出された輿(こし)に、強引に綾児を押しこんだ。

「馬だ、どこかで馬を借りて来いッ」

往路は同じ輿に共乗りしてきた癖に、俄然(がぜん)、綾児が近くにいることに耐えられなくなったらしい。老いた従者に居丈高に命じるや、文時は「輿を先に北野社に帰らせろ」と輿舁(こしかき)に怒鳴った。

「は、はい。承知いたしました」

輿舁たちが大急ぎで立ち上がり、暮れなずむ大路へと飛び出す。斜めに傾いだ輿に顔をしかめ、綾児は唇を強く噛んだ。

(あの野郎――)

文時の突然の怒りの理由は分かっている。菅原氏の直系、北野社の創設者を自任する彼は、人々が綾児に注ぐ褒詞(ほうし)が面白くないのだ。

綾児が貴族の娘であれば、こんな怒りようはしなかろう。しかし綾児は学のない下賤の女。それがいつの間にか師輔の信頼を勝ち取り、北野社の巫女としての名声を恣(ほしいまま)にしていることが、更に文時の自尊心を傷つけているのに違いない。

あまりに強く嚙みしめたせいで、口の中にはいつしか血の味が広がっている。めくれあがった唇の皮を歯で嚙み千切り、綾児は今日のために文時が塗り直させた真っ白な腰壁に、ぺっと唾を吐いた。

いささか色の濃い唾がだらりと壁を汚し、上蓆(うわむしろ)に滴る。それをじっと眺める綾児の唇に、ゆっくりと淡い笑みが浮かんだ。

今頃、文時は地団駄を踏みながら、馬を待っているだろう。

だが、もう遅い。師輔の信頼、北野社の名声。それらは今やすべて、綾児一人の上にあるのだ。

自分たちが後にした宴席で、誰が文時のことを覚えているものか。彼らの脳裏に刻みつけられているのは、憲平親王の誕生を予見した北野社の神。そしてその憑坐(よりまし)たる綾児の存在だけだ。

我知らず漏れた忍び笑いは、道を急ぐ輿舁たちの耳には届かない。それをいいことに綾児は両手で口を押さえ、藍を刷(は)き始めた空を見上げて、低く笑い続けた。

鴉が一羽、空を低くかすめて西に飛び、一瞬遅れてはるか遠くでしゃがれ声で鳴いた。

# 第五章　天神縁起

真新しい檜の香が、開け放たれた蔀戸の向こうから忍び入って来る。

使い込まれた帳面から眼を上げ、最鎮は片頰をわずかにひきつらせた。案机の端に置かれていた鐸鈴を取り上げ、乱暴にそれを打ち振った。

一瞬の静寂の後、広縁に軽い足音がして、見覚えのない若い神職が顔をのぞかせた。

「御用でございましょうか」

「蔀戸を下ろせ。風が冷たくてならん」

ぶっきらぼうに命じ、最鎮は筆の先で蔀を指した。

初冬の夕刻だけに、吹き込む風は確かに冷たいが、あえて戸を閉め切らねばならぬほどではない。だが今の最鎮には、社務殿の隣棟から漂ってくる芳しい木の香も、目の前に積み上げられた北野社の収支を記した帳面も——更に言えば、新参と思しき神職ののっぺりした面も、なにもかもが気に入らなかった。

「今日は文時はどうした。まだ宮城から戻ってきていないのか」

「あ、いえ。先ほど一度お越しになられましたが、立ち寄るところがあると仰せられ、すぐにお出かけになられました」

半年前、菅原文時は念願の文章博士に任じられた。

祖父の道真亡き後、その庶子である淳茂、更にその息子の在躬へと引き継がれた紀伝道の顕職が、突如として彼の手に転がり込んだのは、ひとえに右大臣・藤原師輔の推挙があればこそ。しかしながら巫女の綾児が師輔のお気に入りとなって、すでに四年。この社の実権は今や、名実ともに綾児に掌握されている。そんな最中の文時の文章博士着任は、いわば飼い犬への捨て扶持の如きものだ。

それだけに文時も最鎮も、最近は参拝者で溢れる北野社の有様を見ても心弾まず、苛立たしい思いで日々を過ごしていたのであった。

おおかたこの神職も、綾児が勝手に雇い入れた男だろう。中身のなさそうな整った顔も、染み一つない白い肌も、あの年増女が喜びそうなものであった。

「早く戸を下ろして、出て行け。拙僧は忙しいのじゃ」

文字を知らぬ綾児は帳簿仕事に暗く、神職や禰宜の禄や師輔から与えられた荘園の経営など、北野社の収支にまつわる一切は、いまだ最鎮が管理している。

師輔の威光を笠（かさ）に、やりたい放題をする綾児は忌々しい。さりとて繁栄を極める北野社を放り出して自分が出て行くのは、もっと忌々しい。いわば北野社の要とも言える収支を握って離さぬのは、最鎮の最後の意地であった。

師輔の孫である憲平（のりひら）親王が東宮に擁せられてからというもの、宮城における師輔の地位は、高まる一方。そんな政情への忿懣（ふんまん）が募ったゆえであろうか。昨年春には、師輔と東宮の外祖父の座を争った藤原元方（もとかた）が、急な病で逝去した。

風の噂によれば、彼は末期の床でも師輔に対する怨嗟（えんさ）を口にし続け、死後は怨霊となって師輔や憲平親王を呪い殺してやると喚いてこと切れたという。さりながら綾児はそんな風聞を耳にしても、これっぽっちも動じる気配を見せなかった。

「いくら元方さまが怨霊になったって、あたしたちには菅原道真さまの御霊がついているんだよ。生きておいでの頃は師輔さまをしばしば脅かしたとはいえ、道真さまに比べれば、元方さまの官位官職ははるかに下。かつて清涼殿に雷を落としたほどの御霊に、敵うはずがないじゃないか」

と剛胆に言い放って、師輔や彼に従う上卿（しょうけい）を安堵させた。

なんの根拠もないその言葉は、最鎮には笑止でしかない。しかし生まれたときから暖衣飽食の公卿には、常にずけずけと物を言う綾児のような女がかえって信頼に足る人物と映るようだ。

加えて三月前、師輔の娘・安子の中宮冊立が内定すると、師輔はこれもすべて北野社の神威のおかげと言い出し、長らく延期されていた新社殿の造営を勝手に開始した。つい数日前には社務殿の隣に楽殿を新築させたし、年明けからは坊城小路に面した別邸から計四棟の建物を移築させ、本殿や職房に充てるという。

（まったくどこまで勝手をすれば、気が済むのだ）

思わず罵った相手は、自分たちをないがしろにし続ける綾児だけではない。幾ら北野社を崇敬しているか知らないが、藤原師輔も師輔だ。

寄進であれば、まずは北野社の発願者である文時に計らい、しかるべき日を協議した上で行なうべき。それを何の前触れもなしに工人を寄越し、松の林を伐採して楽殿を建てるなど、無礼にも程がある。

道真公のおしるしが綾児によって松から梅へと変更されたのは、師輔が北野社を信奉し始める直前。だが、境内の松が抜かれ、代わりに形の悪い梅木が植えられた後も、最鎮はあれこれ口実をつけ、北野社を取り巻く松林までは手をつけさせなかった。

綾児と阿鳥が西市のそばで祭祀を行なっていた頃、道真の御霊はただの荒ぶる神という属性しか持っていなかった。それに様々な逸話を与え、人々の信仰を受ける神霊に作り変えたのは、他ならぬ自分だ。

松を憑代とし、牛を神獣として使役する道真。ときに大威徳天となって天界をも脅かし、験力著しい天台座主とも対等に渡り合う彼。さりながら綾児はよりにもよって、そんな道真の物語を悉く破壊し、己の扱いやすいように作り変えてしまった。

波音にも似た松籟が境内の静寂を際立たせ、秋ともなれば木間を透かす月光が下草の露を美しく輝かせたあの松林。それが無骨な工匠の手で無惨に切り倒されて以来、最鎮は全身に満ちる激しい怒りを押し殺すのに、必死であった。

神職は不慣れな手付きで蔀戸を閉ざし、そそくさと部屋を出て行った。その足音が遠ざかったのを待って、最鎮は案机の下に押しこんでいた酒壺を両手で引っ張り出した。

全身にひどい火傷を負って官途を絶たれてからというもの、長らく酒には手を触れていなかった。しかし綾児に北野社の実権を奪われた文時が、毎夜、酒をあおって愚痴をこぼすのに接するうち、ほんの一杯だけ、と受けた盃は、半年も経たぬうちに大盃に代わり、今では昼日中でも酒がなければ、どうにも我慢がしがたくなっている。

浅黒い顔のせいで、どれだけ飲んでも酔いが人目につくことはない。それを幸いと酒量が日に日に増えつつあるのが、我ながら情けない限りであった。

だが元はといえば、それもこれもすべてあの綾児のせいだ。

（いっそ文時の尻を蹴飛ばし、共に北野社を飛び出してやるか——）

しかし残念ながらあの文時には、それだけの思い切りはあるまい。それが証拠に、酒に溺れ、ことあるごとに綾児や師輔に対する文句をまくし立てながらも、文時は目の前に差し出された文章博士の職を拒むことができなかった。

菅原氏の嫡流でありながら、長年、在躬の後塵を拝し続けた彼にとっては、結局のところあの従兄を見返すことだけが、生きる意義。そもそもこの北野社が在躬への示威行為として建てられた以上、いくらその実権が奪われた事実に腹を立てても、最終的に文時は綾児がしたことに満足せざるをえないのだ。

だが、最鎮は違う。「北野社をどうにか守り立ててくれ」と文時から頼まれ、知恵を貸すに至った身からすれば、綾児は己の務めを奪った憎らしい相手でしかない。しかも大学寮屈指の秀才とまで言われた己が、あんな教養も礼儀もない愚かな女に負けるとは。そんな不条理があってなるものか。

そう思うと、綾児にすっかり心酔している師輔も、結局は綾児の言うなりにならざるをえない文時も――そしてこの身までもが、腹立たしくてならない。

女は嫌いだ。ましてや阿鳥と良種が出奔して以降、綾児は時に乳房もあらわに自分に寄りかかり、狼狽する最鎮をからかい続けてきた。そのたび、必死に頭の中で大集経を誦して妄念を払い続けた甲斐あってか、それともどんな刺激にも反応しない最鎮の身体に呆れてか、一年も経たぬうちに綾児は嫌がらせをやめた。だが、もはや三十路を過ぎながら、常に厚化粧を施し、男と見ればしなだれかかる綾児の浅ましさには、吐き気を覚えずにはいられない。

酒壺に直に口をつけ、喉を鳴らす。かっと熱いものが胸元を流れ、その熱がゆるやかに手足の先へと広がって行った刹那、再び外が騒がしくなり、「失礼いたします、最鎮さま」という先ほどの神職の声がそれに続いた。

「最鎮さまにお目にかかりたいというお客人が、お越しでございます。当初は文時さまをと仰せられたのですが、お留守の旨を申し上げたところ、ならばこの社でもっとも社務に長けた御仁をと仰いまして――」

「なんだと、いったい誰だ」

自らの肢体に引け目がある最鎮は、人に会うことを好まない。それが思わず相手の名を問うたのは、ひとえに酒壺を隠さねばという狼狽に、頭がいっぱいになったゆえだった。

「いえ、お名前は名乗られませんでした。ただ、文時さまの従兄と申せばよいと、仰せでございました」

「文時の従兄だと」

菅原道真は子福者で、その子供は男女合わせて十数人に及ぶ。それだけに文時との付き合いの長い最鎮でも、彼の従兄を全員把握しているわけではなかった。

だが文時に用であれば、彼の邸宅を訪ねればよかろうに、なぜわざわざ北野を訪れたのか。妙な胸騒ぎを覚えながら酒壺を仕舞い込むと、最鎮は酒の酔いを覚ますべく、両の手で顔をこすった。わざと渋面を作り、鷹揚な仕草で板戸を開けた。

「とりあえず会おう。案内しろ」

すでに薄闇が漂い始める時刻にもかかわらず、境内にはまだ大勢の参拝客が往き来している。そんな雑踏をものともせず、縄でほうぼうを計っているのは、師輔邸から派遣されてきた工人たちだ。

聞いたところによれば、まもなく北野社に寄進される殿舎は、三間三面檜皮葺の本殿や三間四面の堂舎、幅五間もある職房など、いずれも現在の本殿や社殿とは比べものにならぬ壮麗なもの。必然的に境内を囲む松林は大半が伐採され、まずは空き地に本殿と堂舎を移築した後、旧本殿及び社務殿を取り壊し、それから更に職房を建てるのだという。

あと半月もすれば、残る松の木は参道の左右に生える数本のみとなるだろう。手際よく計測を進める工人たちを苦々しく思いながら、最鎮は足をひきずりひきずり、新造なったばかりの楽殿に向かった。

まだ社務殿裏の蔵から楽器を運び入れていないせいで、幅三間の楽殿はただただ広く、その一角を区切った几帳の浅葱色がわずかな彩りとなっている。その向こうに人影を見とめ、最鎮は背後に従っていた神職を軽く手を振って追い払った。ごほんと咳払いをしてから沓を脱ぎ、ゆっくりと楽殿に上がった。

「お待たせいたしました。当社の庶務を預かっております、朝日寺の最鎮でございます」

「最鎮——最鎮とな。おお、やはり思うておった通りじゃ。おぬし、多治比家の次男坊ではないか」

輝くような白髪の老人が、こちらを振り返りざま、真ん丸な顔を嬉しげにほころばせた。

高い声とつり上がった眼には、嫌でも覚えがある。酒の酔いが一度に吹き飛び、最鎮はその場に棒立ちになった。

「す、菅原在躬さま——」

「おお、覚えておったか。いかにもわしじゃ、在躬じゃ。いや、わしが文章得業生に推挽した多治比家の次男坊が、火傷だか怪我だかで官途を諦め、遁世したとは聞いておったのじゃがな。それにしてもまあ、驚いた。禿頭僧衣がひどく似合っておるではないか」

最鎮が大学寮にいた頃、在躬は学寮を管理する式部省の大丞であった。その当時から秀才の誉れ高かった在躬は、時に問頭博士として数多くの学生と関わっており、最鎮が文章得業生に選ばれた際の試験を作ったのも、他ならぬ在躬だったのである。

万巻の書に通じ、常に自信に満ち溢れた彼は、まだ若かった最鎮にはあこがれの人物でもあった。

とはいえ文時の縁から考えれば、在躬は自分たちの仇敵。一時は綾児を抱きこんで、この北野社の実権を奪おうとした油断のならぬ男だ。

あまりの意外さに返す言葉が見つからず、最鎮は無言で在躬を見つめた。しかし在躬はそんな彼にはお構いなしに、それが特徴の子供のような声で、早口に言葉を続けた。

「かれこれ三年、いや四年前になるじゃろうか。新しく雇い入れた水仕女と雑人から、北野社には最鎮なる坊主がおり、そ奴が文時の知恵袋になっておると聞いてな。それ、おぬしと文時は大学寮におった頃より、ひどく仲がよかったではないか。以来、もしかしてその坊主はと思うていたのじゃが、それが図星とはのう。わしの知才もまだまだ鈍ってはおらぬということじゃな」

水仕女と雑人とは、おそらく阿鳥と良種だろう。では在躬はもう何年も前から、北野社に自分が関わっていると知っていたのか。

在躬は義兄・元方の没後、文章博士と太政官右少弁の職を同時に失った。とはいえ長らく本邦一の学者の名を恣にしていた男を早々に致仕させるのは、さすがの師輔もしのびなかったらしい。現在は大和国司に任ぜられ、第二の官人暮らしを始めている。

昨今の国司はみな、任地に赴かぬ遥任の官。在躬もまた京から離れぬまま、自宅で読書三昧の日々を送っているのだろう。その顔は色艶がよく、すでに六十過ぎとは思えぬほどであった。

「さて、今日ここまで出向いてきたのは他でもない。実はおぬしと文時に、見てもらいたいものがあってのう」

言いながら在躬は、傍らに置いていた布包みに、意味ありげに目をやった。美しく表装された一巻の書物を取り出すと、それを芝居がかった仕草でうやうやしく目の高さに捧げてから、最鎮の膝前に置いた。

真新しい題簽には、流麗な文字で「菅家伝」と記されている。弾かれたように顔を上げた最鎮に、在躬はにやりと笑いかけた。

「まあとにかく、それを読め。文句なり意見なりは、後でまとめて聞くからな」

と、自信ありげに巻子を顎で指した。

「申しておくが、この書はあくまで我がお祖父さまの事績を記しただけのものじゃ。北野社の縁起や奇瑞の数々については一切触れておらん。安心せい」

阿鳥と良種は四年前、最鎮が書いていた北野社縁起の草稿を盗んで出奔した。だが本来ならばすぐさま新しい縁起を書き上げ、人々にそれを広めねばならぬにもかかわらず、最鎮はいまだその仕事に取り掛かっていない。

その理由にすでに勘づいているのだろう。在躬は薄い笑みを唇に浮かべたまま、「さあ、早く読め」と急き立てた。

渋々、巻子本を取り上げれば、つい数刻前に書き上げたばかりなのか、冴え冴えとした墨の香が鼻をつく。

首をひねり、目を眇めて手元に視線を落とした自分を、在躬が興味深げにうかがっているのが分かる。努めてそれに知らぬふりを装い、最鎮は几帳面に整った字を順に目で追った。

道真の生涯について、余すところなく書き尽くそうとしているのだろう。まず道真の祖父や父の事績を記してから、道真自身の誕生に触れ、彼が初めて漢詩を詠んだ折のこと、大学寮内での名声、そして出仕後の順調な出世を描いた筆はどこを取っても美しく、道真への敬愛の念に満ちている。

もっとも道真と同時代を生きた文人・都良香と彼を比べ、菅原氏の血筋を自慢するのはともかく、道真の孫が在躬一人しかいないかのような書きぶりは、文時が読めば激怒するに違いない。

——孫、在躬。秀才として対策を挙げ、清公より在躬まで業を伝えること五代なり。

という一節なぞ、まるで自分こそが道真の直系であると言いたげではないか。

在躬の長男・菅原輔正は、親譲りの学識で知られ、現在は式部大丞の職についている。しかしながら文時が師輔に目をかけられている昨今、彼の今後の出世が、これまでのように順調である保証はどこにもない。

菅家氏長者の地位はいまだに在躬のもとにあるが、やがて在躬が没すれば、それは間違いなく文時の手に移るであろう。そうすれば当然、山陰亭の経営もまた、在躬の家から文時の家へと渡り、輔正はかつての文時同様、自らの不遇をかこつ羽目になろう。

頭のいい在躬が、自らの子息の将来を予見していないはずがない。それなのに何故彼はいまだに、このように己の立場をひけらかすのか。いささか理解に苦しみながら最後まで目を通すと、最鎮は読み終えた巻子本を丁寧に巻いた。

「どうじゃった、最鎮」

「大変、興味深く拝読いたしました。特に道真公が昌泰(しょうたい)年中に、菅家三代の詩文集を醍醐(だいご)の帝に献じられたと存じておりましたが、それをご覧になられた帝が詩賦をお下しあそばされた逸話なぞは、初めて知った次第でございます」

在躬の眼を見ぬまま適当な答えを返しながら、最鎮は頭の片隅で、文時が道真の伝記を手がけたとして、これほど流麗な文章になったであろうかと自問していた。

いや、考えるまでもない。答えは否(いな)だ。

文時は努力家ではあるが、万事要領が悪く、詩を作らせても和歌を詠ませても、とにかく四角四面で面白くない。道真の伝記を書けと言えば、必死に資料を集め、生真面目に整った編年体で記述するであろうが、それは目の前の「菅家伝」のように読みやすく、かつ人の心を打つものにはならぬだろう。その事実がひどく情けなく、そしてわずかに痛快でもあった。

「ふん、当たり障りのない褒め言葉じゃな。まあ、よい。今日これを見せに来たのは、他でもない。この伝記の続きを、おぬしらのどちらかが書かぬかと誘いに来たのじゃ」

「伝記の続きをでございますと」

思わず最鎮は、在躬の顔を正面から見た。

年齢の分かりづらいその顔には、相変わらず薄い笑みが浮かんでいる。だがそれと同時に、その双眸は薄氷の浮いた冬の流れを思わせるほどに冷ややかであった。

「そうじゃ。道真公亡き後、京を襲った数々の災害と、天皇や皇太子、左大臣さまの死。更にその後の北野社創建の縁起を書き足せば、この『菅家伝』は完璧なものになるとは思わぬか」

のう、最鎮、と低めた声が、ざらりと耳の底を撫でた。

「おぬしらとて、よく分かっておろう。今の北野社の有様は、まことにおぬしらが望んでいた通りのものか。あの綾児とか申す下賤の女子(おなご)に、これ以上、我らがお祖父さまを好き勝手にさせるつもりなのか」

この四年間、わしはずっとおぬしらと北野社を見ておったぞ、と続けながら、在躬は丁寧な仕草で「菅家伝」を布に包んだ。

「文時はいったい何のために、北野社を造った。お祖父さまを神と成し、菅原氏と己の名を高めるためであろう。さりながらこの数年間で、北野社の実権はあの淫売に奪われ、おぬしも文時も今ではすっかり北野社のお飾りではないか」

違う。文時はともかく、少なくとも自分は北野社になくてはならぬ存在だ、と反論しようとした声が、喉につかえる。腹の底で煮えたぎっていた熱いものが、ようやく出口を見つけたとばかり、大きく蠢（うごめ）いた。

「いや、分かっておる。おぬしたちは北野社を大きくするという目的のために、師輔さまの力をお借りしたのであろう。そうまでしてこの社を繁栄させたおぬしらの尽力は、この菅原在躬、よおく理解できる。されど只今（ただいま）のこの社の様は、そのためにかえって道真公の名を貶（おとし）めることになっていまいか」

在躬がかつて何をしたのか、忘れたわけではない。しかしながら今の彼の言葉は、あまりに的確に現在のこの社の情勢を指摘していた。

在躬の丸い眼を、最鎮は無言で見つめた。

彼は四年前、自らの企みが水泡に帰した後もずっと、北野社の様子をうかがっていたのだろう。そして文時や最鎮の目論見から大きく逸脱した現状から、今であればその実権の一端を掌握できると、再び陰謀を巡らし始めたのに違いない。

最鎮はからからに干上がった喉を、こくりと動かした。

かつてであれば、文時の宿敵である在躬と手を組むことなぞ、考えもしなかった。しかし、今は違う。目の前の在躬は少なくとも、北野社がどう経営されるべきかをよく理解している。ならば今の自分の真実の敵は在躬ではなく、あの忌々しい綾児だ。汚らわしいあの巫女がいる限り、北野社は好きなように蹂躙され続ける。そうだ。そんな許し難い現実の前には、菅原氏同士いがみ合っている場合ではない。

「うん、どうした。わしの顔に何かついておるか」

「いいえ、そういうわけではありません」

在躬と手を組もうと伝えれば、文時はさぞ怒るだろう。ことによっては自分を裏切り者と罵り、ここから追い出すかもしれない。

さりながら事の大小を弁えれば、かつての恨みに拘泥している場合ではあるまい。君子は豹変し、小人は面を革むとは、「易経」革卦伝の一節だが、まさに在躬が君子であれば、文時は小人。ならばこのまま小人に従い続けていては、この社は薄汚い下種の住処と化してしまう。

腹の中のうねりはもはや耐え難いほどに大きくなり、気のせいであろうか、男根までがかっと熱を帯び始めている。それを己の掌で確かめたい衝動を振り払い、最鎮は在躬の膝前の布包みに再び手を伸ばした。

錦のやわらかな手触りが、奇妙なほど苛立たしい。乱暴な仕草でそれを己の前に引き寄せ、

「──承知いたしました」

と最鎮は震える声を絞り出した。

「半年かかるか、それとも一年かかるかは分かりません。ですがともあれこの『菅家伝』の続きにふさわしい記録、必ずや書いてご覧にいれましょう。何卒お待ちください」

「おお、そうか。出来上がりを楽しみにしているぞ。宮城では三月前、新しい国史を編纂せよとの御命が下ってなあ。もしおぬしの縁起とわしの伝記が間に合えば、ぜひその写しを提出し、次なる国史にお祖父さまのことを記してもらおうではないか」

「新しい国史でございますと」

「なんじゃ、知らなんだのか」

本邦の国史編纂は、およそ五十年前、清和・陽成・光孝各天皇の事績が「日本三代実録」としてまとめられたのを最後に絶えている。それに続く国史が作られるとなれば、文章博士である文時が招集されていないわけがない。在躬が目論む通り、菅原道真の生涯を正史に記す絶好の機会というのに、なぜ文時はそんな大事な話を自分に黙っていたのか。

（文時め──）

最鎮は奥歯を強く噛みしめた。

自分を取り巻く現状に鬱々としている文時は、誰もが羨む栄達を果たしながらも、すべてに対する興味を失っているのだろう。文章博士として国史編纂の人員に加えられたものの、ろくにその務めを果たさず、他の撰者(せんじゃ)から呆れられているに違いない。

菅原氏の血と、五体満足な肉体。最鎮が決して得られぬ二つを併せ持ちながら、己が如何に満たされているかも気付かぬ文時が、殴り殺してやりたいほど腹立たしい。そして同時に、そんな彼に従い続けてきた我が身もまた、ひどく情けなくてならなかった。

在躬は一瞬、探るような眼で最鎮の顔を覗きこんだ。しかしすぐにあの作り笑いを頬に貼りつけると、「まあ、そんなことはどうでもよい」と上機嫌に膝を打った。

「いやはや、今日は実によき日じゃ。それにしても最鎮、もし今後、何か不都合なことがあれば、いつでもわしに申せ。なにせおぬしを文章得業生に推したのは、他ならぬこのわし。いわばわしはおぬしの学問の師も同然じゃからなあ」

きんきんと耳に障る声をいささか疎(うと)ましく感じながら、最鎮は無言で軽く低頭した。

真新しい檜の香りが、今更思い出したように、鼻先に濃く漂ってきた。

我が門(かど)を　とさんかうさん練る男(おのこ)
由(よし)こさるらしや　由こさるらしや

由なしに　とさんかうさん練る男
由こさるらしや　由こさるらしや

酒で顔を真っ赤にした師輔が、笏で床を叩きながら、「由こさるらしや、由こさるらしや」と合いの手を入れている。酒宴真っ盛りの広間の外では、下卑た催馬楽に合わせ、衣を被いでしゃがんだ室女の周囲を、秋永が足をふらつかせながら歩き回っていた。とはいえ、酔ったような足取りは芝居にすぎないのだろう。師輔の傍らに侍る綾児に時折投げられる眼は、わずかな怯えすら浮かべている。

その臆病さをせせら笑いながら、綾児は自分の膝先に置いていた盃の中身をひと息に干した。師輔に酒を注ぐついでに、己の盃をなみなみと満たし、胸元に滴が滴るのもお構いなしに、再び盃をあおった。

そうする間にも囃し声はますます大きくなり、それとともに秋永が室女の被衣を引きはがす。どっという笑い声の中、満面の笑みを浮かべた室女が秋永の首に両手をからめて立ち上がった。

「あの水仕女とその連れ合いが、綾児の旧知とはのう。まったく世の中は狭いものじゃ」

酒で嗄れた声で呟く師輔に、「さようでございますねえ」と綾児はにっこり笑ってうなずいた。

洛中の寺で働いていた秋永は、四年前、突然、押しかけてきた室女に押し切られ、結局、彼女とともに師輔邸に戻った。その後まもなく、正式に室女と夫婦となり、今は二人の子までもうけている。

このためさすがの室女も最近は綾児と打ち解け、綾児と秋永が親しく口を利いても、目くじらを立てない。どうやら綾児を、自分たち夫婦の縁結びの神とでも考えている様子であった。

だが、綾児は知っている。秋永は別に室女を愛おしく思って、夫婦となったわけではない。見た目ばかりよくて気の弱い秋永は、慣れない寺男暮らしに嫌気が差していた最中、突如飛び込んできた室女の剣幕に押され、そのまま師輔邸に帰っただけ。この四年の間、わずかな暇を見ては、綾児に室女の愚痴をこぼし続けているのが、なによりの証拠だ。

座興の踊りを終えた二人に、広縁の人々がやんやの喝采を送っている。そんな彼らを眺めながら更に盃を重ねていると、不意に視界がくらりと歪んだ。

綾児はもともと酒に強くない。それに、どうもこのところ、ほんの五、六献で妙な酔い方をすることが増えた。

二十歳を四つ、五つ過ぎたときは、まだまだ自分は美しいと己に言い聞かせ続け、三十の坂を越えるときは、若い女たちにひどく嫉妬した。しかしすでに四十となった今では、若い女なぞ出来るだけ見たくないというのが本心だ。

年を取るとはつまり、自分と若い者を比べたくなくなることなのだろう。そう思えば、右京で家の向かいに住んでいた失せ物当ての老婆が、なぜあんなに自分を嫌っていたか、今更知れるというものだ。

「師輔さま。あたし、疲れちまったよ。今日はもう、休ませてもらうからね」

ふわあ、と大きなあくびを漏らし、綾児はわざとらしく目尻をこすった。

「おお、そうか、そうか。ならばいつもの細殿を使えばよい。これ、誰か綾児を案内してやれ」

二年ほど前から、綾児は師輔邸に一室を与えられ、勝手に泊まる許可を得ていた。とはいえ宴席は今がたけなわとあって、広間は蜂の巣をつついたようにやかましい。加えて、ひび割れた師輔の声は侍女たちの耳には届かなかったらしく、その言葉に応じる者はいなかった。

「大丈夫だよ、師輔さま。それ、ちょうどそこに秋永がいるからさ。あの者に案内してもらうよ」

瓶子のお代わりでも命じられたのだろう。室女の姿は、すでに庭先にない。

ふらふらと広縁に出ると、綾児はこちらを見上げた秋永に、軽く顎をしゃくった。手近な灯台からひょいと灯盞《とうさん》を摘《つま》み取り、それを秋永の鼻先に突き出した。

「部屋に帰るよ。案内しておくれ」

「は、はいッ」

秋永はぱっと顔に喜色を浮かべ、山鳥の尾のように長く伸びた灯心を、左手の小指で素早く巻き取った。掌に載せた灯盞の底を小指で支え、明るく燃える灯心を残る指で押さえて立ち上がった。

視線を感じて振り返れば、庭の篝火に薪をくべていた吉影《よしかげ》が、じっとこちらを見つめている。かつてに比べればいささか肉が付いたその身体をゆっくり眺め回し、綾児は唇の両端を軽く吊り上げて踵を返した。

今日の宴席は、師輔の娘・安子の中宮冊立を寿《ことほ》ぐもの。それだけに安子の母や妹たちが暮らす北の対《たい》でも、同様に宴が開かれているのであろう。夜陰を透かした対の屋では、小さな灯りが幾つもゆらめき、女たちの笑い声に混じって、箏《そう》や笛の音《ね》が聞こえてくる。

邸内の者たちから聞いたところによれば、安子は今年三十二歳。けっして絶世の美女とは言い難いが、とにかく気性が激しく、意に染まぬことがあれば帝が相手でも遠慮せず食ってかかるほど、男勝りな姫君だという。

（ふん、すでに御子が東宮になっているんだ。なにも中宮になんてならなくたって、その辺りで満足しておけばよかろうにねえ）

安子が男児を産まず、またその子が東宮にならなければ、今の自分がなかったことは分かっている。さりながら誰もがもろ手を挙げて喜ぶ安子の中宮冊立を見るにつけ、綾児はまだ見ぬ姫君に対し、腹立たしいものを感じずにはいられなかった。

安子はきっと、わずかな銭と引き換えに身体を売ったことなぞあるまい。ひもじい腹を抱えて氷雨(ひさめ)に打たれたことも、他人から悪し様(あしざま)に罵られたこともないに決まっている。そんな幸福の元に生まれついた安子の栄達と、それに伴うほんの一滴の御情けで、今、北野社は日々多くの参拝者を迎え、こうして自分は師輔邸の宴席に侍っている。その事実に、綾児は強く唇を引き結んだ。

(見ているがいいや。いつか誰にも頼らなくたって、北野社を繁栄できるようにしてやるんだからさ)

師輔には、それなりに感謝している。しかしだからといって、何を差し置いても他人の機嫌を取らねばならぬ日々は、綾児の性に合っていない。

師輔は酒浸りのせいか身体が弱く、季節の変わり目には決まって熱を出す。そんな彼がこの世を去るまで、おそらくあと五年か十年か。それまでの間、懸命に師輔の歓心を買うのはしかたない。だが彼が亡くなった後、貴族の庇護なぞなくても現在の繁栄が続くように、綾児は最近、参拝者の中から近郷の刀禰(とね)、富農といった人々を選び出させ、特に丁寧な祈禱(きとう)を与えてもいた。

新興の富豪である彼らは一様に、貴族ほど傲慢でもむら気でもない。綾児は与しやすい彼らと手を結ぶことで、今後の北野社の繁栄を守ろうと考えていたのである。

文時が雇い入れた神職の大半は、この四年で解雇した。このため現在北野社に残るのは、あの最鎮を除けば、綾児の言葉に唯々諾々と従う者ばかりだ。

(ただ問題は、あの最鎮ほど頭のいい奴が、なかなかいないってことなんだよねえ)

酒浸りの文時は、この際、どうでもいい。厄介なのは、目の上のたんこぶとも言うべき最鎮が、北野社の帳簿をがっちりと摑んで離さないことだ。新しく雇い入れた神職たちも異相知才の最鎮には一目置いており、おかげで綾児はいまだに彼を追い出せずにいる。

最鎮と師輔さえいなければ、北野社はすべて自分のものとなる。そうすれば忌々しい貴族たちに頭を下げたり、面白くもない宴席に侍って愛想笑いをせずともよくなるのだ。右京七条二坊十三町で初めて道真を祀り始めてから、もう何年になるだろう。嫌な奴らにへつらい、時には裏切られた辛酸の日々は、間もなく終わる。それを完遂するためには、まずはあの憎たらしい坊主をどうにかせねば。

酔いの回った頭であれこれ考えていたせいであろう。綾児は自分の足元を照らしながら、庭を歩いていた秋永が、いつしかぴったり傍らに寄り添っていることに気づかなかった。

遠くから切れ切れに聞こえてくる箏の音が、しんしんと冷えてゆく冬の大気を更に澄ませてゆく。軒をかすめて一つ、星が流れ、それを眼で追おうとした瞬間、足元が大きくふらついた。

「おいおい。大丈夫か、綾児」

熱い秋永の腕が、綾児を抱きすくめる。瞬きもせずこちらを見下ろす双眸を見つめ返し、綾児は両の腕を秋永の首にからめた。

別に男が欲しい気分ではない。ただこんな寒い夜には、誰かと交わるのが一番だ。

秋永は一瞬、凍りついたように身動きを止めた。だがすぐに両の手を綾児の胸元にかけると、千早の結び目を荒々しく解いた。そのまま小袖の懐を押し開き、こればかりは昔から変わらぬ豊かな胸乳を性急に揉(も)みしだいた。

かつて道真のおしるしと触れ回った痣は、この四年で少しずつ大きくなり、今では梅というより牡丹(ぼたん)の花弁ほどにもなっている。しかしながら秋永はそんなことにはお構いなしに、ぷっくりと膨らんだ乳首を吸い、胸乳に歯を立てた。

「ちょっと、痛いってば。もっと優しくしとくれよ」

綾児は秋永の肩を、平手で叩いた。そうしながらも裾を割る手を迎え入れるように足を開き、片方の太腿を軽く相手の足にこすり付けた。

「す、すまん。つい、久しぶりだったからさ」

「ふん、あんたには可愛い恋女房がいるじゃないかい」

低い声で嘲った途端、秋永の手が怯えたように止まる。唇の端に失笑を浮かべ、「冗談だよ」と綾児はその耳元に囁いた。

今の綾児にとって、秋永は男ではない。寂しい身体を温める、ただの炭壷だ。そして気の弱い秋永は、師輔の大のお気に入りとなった綾児を恐れ、まるで生き神のように彼女を崇めている。そうされてみると不思議なもので、綾児の側も秋永を一人の男と見るつもりにはなれず、彼が室女に幾人の子を産ませようとも、嫉妬をする気にもなれぬのであった。

ひときわ高い笛の音が、夜気を引き裂く。そのけたたましい音に秋永は一瞬、身体を止めたが、すぐに括り袴の前紐をほどき、強引に腰を押しつけてきた。

いささか親しみすぎた身体は、甘さよりも鬱陶しい熱ばかり伝えてくる。すぐに始まった律動に身を任せながら、綾児はかえって冷め始めた頭の隅に、最鎮の顔を思い浮かべていた。

あの堅物が破戒でもしてくれれば、それを口実に北野社から追い出せるが、最鎮が女を抱けるとは思い難い。

(だいたいそんな融通が利けば、とっくの昔にあたしを抱いているよねえ)

そうなるとやはり最鎮を叩き出すには、力技を用いるしかないというわけか。

たとえば現在、北野社を信奉する富農から男手を借り、強引に彼を追い出すのはどうだろう。いや、これまで北野社を頻繁に訪れている刀禰たちは、同時に最鎮とも顔なじみ。彼を叩き出す手勢を貸してくれと言っても、渋る恐れがある。

だとすれば、まず新しい信者を北野社に呼び込み、彼らに最鎮を追い出してもらうというのはどうか。たとえば北野から離れた村々の刀禰……太秦（うずまさ）や松尾、小野といった村の人々は、まだ一度も北野に来たことがないはずだ。

（太秦村か）

その名を誰かが口にしていたような、と考えるのを遮るように、秋永が激しく下腹を打ちつけてくる。はあはあと荒い息があまりに疎ましく、綾児は秋永に預けていた腰にくいと力を込めた。その途端、秋永が喉の奥から太い声を上げて果てる。ぐったりと肩に預けてきたその頭をいつ振り払ってやろうかと考えながら、

「そうか、康明（やすあき）だ」

と、綾児は呟いた。

「誰だって？」

「あんたにゃ関係ないよ。黙ってな」

秋永を押しやり、綾児は陸奥紙代わりになるものはないかと、身体のあちこちを探った。結局、広縁に落ちていた桐の枯葉で股間を拭い、それをぽいと庭に捨てた。

かつて家の裏に住んでいた、医師（くすし）の橘（たちばなの）康明。いつだったか彼は、太秦村の刀禰が患家だと言っていた。ただ果たしてあの康明が、患家を紹介してほしいなどという頼みごとに、首を縦に振ってくれるだろうか。

（いや——）

秋永の唾液に汚れ、夜目にもてらてらと輝く胸乳に、綾児は片手をあてた。

かつて康明は綾児の喉元のできものに目を止め、珍しく強い口調でそれを見せろと言った。ならばこの数年で大きく広がった痣の存在を告げれば、彼は一も二もなく飛んでくるだろう。そう、あいつはそんな男だ。

痣そのものは、痛くもかゆくもない。しかしさすがの綾児も最近は、あまりに大きくなった痣に、一抹の不安を抱いてもいた。ならば康明に診てもらえれば、まさに一石二鳥というものだ。

「ちょっと、秋永。あんた、これから使いに行ってくれないかい」

懐から取り出した手巾（しゅきん）でしなびた男根を拭いていた秋永が、ああん、というような声とともに顔を上げた。

「あたしの昔の住まいの近くに、橘康明っていう野巫（やぶ）医者が住んでいるからさ。昔馴染みの綾児が、あんたに診てほしがっていると伝えておくれ。以前からのできものが痣になったと言えば、分かるだろうからさ」

だがうなずいて飛び出した秋永が持ち帰ったのは、康明は一昨日から河内(かわち)に出掛けて留守との報(しら)せだった。

「四、五日で戻ると言ってたそうだ。帰ったらすぐに北野社に行ってくれと、近所の奴らに頼んでおいたからな」

そんな秋永の言葉通り、康明が北野社を訪れたのはその翌日。すぐに綾児の自房に案内された彼は、

「いったいどうしたんだ、綾児。痣というのは、もしかして——」

急き込んだように、綾児に詰め寄った。どうやらこの調子では、診察が終わるまでは患家の紹介など頼めそうにない。

相変わらずの生真面目ぶりにいささかうんざりしながら、綾児は喉元できっちり合わせていた襟に両手をかけた。

「そうさ。いつだったか、あんたがちょっと見せてみろと言った痣さ」

「お、おい。ちょっと待てよ」

康明が狼狽(うろた)えた面持ちで、腰を浮かす。しかし綾児が胸元を力一杯左右に押し広げ、胸乳をあらわにした途端、康明ははっと顔色を変え、喉の奥から低い呻きを漏らした。

「これは——これはいったい、いつごろからなんだ」

目の前にあるのが女の乳ということすら、忘れ果てているのだろうか。康明は膝で這(は)

うようにして近づいてくると、元々細い眼を更に細めて、綾児の胸元を覗きこんだ。どこからともなく取り出した麻布で赤黒い痣を軽くこすり、膨れ上がった乳首をしげしげと眺め、肩が上下するほどの息をついた。

「こんなに大きくなったのは、この一、二年だよ。それ以前は大きくたって、指の先ぐらいの斑点が、胸じゅうに散っていただけだったんだけどねえ。——もう、しまっていいだろう。寒くってしかたがないよ」

「いいや、ちょっと待て。もう少しよく診せてくれ」

そそくさと乳を仕舞おうとする綾児を制し、康明は蔀が上げられた窓際に綾児を連れて行った。吹き込む寒風に綾児が顔をしかめるのもお構いなしに、しげしげと痣を凝視した末、「綾児」とこれまで聞いたことがないほど、硬い声を漏らした。

唇を強く引き結ぶと、思い切ったように顔を上げ、更に一歩、綾児に向かって膝を近づけた。

「どうしてこんなになるまで、放っておいたんだ。これじゃ——これじゃあ、手の打ちようがないじゃないか」

えっ、と綾児は目を見開いた。

自分はただこの痣を餌に、康明を呼び寄せただけ。それなのに目の前の男は、なにをそんな真剣な顔をしているのだ。

「色病（性病）だ。お前、ここ最近、飯がまずいとか、身体が疲れるといったことはなかったのか。いや、それ以前にどうして最初に痣が出たときに、わたしを呼ばなかった」

「手の打ちようがないだって――」

色を売る女にとって、性病は珍しくない。しかしながらその大半は、股間をよく洗い、養生していれば治るはず。この痣だって、いずれは綺麗に消え失せるに違いない。まれに――そうごくまれに、色病を悪化させ、亡くなる女はいるが、それはよほど運がなかった奴に限られる。そう高を括っていたというのに。

「もっと早くに身体を休めていれば、治療の仕方もあったかもしれん。だけどこんなに痣が大きくなっちまっちゃ――」

康明の語尾が、不意に震えた。しかし彼はすぐに「いいやッ」と大きな声を上げると、いきなり綾児を抱きすくめた。

「大丈夫だ、綾児。わたしが治してやる。ただしばらく、酒は止めろ。相手にうつしちまうから、男と寝るのも駄目だ。いいな」

腰抜けとばかり思っていた康明の腕の力が、綾児の混乱をますます大きくし、喉の奥に幾つもの疑問を浮かばせた。

どういうことだ。自分はただ、康明の患家を紹介してほしいだけだった。それなのになぜ、康明はこんなことを言い出すのだ。

「う――うるさいよッ」

甲高く喚き、綾児は力一杯康明を突き飛ばした。

「あたしはそんなことは聞いちゃいないんだッ。あたしの身体なんぞ、どうでもいい。ただあんたが親しくしている刀禰や富豪の家を聞きたくって、あたしはあんたを呼んだんだよッ」

「分かった、分かったから落ち着け。とにかく今は、身体を休めるのが先だ。床はそこか。まずは衣を解いて、横になれ。それとすぐに薬を作るから、誰か下働きの者に煎じてもらわねば――」

くどくどとしゃべり続ける声がひどく耳に障る。綾児は双の乳房をむき出したままその場に跳ね立ち、目の前の几帳を両手で引き倒した。

「綾児ッ」

耳障りな音とともに、水差しや鏡台があおりを食らって倒れる。

かっと手首が熱を持ったのは、康明を突き飛ばした際にひねったためか。いや、違う。熱いのは手首ではなく、胸だ。踏みにじられ、地との境も判らぬほど爛(ただ)れた花弁そっくりに赤黒い痣。それがかっと火照り、綾児の身体を内側からじりじりと焙(あぶ)っている。

「畜生ッ」

割れた水差しを裸足で踏みにじり、手近にあった紅筥(べにばこ)を蹴飛ばす。足裏から流れ出した血が、床一面に広がった湯冷ましと混じりあい、横倒しになった几帳を汚した。

「あたしが、あたしが何をしたって言うんだい。なんだってこんな病に、あたしが罹(かか)らなきゃならないんだよッ」

康明の顔から、見る見る血の気が引く。そんな彼に向かって、引きちぎった野筋(のすじ)を投げつけながら、綾児は地団駄を踏んだ。

(畜生——畜生ッ)

これはきっと何かの間違いだ。そうだ。こんな野巫医者の言うことなんぞ、信じてなるものか。自分はなんとしても、あの忌々しい最鎮たちを叩き出し、北野社のすべてをわが手に奪い取るのだ。

濡れた袴が足にからみつく。綾児は両手両足を使って康明に這い寄ると、うなだれる彼の手を両手で摑んだ。

「康明、康明。あんた、以前、太秦村の刀禰に贔屓(ひいき)にされているって話していただろ。そのお人を、あたしに紹介しておくれ」

「なにを言っているんだ、綾児」

錯乱のあまり、正気を失ったとでも考えたのか。突然、病とは関係のないことを口にした綾児に、康明はわずかな怯えを頬に走らせた。

「落ち着け。今はそんなことを言っている場合じゃなかろう」

言い募る康明の身体にしがみつき、濡れた床に押し倒す。腹の上に馬乗りになり、目を泳がせる康明の顔を両手で挟み込みながら、「頼むよ、康明」と綾児は繰り返した。

「あんたは京周辺の刀禰を、幾人も患家に持っているんだろう。この北野社をあたしのものにするには、今のままじゃだめなんだ。ねえ、後生だよ。どうかあたしを助けておくれ」

「目を覚ませ、綾児。いくら大社の巫女になり、大枚の銭を集めたところで、病に侵されたままで何になる」

至極理屈に適（かな）った言葉が、胸を逆撫でする。つるりとしたその顔を思いっきり殴りつけたい衝動を堪え、綾児は「うるさいよッ」と怒鳴った。

「こんな痣ぐらい、平気さ。それよりもあの憎たらしい坊主どもを追い出すほうが、今のあたしにはずっとずっと大事なんだッ」

一人前の男でもないくせに、いつも自分の邪魔をする最鎮。藤原師輔の投げ与えた文章博士という餌に嬉々として食い付いておきながら、綾児に対してじっとりと湿った眼を向け続ける文時。

あの二人が目の前から消えぬ限り、北野社は決して我が物にはならない。師輔の権勢が盛んな今だからこそなお、何としても彼らを北野社から叩き出さねばならぬのだ。

そうまくし立てる綾児を、康明はしばらくの間、呆然と見上げていた。しかしやがてばったりと両の手足を投げ出すと、大きな息をついて天井を仰いだ。

「どうしたんだい、康明。もしかして、その気になってくれたのかい」

鼻に鼻をこすりつけるようにして、男の顔を覗きこむ。その途端、康明は綾児の身体を抱え込み、強引に自らの身体の上から振り落とした。そして、「ああ、もうッ」と叫びながら、両の手で髪を掻きむしって、勢いよくその場に立ち上がった。温厚な康明にしては珍しい、乱暴な挙措であった。

「畜生、分かったよ。俺の患家を紹介してやりゃあ、いいんだろう。いったいどの家がいいんだ。太秦村の刀禰か。山崎郷の大名田堵（富農）か。どんな奴らでも引き合わせてやるから、さっさと言えッ」

「あ、ありがとよ、康明ッ」

がばと起き上がり、綾児は康明の手を握りしめた。

「とにかく蓄えがあって、裕福な奴だったら誰でもいいんだ。この際、北野社に寄進なんぞしてくれなくたって構わない。ただ北野社の綾児を信じる、その託宣は本物だって、周囲に触れ回ってくれさえすれば充分だよ」

いつぞや阿鳥と文時が見物に行った、志多羅神。摂津国河辺郡の人々が拝み始めたあの神は、あっという間に二千人もの人々より崇敬を受け、六基もの神輿が大勢に担がれ、河辺から嶋下、更に山崎郷へと移動する騒ぎを引き起こした。

これまで京周辺の神社のほとんどは、官幣社・国幣社などと格付けされ、朝廷の保護の中から出ることはなかった。その一方で村落の片隅の社でひっそり祀られる土着の神は、正式な名すら与えられず、無論、村人以外からは顧みられることも皆無であった。

しかし志多羅神なる新参の神は、そんな旧来の有りようには納まらず、神輿を奉賛する熱狂的な信者たちの手によって、ついには官幣社である男山石清水八幡宮への合祀まで果たした。

そう、諸国に動乱が起き、飢饉や旱魃が相次ぐこのご時世においては、官の支配なぞさしたる意味はないのだ。ためしに、京以外に目を向ければいい。諸国では公田が放棄され、流民と化した人々は、大名田堵や刀禰の家人となって新たな暮らしを始めている。朝廷から派遣された国司ですら、そんな富農を取り締まることが出来ず、むしろ弓矢を持ち、私兵を蓄えた彼らの力を借りて、ようようわずかな税を集める有様だと聞くではないか。

つまり当節、この国を動かす力を持つのは、天皇や貴族ではない。荒れた田や放棄された公田を耕し、自らの村々を繁栄させる刀禰・富農や、この雑然とした京を逞しく生き抜く地下人たちなのだ。

藤原元方は権力争いに敗れた末、恨みに悶えながら亡くなった。今は東宮の外祖父として得意の絶頂にある師輔とて、いつまた同じ轍を踏むか分からない。

　さりながら市井の者たちは、既存の身分に縛られていないがゆえに、強く逞しい。ならば朝廷などとは無縁に富を蓄え、雑草の如く生きる彼らこそ、北野社の真の庇護者にふさわしいのではないか。

　そう、所詮、自分は下賤の巫女。ならば上つ方の手を借りるばかりではなく、下賤は下賤なりの後ろ盾を得てこそ初めて、北野社は全き姿となるのだ。

「本当にそれだけでいいのか」

　言いながら康明は、摑まれたままの綾児の手を戸惑った様子でふりほどいた。

「なんだったら、一度、北野社に参詣してくれるように頼んでやってもいいぞ」

「そりゃあもちろん、足を運んで寄進の一つもしてくれりゃ、こちらはとっても助かるけどね」

「分かった。太秦村の刀禰は、月に一、二度は京に出てくる。そのついでにお前のところに寄るよう頼んでやろう」

　その代わり、と相変わらず綾児から顔を背けたまま、康明は声を低めた。

「薬を置いて行くから、必ず飲め。万一、痣がそれ以上大きくなったり、身体に他の異変が起こったら、すぐにわたしに知らせろ。いいな」

「ああ、もう。分かった、分かったよ。相変わらずあんたは口やかましいね」

顔をしかめた綾児に背を向け、康明は持参した薬籠を開いた。四半刻もかけて薬を調合すると、飲み方をくどくどと説いてからようやく引き上げて行った。

その足音が遠ざかり、境内の雑踏に紛れて消える。綾児は肩で大きく息をついて、立ち上がった。綾児は麻の袋に入った薬を指先でつまみ上げ、それをしげしげと眺めた。

部屋の真ん中にはまだ几帳が倒れ、割れた水差しがそのままになっている。濡れそぼち、もはや使い物にならなくなった白粉袋に顔をしかめ、その上にぽいと薬の袋を投げる。ついで濡れた円座や衣をその上に次々と放ってから、綾児は板戸を乱暴に両手で開いた。

「ちょっと、誰かいないのかい。ここを片付けておくれ。円座も麻袋も、濡れちまったものは気味が悪いから、ぜんぶ捨ててしまっとくれよ」

康明は融通が利かない代わりに、約束は必ず守る男だ。今頃は太秦村に向かって足を急がせながら、どうやって刀禰に北野社への尽力を請おうかと考えているに違いない。だとすれば、薬なんぞ飲んでいる暇があるものか。だいたい劫を経た老婆でもあるまいに、日に何度も煎じ薬をすする巫女の託宣なぞ、いったい誰が聞きたいだろう。

綾児とて、命は惜しい。だが北野社の実権を奪い取るその日まで、病ごときに屈している暇はない。

それに色病で命を落とした女たちとて、すぐさま病を悪化させたわけではない。皆、五年、十年と長い歳月を経て、油の切れた灯明の如く、ふっと倒れるのが常。ならば今、生を惜しんで、自ら欲する物から手を放すことに何の意味があろう。

西市そばのねぐらを離れ、かれこれ六年。かつての玉の肌はくすみ、白髪は抜いても抜いても限りなく増えてゆく。

女の価値は美貌だ。そして、男が若く美しい女を喜んで買い求める例からも分かるように、女の美貌とはすなわち銭そのものなのだ。

ならばかつての美貌が老いに蝕(むしば)まれつつある今、自分は何があろうともそれに代わる銭を――北野社を手に入れねばならない。それこそが綾児なりの病への抗(あらが)い方だ。

昔から変わらぬ柔肌に貼りついた痣は、どこか蛇にも似ている。綾児は奥歯を食いしばり、乱暴に襟元をかき合わせた。

醜悪な最鎮の顔が、瓜そっくりの文時の顔がぐるぐると脳裏を巡る。いや、最鎮たちだけではない。あの憎たらしい阿鳥と良種、嫌味な元方、更にはこれまで自分の上を通り過ぎていった数えきれぬほどの男たちの面までが、次々と眼裏に浮かんでは消えた。老い、病、自分を取り巻く無数の敵。胸元の醜い痣が、まるでそれらすべての凝(こご)りのようだ。

畜生。負けてなるものか。

壁際に置かれていた素焼の壺を縁下に蹴飛ばし、綾児は、「ちょっと、誰もいないのかいッ」と、再度金切り声を張り上げた。叶うことであれば脳裏に浮かぶすべての顔を、こうして踏みつけ、蹴飛ばしてやりたかった。


翌日からの綾児の行動は、迅速だった。

夜明けを待ちかねて藤原師輔邸に向かうと、そのまま家人溜まりに飛び込み、「ちょっと、秋永はどこだい」と、遠慮のない口調で問うた。

「秋永なら家司頭さまのご命令で、昨夕から河内の荘園に行っておりますよ」

顔見知りの老僕が、慇懃な口調で答える。主の手前、しかたなく丁重な態度を取っているのだろう。その口調には、綾児を蔑む気配が濃厚ににじんでいた。

「ふうん。そうかい。じゃあ悪いけど、代わりに吉影を貸してもらうよ」

言い放つや、綾児はちらりとこちらを一瞥したなり、家人溜まりの隅で縄を綯っている吉影に駆け寄った。その袖口を摑み、有無を言わさず彼を外へと引っ張り出した。

「おいこら、待て。今更、いったい何の用だ」

吉影は渋々綾児の後についてきたが、冬枯れの庭を過り、人目につかぬ蔵の裏手まで来るなり、むっと眉を逆立てて、乱暴に手を振りほどいた。

その肩先に額がくっつくほど近づき、「あんたに頼みたいことがあるんだよ」と、綾児は眼だけで吉影を見上げた。

「頼みだと。それだったら、あの秋永に言えばいいだろう。あいつが出かけているからって、俺を代わりにするんじゃねえ」

ふうん、と呟き、綾児は薄い笑みを浮かべた。

綾児は知っている。吉影がいつも何か言いたげに、綾児の様子をうかがっていることを。

男は女と違い、一度馴染んだ相手の肌をなかなか忘れられないと聞く。口先では妻を娶ったと言いつつも、吉影は心の中では幾度も綾児の衣を剝ぎ、その身体を犯しているのに違いない。

もしかしたら彼はこの邸宅の中で、唯一、綾児と秋永の関係に気づき、だからこそこうして声を尖らせているのかもしれなかった。

「代わりって言い方は悪かったよ。昔馴染みのあんたが相手だと、ついつい気楽になっちまってさ」

綾児はわずかに眼を伏せた。吉影の眼差しが、自分の面上に注がれているのを充分に感じながら、わざとらしく息をついた。

「実は近々、北野社で大きな祭りをしたいんだ。ほら、あんたも知っての通り、年明けには師輔さまがうちの神社に、殿舎を寄進してくださると決まったからさ。新しい社殿に恥ずかしくない盛大な祭礼にしたいと思っているんだよ」

四年前から、北野社では毎年一月二十五日を恒例祭と定めているが、それは楽人に舞楽を奏でさせ、巫女たちが舞を舞う程度のもの。神輿もなければ、当然、ご神霊の巡行もない。だから今回は臨時祭として、盛大な祭礼を行ないたいのだと、綾児は説いた。

「すればいいじゃねえか、祭りぐらい」

「そう簡単にはいかないよ。なにせあたしは社の巫女ってだけで、銭の出入りには関わってないからね。神輿を拵える銭や担ぎ手に払う物代(ものしろ)だって、勝手にはならないのさ」

さすがにそんなことにまで師輔さまのお力を借りられないからね、と続けながら、綾児は吉影の胸板に軽く頭をこすりつけた。

かつて檜板の如く逞しかったその胸は、いまは綿を詰めたのかと疑うほど柔らかい。口許に苦笑いが浮かびかかるのを堪え、「ねえ、吉影。教えておくれよ」と、綾児はしおらしげに続けた。

「色んなお屋敷を渡り歩いたあんたは、あっちこっちに知り合いがいるだろう。そういった雑人を雇うには、どれぐらいの銭が要るんだい」

「銭で俺たちを使おうってのか」

吉影の物言いに、わずかな傲慢さがにじむ。しめた、と心の中で舌なめずりしながら、綾児は肩を落とした。

「しかたないじゃないか。そうやって盛大な祭りをしなきゃあ、うちみたいな新参の社に人は来てくれないんだから」

「そんなことはないだろう。おめえのところの社は、神託は当たるしご利益は抜群だと、ほうぼうで評判だぜ」

「そうかねえ。そりゃ師輔さまはあたしをご贔屓にしてくださるけど、上つ方ってのはむら気だから。このご寵愛がいったいいつなくなるかと思うと、心細くてならないよ」

言いながら綾児が溜め息をついたのと、吉影の手が腰に回されたのはほぼ同時。こればかりは昔から変わらぬ大きな手が腰を這い回るのに合わせ、綾児は身体をますます吉影に押しつけた。

「ふん、珍しく弱気じゃねえか。しかたねえなあ。いったい、どれぐらいの人手が欲しいんだ」

渋々といった態度を装いつつも、その口調はひどく嬉しげである。吉影の胸に面伏せたまま、綾児は唇だけで、やった、と呟いた。

男は奔馬(ほんば)と同じだ。自分が一番でなければ気が済まない。言い換えれば、こちらが辞を低くして相手を立ててやれば、男は何も言わずとも、喜んで女の目の前を走ってくれる。

「どれぐらいって、別に決めちゃいないよ。そりゃあ、多ければ多いほどありがたいけどさ」

「じゃあ、五十人——いや、百人、集めてやるぜ。それぐらいいれば、充分だろう」

「そりゃあ、助かる。ありがとよ」

と礼を述べた声が上ずったのは、吉影の手が裾を割り、腿を這い上がって来たからだ。

「だけど今のあたしにゃ、そんなにたくさんの雑人に払える銭がないよ。頼んでおいて悪いけど、三十人ぐらいに減らしておくれ」

「馬鹿にするな。俺が仲間を集めてやるだけのことだ。銭なんか別に要らねえさ」

「本当かい。やっぱり吉影は頼りになるねえ」

胸の中でにんまりと笑いながら、綾児は白いものが交じった吉影の頭を、両手でかき抱いた。

別に男が欲しい気分ではないが、こうもあっさり願いを聞いてくれたのだ。少しぐらいは付き合ってやらねばなるまい。

分厚い吉影の唇が首筋を這い、乱暴にくつろげられた胸元へと滑り落ちる。下肢を忙しく這い回る手のために軽く片足を持ちあげながら、ああ、と綾児が大きな息を漏らしたその時である。

「おい、なんだよ、この痣は」

大声とともに、吉影が手荒く綾児の身体を突き飛ばした。突然のことにその場に尻餅をついた綾児にはお構いなしに、己の袖口で乱暴に口を拭い、ぺぺっと立て続けに足元に唾を吐いた。

「おめえ、悪い病に罹ってるじゃねえか。そんな身体で、よくも俺をたらし込もうとしたもんだな」

しまった。この四年間、少しずつ大きくなる痣を目のあたりにしていた秋永は、爛れた花弁そっくりの痣にも今更驚きはしない。しかしかれこれ六、七年ぶりに綾児の身体を眼にした吉影には、今の綾児の肌はあまりにおぞましく映るに違いなかった。

「ちょ、ちょっと待っておくれよ、吉影」

綾児は四つん這いで、吉影に近付いた。だが吉影は足元に蛇でも見つけたかのように飛び退くと、「触るんじゃねえ」と怒鳴り、乱れた衣をそそくさと直し始めた。

「だいたい俺は、病持ちの年増が欲しいほど、女に困っちゃいねえんだ。馴れ馴れしいのもいい加減にしやがれ」

見えぬ手で横っ面を張り飛ばされた気がして、綾児は絶句した。

背中に冷たいものが走り、一瞬にして指先が凍える。見る見る顔を青ざめさせた綾児を汚らわしげに一瞥し、吉影が踵を返そうとする。

あわててその背にすがりつき、「お願いだよ、吉影。話だけでも聞いておくれ」と、綾児は声を張り上げた。

「痣のことを隠していたのは、確かに悪かったよ。だけど祭りをしたいってのは、本当なんだ」

ここで吉影に嫌われては、せっかくの算段が無に帰す。自分がなにをしゃべっているのか考える暇もなく、綾児は脳裏に浮かんだ言葉を懸命に口にし続けた。

「あたしは今よりもっと大勢の人たちに、北野社に来てほしいんだよ。吉影だって、知っているだろう。右京七条二坊のあたしの住処の裏に住んでいた、野巫医者の康明。今度の祭りじゃあ、あの康明の出入り先の刀禰が、神輿を寄進してくれる約束なんだ」

「刀禰だと」

「そうさ。刀禰が銭を出して拵えた神輿を、あんたたち雑人が担ぐ。そこで近郷の奴らと顔見知りになっておけば、今後、お屋敷から暇を出されることになったとき、何かの役に立つんじゃないかい」

貴族の邸宅では、吉影たちのような身分の低い家僕の雇用は、基本的に一代限り。屋敷の主が亡くなり、別宅に住んでいた息子一家が移り住んできた時点で、古い奉公人たちは全員、暇を与えられる。

藤原師輔は今年で五十一歳。いつ病を得るか分からぬ年齢だけに、家僕たちはみな内心では、次の奉公先をどうするかと考えあぐねていよう。ましてや吉影の如く中年となり、妻子までいる男であれば、なおさらだ。

畿内各村の在地刀禰は、各村の田畑を束ねる富農。その豊かさは、下手な貴族の比ではない。もし彼らの知遇を得てその領地で働ければ、主の代替わりに怯える必要は皆無となる。吉影の表情が一変するのも、当然だった。

「本当に、刀禰が北野社に助力するのか。嘘じゃなかろうな」

吉影は綾児に駆け寄るなり、その両肩を摑もうとした。しかし直前ではだけたままの胸に浮かぶ痣に気づき、はっと息を呑んで手を止めた。

その豹変と狼狽ぶりを、滑稽とも情けないとも感じながら、「嘘じゃないさ」と綾児は顎を上げた。

康明が昔も今も変わらず自分を好いていることに、綾児は絶対の自信を持っていた。そうでなければ仮にも医師である康明が、患者の病にあれほど動揺するだろうか。ならばあの男はなにがあろうとも、綾児の頼みを叶えるよう刀禰に働きかけてくれるはずだ。

「――よし、分かった。それにしてもお前、いつ祭礼を行なうんだ」

低く問われ、綾児は一瞬、言葉に詰まった。

師輔が残る殿舎を北野社に寄進するのは、年明けの二月。とはいえそれに合わせて祭礼を行なうには、到底準備が間に合うまい。

「次の夏……そう、次の夏にするよ。それだけ先だったら、あんただって祭礼に加わる仲間を集めやすいだろう」

さりげなく吉影に恩を着せながら、綾児はもう一度胸の中で、「次の夏」と自分に言い聞かせていた。

刀禰たちはいったい幾人の家僕を連れて、祭礼に来るだろう。吉影が集めてくれる仲間と合わせて、三百人か、五百人か。

学識と身分だけが自慢の最鎮は、ある日いきなり、きらびやかな神輿を押し立てた一行が北野社の境内を埋め尽くし、道真と綾児の名を叫び立てれば、それだけできっと、綾児が師輔に引き続き、どんな人々を後ろ盾として獲得したかに気付くだろう。彼は頭がいい。そうなればきっと無駄な抵抗はせず、おとなしく北野社から立ち退くはずだ。

そう、次の夏。そのときこそ、北野社が本当にわが物となるときだ。

茶色く枯れた下草が、わずかな風にかさかさと揺れている。その音を自分たちの前から悄然（しょうぜん）と去る最鎮たちの足音のように感じながら、綾児は唇を強く引き結んだ。

年が明けるとともに、北野社には更に大勢の工人が押し寄せ、檜皮葺の本殿を始めとする計四棟の移築準備が始まった。

境内にわずかに残っていた松の木をすべて伐採すると、牛を使って松の根を引っこ抜く。新しい土を入れ、地をならして縄を張る。

なにも知らぬ禰宜や巫女たちは、本殿や社務殿の脇にみるみるうちに更地が広がる様に、

「新しい本殿は、どれほど豪勢なものなのでしょう。右大臣さまが下される建物となれば、きっと柱も金具も今の社殿とは比べものにならぬのでしょうね」

「我々の職房も、同時に新調していただけるそうだぞ。楽しみだなあ」

と揃って声を弾ませ、作事（さくじ）の始まる日を指折り数えて待った。

その一方で、最鎮はだだっ広くなった境内には皆目興味を示さず、社務殿の片隅にある自室にこもり続けている。雑用を便ずる祝（はふり）に尋ねたところ、彼はここのところ書き物に忙しく、朝夕の食事もろくに取らぬという。夜も自坊のある朝日寺には帰らず、机の横で手枕で仮眠を取るばかりだと、祝は語った。

「書き物ねえ。蔦田荘の帳簿でも付けているんだろうか」

口やかましい最鎮の沈黙は不気味だが、康明と綾児の関係を知らぬ彼が、自分の画策に気づくはずがない。

日に日に広がる更地を見つめながら、綾児は何百人もの男女が新たに拵えた神輿を担ぎ、新造の本殿を取り囲む様をうっとりと思い描いた。

康明はここのところ、数日おきに綾児の元を訪れ、太秦村の刀禰を筆頭に、乙訓（おとくに）、賀茂（かも）郷、出雲（いずも）郷などの大名田堵（たと）が北野社への合力（ごうりき）を約束したこと、また彼らが神輿造りへの寄進を承知してくれたことなどを、こまめに伝えてくる。

そのたびにちゃんと薬は飲んでいるか、痣は広がっていないかとくどくどと尋ねてくる康明は、いささか鬱陶しい。しかしそのまめまめしさは正直、綾児の予想をはるかに超えるものだった。

（こんなことだったらもっと早く、あいつを使っておけばよかったねえ）

綾児に唯々諾々と従うのが習い性になっている秋永は、北野社を信奉するようかつての同輩に頼んでくれという綾児の頼みに、一も二もなくうなずいた。今ごろはほうぼうを駆け回り、昔馴染みにいかに北野社が験のある社かを吹聴しているだろう。

一方、吉影はあれ以来、師輔邸で顔を合わせても、じっとこちらをうかがうばかりで、何の声も投げて来ない。だが欲と道連れで囁いた甘言が、そう簡単に人の胸から消えはしないことを、綾児はよく知っていた。

何もかもが、驚くほどうまく行っている。

抑えても抑え切れぬ笑みが、じんわりと唇に浮かぶ。綾児は袴をたくし上げると、裸足のまま、広縁の階を飛び降りた。切り開かれたばかりの更地に向かって、宙を踏むような足取りで駆け出した。

「あ、綾児さま。どうなさいました」

境内の掃除をしていた祝が、驚き顔で立ちすくむ。本殿に詰め掛けていた参拝者たちもまた、大きく目を見開いてこちらを振り返ったが、綾児はそれにはお構いなしに、境内を区切る白い縄を跨（また）ぎ越した。掘り返されたばかりの黒土を踏みしめ、両手を広げてぐるぐるとその場を回り始めた。

早春の風は冷たく、降り注ぐ陽射しはただ明るいだけで、これっぽっちの温みもない。しかしながら足元の土は踏みしめれば踏みしめるほど柔らかく、じっとりと湿った温もりを帯びている。ああ、足裏に伝わるこの感触は、自分のほとのようではないか。

この湿った土の上に、新しい北野社は成る。自らのほとが豪壮な社殿を覆い、やがては蛇のように一口に飲み込む様を、綾児は脳裏に思い描いた。

柔らかなほとの中の社に、無数の人々が押し寄せ、なにも知らぬ面で手を合わせる。それはかつて、数えきれぬほど多くの男が右京のねぐらに通って来たのと、さして変わらぬ光景だ。

境内のそこここに植えられた梅の蕾は、いずれもまだ青く、固い。だが漂う風には確かに、微かな梅の香が混じっていた。

何もかもが、驚くほどうまく行っている。

つんと冷たい梅の香りを胸いっぱいに吸い込み、綾児は白く晴れた空を仰いだ。地ならしをした際に、拾い損ねたのだろう。土に埋もれていた松葉が一葉、ちくりと足裏を刺すが、そんなことも気にならぬほど気持ちは高ぶり、黒い土の柔らかさがただただ心地よくてならない。

両手を大きく広げ、綾児はくるくるとその場を回った。浮き立つ心に合わせて足を踏み鳴らし、地面の上を飛び跳ねる。手を打ち、膝を叩き、また大きく飛び上がる。胸元の痣を見られてはならないと頭の隅で冷静に考え、乱れはじめた襟元を片手で整える。だがいつしか解け始めた腰帯や、まくれ上がった裾までは、まったく気が回らなかった。

どこか遠くで、手拍子が始まったように感じるのは気のせいか。見上げた空はどこまでも高く、明るい。自分のほとの中から外を見れば、世の中はこんな風に見えるのではないか。

歓喜の声が喉にこみ上げ、それが更に身体を突き動かす。ひたすら手を振り、膝を叩きながら、綾児はただ温かな土の上を回り、飛び跳ね続けた。

——何もかもが、驚くほどうまく行っている。

乾き始めた硯に水を注ぎながら、最鎮は胸の中で己に言い聞かせた。

大学寮にいた頃から、最鎮は散文より詩文の方が得意であった。それだけに苦心惨憺して記した「北野社縁起」の草稿を阿鳥と良種に奪われた後は、がっくり気落ちして、なかなか新たな縁起を書き始める気にならなかったものだ。

しかし菅原在躬が置いて行った「菅家伝」は、そんな彼を久々に発奮させるほどの名文であった。その内容は一見形式的で、知識のない者が一読すれば、美辞麗句ばかり連ねられた駄文と感じるだろう。だが万巻の書に通じた最鎮は、その美文に籠められた在躬の祖父への敬愛の念を、敏感に読み取っていた。

在躬だけが道真の直系の孫であるような記述は我田引水が甚しいし、いささか装飾過剰な語句も好みではない。とはいえこれまでの怨讐（おんしゅう）を忘れて冷静に判断すれば、朋友（ほうゆう）の文時より在躬の方がはるかに学識文才ともに優れていることは、まぎれもない事実であった。

もし自分が火傷など負わず、順調に出世を果たしていたなら、同じ文人貴族として、在躬と対峙（たいじ）する日が来ていただろう。ひょっとしたら右少弁兼式部大丞の在躬の部下として、その補佐に当たっていたかもしれない。

そう思うとこの「北野社縁起」の執筆が、ついに叶わなかった自分の栄達の代わりにも思われ、最鎮は寝食も忘れて、その完成に心血を注いでいたのである。

最鎮がもっとも腐心したのは、これまでに起きた様々な天変地異や事件に、道真の怨霊をからめる箇所であった。

清涼殿への落雷はもちろん、道真の政敵の死や、東宮の急逝にも道真の霊を登場させる。

道真の霊威に怯える京の人々の記述にはたっぷり言葉を尽くし、東国の平将門の兵乱、西国の藤原純友の謀反もまた、道真が起こしたものだ——と匂わせてから、さて、と最鎮は墨をたっぷり筆に含ませた。

――当宮は、是れ近江国高島郡比良郷に居住す神良種、来着して申して云わく。火雷天神御託宣して云わく、右近の馬庭は興宴の地なり、我、かの馬庭辺りに移坐せん、と。

菅原道真の託宣を受けた者は、一人でいい。

自分たちを裏切った良種の息子を託宣者と記すのは、業腹だ。しかしそれでもあの汚らわしい綾児に比べれば、はるかにましであった。

(火雷天神という御名は、我ながらなかなかよいな)

朝日寺の記録によれば、もともとこの北野の地には農耕の神である雷神が祀られていたという。このため最鎮は「北野社縁起」の中で、清涼殿に雷を落とした道真に火雷天神という名を与えてみたが、こうして実際に筆で御名を記してみると、威光著しい道真の神霊にこれ以上ぴったりの呼称はないように思う。

「北野の火雷天神――北野天神、北野天神縁起、か」

悪くない。薄い笑みを浮かべて、最鎮は更に筆を走らせた。

道真の託宣を聞いた良種と、朝日寺の僧侶たちとの合力。その直後、一夜にして境内に生えたご神意の松。そして、菅原家の人々との出会い――。そこまで来て、ふと筆が止まったのは、そこに文時と在躬、どちらの名を書くべきかと迷ったからだ。

「北野天神縁起」の前段たる「菅家伝」の執筆者が在躬である以上、本来、ここには彼の名を記すのが筋だろう。さりながら現在、北野社がこうして有るのは、文時のおかげであるのもまた事実。

しかたがない。この箇所は在躬さまに相談しよう、と考えて最鎮が筆を置いたとき、わあっという歓声が外から響いてきた。はて、今日は人出が多いのか。だがそれにしては、打ち寄せる波のように幾度も幾度も起こるどよめきには、妙に浮わついた響きがある。

「誰か、誰かいるか」

手を打ち鳴らして祝を呼んだが、応えはない。

小さく舌打ちをすると、最鎮は壁に立てかけていた杖を握って立ち上がった。念のため、書きかけの縁起は文筥（ふばこ）に納めて紐をかける。厨子棚（ずしだな）のもっとも奥にそれを押し込んでから、足を引きずって自房を出た。

広縁に立てば、辺りに響く歓声は一層高く、様々な身形の人々が境内の端を十重（とえ）二十重（はたえ）に取り囲んでいるのが見える。縁先でしきりに背伸びをしている禰宜たちに、「いったい何事だ」と、最鎮は問うた。

「は、はあ。それがわたくしどもにもよく分からないのですが——」

怒られたとでも思ったのだろう、まだ二十歳そこそこの若い禰宜たちは、不安げに目を見交わした。

「どうやら、綾児さまが踊っておられるらしいのです」

「なんだと。どういうわけだ」

「いえ、正確にはちょっと違うのかもしれません。とにかく、神がかりになっておられるというか、なんというか――」

馬鹿な。綾児は所詮、色を売ってその日暮らしをする似非巫女。その神託も何もかもが嘘である以上、神がかりになぞなりようがない。

口ごもる禰宜を押しのけ、最鎮は気忙しく階を降りた。幾重にも重なった人垣をかき分け、強引に輪の中心へ突進した。

「おい、割り込むんじゃねえよ」

身体を傾がせながら人と人の間をすり抜けようとする最鎮に、周囲から怒声が飛ぶ。中には行く手を阻むように、わざと肘を突き出す者もいた。

いったい綾児はなにをしているのかと気は逸るが、輪の中心に近づけば近づくほど人の壁は厚く、容易に踏み入ることが出来ない。前方で手拍子が打たれ、喝采が上がる都度、人垣が前へと押し寄せ、力のない者が弾き出される。

四囲に満ちる饐えた臭いは、周囲の人々が放つ体臭だ。

地位にも官職にも無縁の、名もなき市井の者たち。それがまるで市の見世物を眺めるかの如く綾児を囲み、囃し声を上げている。

痛み始めた足を杖で支え、最鎮はぎりぎりと歯を食いしばった。

いったい綾児はこの中で、なにをしているのだ。そもそもあの下種の女は、菅原道真公を祀るにはふさわしくなかった。祭祀を盛大に行なう、そのためだけに置いてやったあの女が、最鎮たちが北野社を取り戻そうとしている今になって、なぜ神がかりになるのだ。

綾児、と呻いたその声は、周りの者の耳には入らなかっただろう。叶うことであれば、この杖で今すぐ黒髪に覆われた頭蓋を割り、自慢のその顔を二目と見られぬよう引き裂いてやりたい。

自分と文時が造ったこの北野社は、菅原氏のための神社。だからこそ太政官の高官たちを幾人も招き、格式ある社にせんと目論んだのに。何故だ。何故いまこの境内には、下賤の者しかいないのだ。何故、あの淫売がこうして大勢の人々から、歓声を浴びているのだ。

人垣に割り込んできた中年の女が、最鎮を突き飛ばす。よろめいてその場に尻餅をつきながら、最鎮はわなわなと全身を震わせた。

こんなことがあってなるものか。天皇がしろしめすこの国においては、官位官職は侵さざるべき秩序。市井の者たちは上つ方を尊び、政はもちろん祭祀ですら、古より連綿と続く秩序の中にあってしかるべきなのに――。

またどよめきが上がり、人垣が揺らぐ。最鎮はふらふらと、その場に立ち上がった。綾児ばかりではない。彼女を取り巻く、すべての者たちが憎くて憎くてたまらない。

重なり合う人々の向こうにちらりと、天を仰ぎ、踊るように飛び跳ねる綾児の姿がのぞく。

最鎮は両の手で、杖を握りしめた。それを大きく振り上げながら、胸いっぱいに息を吸い込んだそのときである。

「危ないですよ、こんなところで杖なんか振り上げちゃあ」

ざらりとした声とともに、何者かが後ろから杖を摑んだ。

振り返れば白い麻布で顔を覆い、眼だけを出した小太りの女が一人、最鎮の背後にぬっと立っている。

「足がお悪い方が、こんなところにいちゃあいけません。輪の真ん中をご覧になるんだったら、かえって本殿の階の上あたりの方が、よく見えるんじゃないですかねえ」

有無を言わさず杖を奪うや、女は最鎮の肩を強引に押し、あっという間に人垣の外に連れ出してしまった。

「まあもっとも、あんな踊りとも何ともつかぬもの、見たところで気分が悪いだけでしょうがね。なんせあの似非巫女が、本当に神がかるわけがないんだから」

耳障りな声には覚えがある。先ほどまでの怒りも忘れ、最鎮はその場に棒立ちになった。

まさか、という呻きに、布の間からのぞく細い眼が小さく笑う。素早く周囲を見回すと、女は顔を隠していた麻布をくるりと引き剝いだ。

もはや四十半ばのはずだが、その顔は記憶の中のそれとまったく変わっていない。以前より少々肥えた気がするのは、在躬邸での奉公の方が巫女暮らしより楽ということか。

「お久しぶりです、最鎮さま」

薄い笑みを浮かべ、阿鳥は軽く頭を下げた。

「ここでお会い出来て、ようございました。主の菅原在躬より命じられ、最鎮さまをお迎えに参りました」

「迎えだと」

「はい。お願いしていた縁起が、そろそろ仕上がる頃ではと仰せられまして。今夜、宴を行なうゆえ、よろしければお越しいただきたい、とのお言葉でございます」

言いながら、阿鳥は引き剝いだばかりの麻布をくるくると首元に巻きつけた。

阿鳥が神良種と北野社を出奔して、すでに五年。当時を知る者は少ないが、念のため、すぐに顔を隠せるようにとの用心らしかった。

「確かに縁起はもう少しで完成するところだ。されど——」

言い淀んだ最鎮に、阿鳥はなにがおかしいのか軽く笑った。

「ご心配はいりません。今夜の宴には、文時さまもお招きしてございます」

「なに。文時もだと」

最鎮は耳を疑った。

在躬を宿敵と公言して憚らなかった文時が、自分より先に在躬の招きを受けている。またしても彼に裏切られた気がしてならなかった。

「さようでございます。このところ、文時さまと最鎮さまが仲たがいをしておられるようだと、在躬さまはひどくご心配しておいでで」

さあ、と言いながら差し出された手は、白く小さい。

肩で息をつき、最鎮は震える手で阿鳥の手を取った。驚くほどひんやりしたその肌触りは、まだ冷たい早春の風とひどくよく似ている。

わあっというどよめきがまたも起き、やんやの手拍子がそれに続く。

その喧騒から耳を塞ぐ代わりに、最鎮は阿鳥の手を強く握りしめた。


最鎮は時に、菅原文時と初めて出会った日を思い出す折がある。あれはかれこれ三十年近くも昔。十五歳の最鎮が、大学寮への入学を許された日のことだ。

灰色の雲が低く垂れ込め、梅の香りがうっすらと辺りに漂っていた。築地塀で囀っていた鶯の羽が、気の毒なほどみすぼらしかったことまで、妙にはっきりと覚えている。

大学頭や文章博士への挨拶を終え、文殿（書庫）を見学に行った最鎮は、広い学寮の中で道に迷った。大声を上げて人を呼べば、誰かが駆けつけてくれるだろう。しかしそんなことで学生仲間に名が知れるのは、十五歳の矜持が許さなかった。

これは困った、と思いながらあてもなく回廊を歩いていると、どこからともなくひどく流暢な素読が聞こえてきた。それを頼りに手入れの悪い庭を突っ切ったところ、貧相に枝を伸ばした梅の木の下で書を読んでいたのが、当時、文章得業生に選ばれたばかりの文時だったのである。

「見慣れぬ顔だが、新入りか。大学寮は文殿がそこここに建っているから、わかりづらいよなあ」

あの頃の文時は今とは別人のように痩せていたが、双の眼には明朗な光が宿り、口跡もひどく快活だった。衣に染みついた墨の匂いが、梅の香よりもなお芳しく、最鎮の鼻をついた。

（それがどうだ、今は――）

女物の袿にくるまり、足元でだらしなくねそべる文時を見下ろし、最鎮は喉までこみ上げてきた嘆息を押し殺した。

勧められるまま盃を重ね、そのまま酔いつぶれてしまったのだろう。袍の胸元はべっとりと酒に濡れ、片手には盃が握り締められている。この数年で肉のついた頬が赤く火照り、何とも醜悪であった。

「文時がこれほど酒に弱いとはのう。おぬしの到着を待っている間に、すっかり眠りこけてしまったわい」

阿鳥を傍らに侍らせながら薄く笑った在躬に、最鎮は軽く頭を下げた。文時の横腹を軽く蹴り、それでも起きぬと見ると、両肩を摑んでその身体を揺さぶった。

「おいこら、文時。起きぬか」

「よいよい、寝かせておいてやれ。文章博士の任は気苦労が多い。文時もさぞ疲れているのだろうよ」

訳知り顔で言う口調には、藤原師輔の後押しで文章博士となった文時への嘲りがありありと滲んでいる。そんなことにも気づかぬまま眠り惚けている朋友が、最鎮にはあまりに情けなかった。

酒に溺れねばやっておられぬ文時の内奥も、一面では理解できる。かつて、不遇の中で熱望していた、文章博士の職。それが綾児の口添えによって、まるで犬に餌を与えるが如く容易に投げ与えられたことで、文時の意地と誇りはいともたやすく崩れてしまったのだ。

「ええい、いい加減に起きろッ」

しかしそもそも文時が菅原道真公を祀り始めたのは、庶流の癖に菅家氏長者に納まっているこの在躬を見返さんがためだった。そんなことも忘れ果てて酒に溺れ、宿敵の目の前で寝入っている彼を見るに忍びず、最鎮はいささか乱暴に文時の頬を平手で叩いた。

「うむ……なんだ、最鎮ではないか」

ふわあ、と漏らしたあくびには、濃い酒の匂いが混じっている。思わず顔をしかめ、「なんだとは何事だ。だいたいおぬし、なぜ在躬さまの屋敷になぞいる」と最鎮は声を荒らげた。

「なぜだと。それを言えば最鎮とて同じではないか」

「わしはおぬしとは違う。あの綾児を北野社から追い払うための縁起を仕上げるべく、在躬さまの元に伺候しただけだ」

言いながら最鎮は内心、「綾児を追い払うため」という一言に、文時が反応するのではないかと期待した。さりながら文時はふうん、と気のない返事を漏らしただけで、再びその場に横になった。

「おい。聞いているのか、文時。あの綾児を北野社から追い払う手立てがあるんだぞ」

「うるさい。わたしはもう、そんなことはどうでもいいわい」

気のない口調で言い返し、文時は脇に落ちた袿をもぞもぞと広げた。それを己の肩先に打ちかけると、長い顎をその端に埋めた。

「大学寮の学生も役人どもも、わたしを名ばかりの文章博士と誇って憚らん。その上、北野社を訪れる者たちはみな、菅原道真公の威徳なぞそっちのけで、綾児の託宣を欲しがるばかり。ならばもう、わたしみたいな男は、いてもいなくても同じではないか」

その途端、最鎮は全身の血が音を立てて逆巻いた気がした。

(ふざけるな——)

自分は全身に火傷を負い、官途ばかりかまともな男としての人生まで失ってもなお、懸命に己の生きる道を探してきた。それだというのに、この男と来たらどうだ。

我知らず握った両の拳が、ぶるぶると小さく震えている。もし今誰かが背を押せば、酒と自堕落な日々に溺れ、かつての面影もないほど肥え太った旧友に、殴りかかってしまいそうであった。

「まあまあ、文時さま。最鎮さまはあなたさまを案じておられればこそ、かように仰っているのですよ」

阿鳥がわざとらしい笑みとともに割って入る。さりながら文時はそれにはそ知らぬ顔で、頭まで袿をひっかぶり、ごろりとこちらに背を向けた。

「ところで聞いたか、最鎮。昨日、右大臣師輔さまがお倒れになられたそうじゃぞ」

もはや文時には目もくれずに在躬が切り出した話に、最鎮は我知らず身を乗り出した。

「何でございますと」

「昇殿の途中に眩暈を起こされ、そのまま倒れ臥してしまわれたらしい。表向きは咳気（風邪）と触れ出しておられるが、どうもそんな生易しいご容態ではなさそうだ。——そうであったな、阿鳥」

「はい、うなり声を上げられ、必死になにかを伝えようとなさるものの、手足はおろかお顔すら動かすことが出来ぬと聞いております」

黒くつややかな髪を揺らして、阿鳥がにっこりとうなずいた。

床に臥したまま身体が動かぬとは、風病（神経系疾患）か中風（脳卒中）でも患ったのか。ともに風の冷たいこの季節に患者が増える病だけに、師輔の年齢を考えればそれはまったく不思議ではない。

先ほどの挙動から察するに、綾児はおそらくまだ、師輔の病のことを知らぬのだろう。つまりその病状は、綾児にすら隠さねばならぬほど篤いわけか。

「気の毒になあ。早く良くなられればよろしいのじゃが」

「本当におっしゃる通りでございます」

在躬の言葉にうなずきながら、阿鳥は文時がかぶった袿を丁寧にその肩にかけ直した。裾を整え、襟元を直し、薄く微笑んで眠りこけるその顔を覗き込む。

なぜであろう。赤子に接する母親にも似た優しげなその手つきが、ひどく恐ろしく見える。最鎮の背に、ぞっと粟の粒が立った。

頭が切れる阿鳥は、かねてより師輔邸の使部(つかいべ)を手なずけ、邸内を探らせていたのだろう。もしかしたら北野社の神職の中にも、内通者は放たれているのかもしれない。だが最鎮が阿鳥に感じた恐怖は、そんな彼女の周到さだけが理由ではなかった。

(この女は――こやつはいったい、何者だ)

欲に溺れた綾児が北野社のために必死になるのは、よくわかる。しかし阿鳥はなぜ在躬の懐に入ってもなお、いまだに北野社を狙い続けているのだ。

その理由が金儲けとしても、五年もの雌伏は長すぎる。そう、なぜだ。なぜこの女は、今こうしてこの場にいる。

綾児にばかり気を取られ、自分は何か大事なことを見落としているのではないか。最鎮は阿鳥から顔を背け、乾いた唇をしきりに舐めた。

「ああ、最鎮さま。これは気付かず失礼いたしました。まずは一献、召されませ。埃っぽい北野社境内からお越しになられ、さぞ喉が渇いていらっしゃいましょう」

そんな内奥に気付いているのかいないのか、阿鳥は粘りつくような手付きで瓶子を持ち上げ、最鎮に向かって差し出した。

普段、自室に酒を置いてはいるが、それはあくまで隠れての楽しみ。おおっぴらに酒を飲んでいいものかとの躊躇(ちゅうちょ)が、胸にこみ上げる。だがすぐに、ええいままよと腹をくくると、最鎮は目の前に置かれた盃をいささか乱暴な手付きで取り上げた。こっくりと甘い酒に唇を付けるや、それをひと息に飲み干した。わずかに気持ちが落ち着いた。

温い酒が喉を伝い、腹の奥でかっと熱を持つと、わずかに気持ちが落ち着いた。阿鳥は阿鳥で用心せねばなるまいが、まずはそれより、綾児を北野から引き離すのが先だ。ぐいと奥歯を噛みしめると、最鎮は阿鳥の方を見ぬまま、「――ならば」と、在躬に詰め寄った。

酒で潤されたばかりにもかかわらず、なぜか喉の奥がひどくひりついた。

「万一のときにすぐさま手を打てるよう、北野天神縁起の完成を急がねばなりませんな」

北野天神縁起という聞きなれぬ名に、在躬は一瞬、怪訝な表情になった。しかしすぐにそれが執筆中の縁起を指すと気づいたらしく、福々しい顔をにっこりとほころばせた。

「まさにその通りじゃ。それにしても最近、綾児は小汚い洛外の刀禰どもを取り込もうと企んでおるようじゃな。わしとそなた、それに阿鳥の三人が北野社を取り戻した暁には、さような輩はすぐに追い出してしまわねばなるまい」

「嫌ですよ、在躬さま。良種どのも忘れないでやってくださいな。今日は生憎他用のため最鎮さまにお目にかかれませんが、北野社に戻ったときに神主がいなくては、せっかくの神祭りも出来ないんですからね」

「おお、そうじゃった、そうじゃった。あ奴を忘れては気の毒じゃったな」

ははは、と在躬が耳障りな笑い声を上げる。それに追従の笑みを浮かべながら、最鎮は目の隅でこちらに背を向けたままの文時をうかがった。

在躬たちがなにを話し合っているかなぞ、すでに耳に入っていないのだろう。ごうごうという鼾とともに、小山を思わせる背が大きく揺れている。その余りに間抜けな姿を見るうちに、不思議な憐れみの念が、最鎮の胸に湧いてきた。

「おい、文時。そのままでは風寒（風邪）になってしまうぞ」

最鎮は小声で呼びかけながら如法衣を脱ぎ、それを文時の胸元へと打ちかけた。大口を開け、無精ひげを生やしたその顔は情けないほど醜く、それでいて何故か目を覚ましているときよりも若々しい。

――見慣れぬ顔だが、新入りか。

いつか投げかけられた声が、耳の底に甦る。

最鎮は片手を拳に変え、文時の胸元をごく軽く小突いた。かつてとは別人の如きその無様さが憎らしく、そしてなぜかしらひどく愛おしくてならなかった。

# 第六章　神輿入京

境内を囲む松林の伐採が終わり、殿舎の移築が本格的に始まると、北野社には今までにない活気が満ち始めた。

山のように積み上げられた材木や金具を、牛に曳かれた荷車が次々と運んでくる。日焼けした工人たちが麻柱（足場）を組み、勇ましい槌音や鋸の音が本殿の鈴の音を圧して響き渡る。そんな境内の賑やかさに、参詣の人々は本殿に手を合わせるのもそこそこに、歓声を上げるのであった。

「それにしてもでっかい御殿だなあ。こっちに建つのが本殿になるとして、あっちの建物は何なんだ」

「多分、社務殿か禰宜どもの房だろう。それにしてもあそこに置かれた錺金具を見ただけで、どれだけ豪華な殿舎が出来るか分かるじゃないか。こう言っちゃなんだが、あれを目の当たりにしちまうと、今の本殿がひどく貧相に見えるよなあ」

だが北野社に賑わいを与えたのは、それだけではない。すべての殿舎が完成に近づき始めた二月半ば、美々しく飾り立てられた手輿が北野社へとやってきた。

その背後には五、六十人もの従僕が列を成し、わいわい騒ぎながら、物珍しそうに辺りを見回している。そのあまりの華やかさに、居合わせた人々はみな目を丸くして一行を見つめた。

輿に乗っているのは、身形のよい七十前後の老人。その傍らにぴったり寄り添っているのは、橘康明だった。

「おおい、綾児。山崎郷の刀禰、村主多伎麻呂さまがお越しだぞ。北野社を一度、我が目で見たいと仰せられ、わざわざここまでお運び下さったんだ」

康明の誇らしげな声に、自室で昼寝をしていた綾児は大慌てで飛び起きた。急いで千早をまとい、白粉を顔に塗り込めながら、「なんで前触れをくれないんだよ」と悪態を吐いた。

まったく、康明は相変わらず気が利かない。前もって刀禰の訪れを知っていれば、巫女や神職をずらりと参道に立たせ、北野社を挙げて出迎えたものを。

鏡の中の顔がくすんで見えるのは、うたたねからの急な目覚めで、血の気がまだ戻らぬためか。だが唇までがひどくかさつき、焦れば焦るほどうまく紅が乗らぬのはどういうわけだ。

境内のざわめきに急かされながら化粧を終えると、綾児は切袴の裾を両手でたくし上げた。転がるように境内を横切るのに合わせ、髪に挿した銀の釵子がちりちりとやかましい音を立てた。

「お待たせいたしました。当社の筆頭巫女の綾児でございます」

「いやいや、急に訪うたわしらが悪いのじゃ。どうか気にせんでくれ」

輿上の老爺はそう応じながら、垂れ下がった瞼を重たげに押し上げ、綾児をじろじろと眺めまわした。

その傍らに控えた康明が、何故か呆然と口を開いている。その間抜け面に胸の中で舌打ちして、綾児は輿上の老人に微笑みかけた。

「このたびは当社へご寄進を賜るとのこと、厚く御礼申し上げます」

「橘先生から是非にと乞われては、しかたがないでなあ。なにせ先生は、我が孫の命の恩人。かようなお人の頼みとあれば、無下には出来ぬわい」

綾児は輿の後ろに目をやった。乳母らしき中年の女が、ひどく痩せた幼児を抱いて一行に加わっている。肝の臓でも悪いのだろう。二、三歳と思しき子どもの肌は黄ばみ、まとっている艶やかな綾の衣がなんとも不釣り合いであった。

なるほど、康明の患者はこの老人ではなく、あの子どもだったのか。人間、自らのことには銭を惜しんでも、こと子や孫がからむと無理をしがちなものだ。これはいい人物を紹介してくれたと、綾児はほくそえんだ。

「ところで見たところ、巫女どのは我が孫同様、橘先生のお世話になっておられるご様子。神輿でも、祭具でも、必要なものは寄進させていただくゆえ、何卒御身大切になあ」

その言葉の意味を考える暇もなく、老人は手にしていた杖で輿舁の肩を打った。素早く進み出た巫女たちが、輿を本殿へ導く。ぞろぞろとその後に従う家従の列を見送っていると、康明が凄まじい勢いで綾児の肩を摑んだ。

「綾児。お前、いつからそんな顔色をしているんだ」

「いつって……」

「馬鹿、気付いていないのか」

周りの目も構わずに怒鳴るや、康明は無理やり綾児を社務殿へと引きずって行った。驚き顔で飛び出して来た祝に「鏡だ、鏡を貸せ」と叫び、綾児を上り框に座らせた。

祝が差し出した鏡をひったくるように奪うや、康明は綾児に鏡を突き付けた。

「とにかく鏡を見ろ。薬はちゃんと飲んでいるんだろうな。痣はあれから大きくなったり増えたりしていないか」

首をひねりながら鏡を覗き、綾児はひっと息を呑んだ。嚙みつくような彼の声が、壁を隔てたように急に遠のいた。

先ほど塗り込めた白粉は粉を吹いて浮き、その下の肌のかさつきが透けている。不気味なほど目立つ紅の色が血の気のない顔を鉛色に映し、鏡の中にはまるで幽鬼がたたずんでいるようであった。

「あ、痣は増えちゃいないよ。大きさだって、そのままさ。本当だよ」

しどろもどろの口調から、なにかを察したのだろう。お前、と声をかすれさせ、康明は自分の頭をがしがしとかきむしった。

「だから薬をちゃんと飲めと言っただろう。このままじゃ、病に身内を食い尽くされてしまうぞ」

「ちょっと、康明ッ」

綾児はあわてて康明に飛びつき、その口を両手でふさいだ。ぎろりと振り返った綾児の眼差しを避けるように、かたわらの祝が顔を背ける。その横顔にわざと叩きつけるように、

「あたしは、あたしは病になんぞかかっちゃいないよッ。人聞きの悪いことを言わないでおくれッ」

と綾児は喚いた。

分かっている。もう遅い。綾児のただならぬ顔色や態度、それに康明の言動から、祝は綾児が何らかの病気に罹っていると気づいただろう。しかし頭ではそう理解しながらも、綾児はなお一縷の望みにすがって、糊塗を続けずにはいられなかった。

「ここのところ忙しくて、夜もろくに眠ってなかったんだ。顔色の悪さはそのせいさ」

べらべらとしゃべり続ける綾児を見つめる康明の眼は、ひどく哀しげだった。それにかえって焦燥を煽られ、綾児は頭に浮かんだ言葉をそのまま懸命に唇に乗せた。

現在、北野社に勤める神職は、総勢十五人。容姿の美しさしか取り柄がない彼らは、北野社への忠誠心なぞ欠片も持ち合わせていない。このため筆頭巫女たる綾児が病身であり、この社の存続が危ういと知れば、彼らは一斉に雪崩を打って北野社を辞めるであろう。

そうなれば綾児の病の噂は京中に広まり、いずれは阿鳥や在躬の耳にも届く。そんな目に遭うぐらいなら、いっそ死んだほうがましだ。

軽い足音が遠ざかったのは、祝が社務殿の奥に駆け込んだからだ。だがもはや誤魔化すべき相手なぞおらぬと承知しつつも、綾児はなおも口を動かすのをやめられなかった。

「まったく、さっきの爺にも困ったもんだよ。自分の孫が病だからって、あたしまでそうだと決めつけないでほしいよねえ」

早口でまくし立てる唇が、急に震える。必死に笑みを浮かべ、こみ上げる嗚咽を堪える綾児に、康明の顔が歪んだ。

「綾児――」

「それにしてもあの爺さん、いったい何人の従僕を連れてきたんだろうね。どこへ出かけるにも、いつもあんなにお供を連れて行くのかい」

しゃべり続ける唇を塞ぐかのように、康明がいきなり手を伸ばし、綾児の肩を抱いた。

普段であれば、有無を言わさずその身体を突き飛ばしただろう。だがなぜかそのとき綾児は、生（なま）っ白（ちろ）い康明の腕を振り払えなかった。

がらんと広い社務殿の三和土（たたき）が、不意にあのごちゃごちゃと薄汚い右京七条二坊十三町の家のそれに重なって見えた。

「け――けど康明、ありがとよ。あれだけ銭のありそうな爺だったら、さぞかし金のかかった神輿を寄進してくれるのに違いないよ。その上、ほうぼうの雑人や小名（しょうみょう）田堵（有力農民）どもが祭礼に加わってくれたら、どれだけ盛大なものになるか――」

頬を伝った涙が、ぽたぽたと音を立てて滴る。ふわふわと柔らかく、頼りない康明の腕の熱さを感じながら、綾児は自分がなにを語っているかも分からぬまま言葉を連ねた。涙に汚れ、融（と）けた白粉が、康明の肩を醜く汚していた。

この日から康明は右京の家に戻らず、北野社の細殿の一室に住み込むようになった。

昼間はこれまで通り各地の患家を訪ね歩き、夕刻、北野社に戻ってくると真っ先に綾児の部屋で薬を煎じる。ときには泣き喚く綾児を根気強く宥め、寝付くまで相手をする夜もあった。

鏡を運んできたあの祝はどうやら、自分が見たことに知らぬ顔を貫くと決めたらしい。五日、十日と日が経っても、神職たちの間に綾児の病の噂は立たず、むしろ彼らの好奇の目は、突然、居候を始めた康明にのみ注がれていた。

彼らはきっと、康明を綾児の情人ではと疑っているのだろう。幾ら気が弱っていようとも、こんな昔馴染みを情人にするつもりはないが、いざ同じ社に寝起きしてみると、綾児は康明が算術に明るく、人を使うことにも長けていると気づかずにはいられなかった。

もし、最鎮（さいちん）を叩き出した後も康明が北野社に留まってくれれば、彼に荘園経営や収支のすべてを任せられるかもしれない。一旦そう思いつくと、綾児は毎晩、煎じ薬を飲みながら、己が目指す北野社のあり方について、康明に語らずにはいられなかった。

「ほうぼうのお屋敷で働く雑人がこの社を崇めれば、いずれはその主も北野社に目を止めると思うんだよ。つまりお偉い上つ方なんかより、その従僕の崇敬をどうやって集めるかが重要なんじゃないかねえ」

最鎮と文時（ふみとき）はかつて、後ろ盾となる公卿をどうやって見つけるかに心を砕いていた。

しかし綾児にはもはや、律令に束縛される上つ方なぞ必要ではない。隠然たる富を蓄え、多くの従僕を雇い入れる刀禰。荒地を切り開き、ときには権門寺社の荘園をも請作する大名田堵。古の支配を撥ね除け、自らの手で富を摑み取る諸司富貴の輩こそ、一介の市井の巫女であった綾児にとってもっとも近しい存在。そしてこの社に唯一残った最鎮を追い出したとき、北野社は古い重圧から解き放たれ、新たな社へと生まれ変わるのだ。

康明はいつも無言のまま、綾児の熱の籠った弁舌に耳を傾けていた。そして最後には決まってぽつりと、

「だったらとにかく今は、その祭りを成功させなきゃな」

と呟くのだった。

「そうだねえ。それさえ終われば、あたしも安心して、養生が出来るよ。ねえ、康明。そのときにはあたしに代わって、北野社の切り盛りをしてくれるだろう？」

「ああ、もちろんだ。心配するな」

だが実際のところ綾児は、ここに至ってもまだ、己がさして重篤だと思ってはいなかった。

なにせ康明にも告げた通り、痣そのものはここ数か月、ほとんど大きさが変わらない。身体だって熱もないし、食欲も今まで通りだ。

それよりもむしろ不安なのは、どれだけ白粉をはたいても明るくならない顔であり、

目の下にくっきり浮かんだ隈だ。仮にも北野の神の憑代が、こんな面相では様にならないではないか。

綾児の思いを知ってか知らずか、康明は毎晩部屋を訪れては、薬を煎じて飲ませ、そのままなにもせずに帰って行く。もう何年も昔と何一つ変わらぬ彼の生真面目さが、今の綾児にはひどくありがたかった。

「それにしても綾児。祭りを行なうまでの間に、その最鎮さまと文時さまなる方々が、妨害してくることはないのか」

「大丈夫さ。あの二人があたしたちみたいに、無位無官の奴らと手を組むはずもないしね」

そう、何もかもが驚くほどうまく行っている。

ひっそりほくそ笑んだ綾児は、すべての殿舎の移築が終わり、数々の宝物が師輔邸から献納されたとき、そこに添えられた祭文が師輔の手蹟でないことに気付かなかった。いや、そもそも普段であれば、師輔自らが北野社に足を運び、新造成った本殿を検分しただろう。だが宝物の寄進が行なわれた当日、北野社を訪れたのは師輔邸の老家司ただ一人であった。

しかしやがて来たる祭礼に思いを馳せている綾児は、師輔邸のそんな奇妙な動きを皆目気に留めなかった。師輔自身がやって来ぬのであれば、落慶の祭礼を行なわずとも済む。むしろそれを気楽だとすら考えていた。

「綾児。一応、右大臣さまの元には御礼に行っておけよ」

康明の助言に従い、渋々、師輔邸に赴いたものの、応対に出た家司はそっけなく「ただいま、師輔さまはお休みになっておられます」と言い放ち、主に取り次ごうとしなかった。

常日頃音曲が絶えぬ邸内は不思議に静まり返り、どこか陰鬱な気配がそこここにわだかまっている。

はて、誰か寝付きでもしたのだろうか、と思いながら、綾児は、

「しかたないねえ。くれぐれも礼を申し上げておいておくれよ」

と伝言を頼んで、踵を返した。

そういえばこの一月あまり、秋永(あきえ)の姿を見ていない。かつての使部仲間に声をかけてくれと頼んだ件は、その後、どうなったのだろう。綾児は表門から、そのまま屋敷の裏へと回った。荷車から炭俵を降ろしている吉影(よしかげ)を見つけ、「おおい、ちょっといいかい」と声をかけた。

「綾児か。ちょうどよかった。俺も少し、おめえに用があったんだ」

そう応じて、吉影はちらりと四囲を窺った。大きな図体を荷車の陰に押し込め、「綾児、てめえ、秋永をどこに隠したんだ」とどすの利いた声で言った。

「なんだって。あいつがどうしたって言うんだい」

「おいおい、下手な嘘はやめろよ」

吉影は苦々しげに眉根を寄せた。だがすぐに綾児のぽかんとした表情に気づいたのか、

「おめえ、本当になにも知らねえのか」と真顔になった。

「秋永が女房子どももろとも、いなくなっちまったんだ。もうじき、二月になるぜ。家司さまがたはこれだから下賤の者はあてにならんと怒ってらっしゃるし、俺ァてっきりおめえのところに転がり込んだとばかり思ってたんだが」

そんな話は初耳である。どういうことだと、綾児は唇を引き結んだ。

秋永は気弱な男だ。困難があればすぐに逃げ出すし、誰かから強引に引っ張られれば、否を言えない。それだけに彼一人が行方を晦ませたのなら、またどこぞに借金でも作ったのかと呆れるところだが、あのしっかり者の室女までが一緒とは、いささか理解に苦しむ。

しかも秋永が失踪したとなれば、彼に任せていた宮城の使部の件はどうなる。まったく、あの男は本当に肝心なときに役に立たない、と舌打ちした綾児の顔を覗きこみ、

「それと綾児。もう一つ、おめえの耳に入れておきたい話があるんだ」

と、吉影は眉間に皺を寄せた。

「おめえ、師輔さまが病で寝つかれたことは知ってるか」

「なんだって――」

まったく寝耳に水の事実に、綾児は息を呑んだ。

「秋永が姿を晦ます半月ほど前らしい。俺たちもつい昨日聞かされたばかりなんだが、お医者は中風と仰っているそうだ」

言いながら、吉影は綾児の肩を両手で摑んだ。

「おめえ、祭礼は夏と言っていたな。万一、その前に師輔さまがお亡くなりになっちまったら、どうするんだ。俺がこのお屋敷から暇を出されても、どこかの刀禰さまに雇い入れてもらえるように口利きしてくれるんだろうな」

「うるさいね。ちょっと黙っておくれよッ」

綾児は苛々と吉影の手を払いのけた。

いつの日か、師輔が病に倒れるであろうとはわかっていた。ただ問題は、それが少々早すぎたことだ。

自らの手で田畑を切り開き富を得てきた刀禰や大名田堵は、利に聡い。祭礼前に北野社最大の支援者たる師輔が亡くなったならば、そんな利の薄い社への支援は真っ平と言い出す恐れは充分にある。

（それに――）

もしかしたら師輔病臥の噂はすでに、最鎮たちの耳にも入っているかもしれない。だとすれば彼らはとうに、師輔亡き後、綾児をどう追い落とすか思案をしているのではないか。

こうなれば予定を早め、師輔が息絶える前に祭りを行なうのみだ。そうすれば刀禰たちを強引に北野社に引っ張り込み、最鎮を叩き出せる。

（ああ、畜生。なんでこんなときに秋永は行方知れずなんだよ）

罵っても仕方がない。頭数は減ってしまうが、秋永に頼んでいた使部は抜きで祭りをしよう。ああ、だがそうすると神輿はどうすればいい。今から急いで作らせて、果たして間に合うものなのか。——いや、今はそんな些事を案じている場合ではない。

綾児は両の手を強く拳に変えた。なにか言いかける吉影を遮って、

「いいかい、吉影。こうなりゃ師輔さまがお亡くなりになる前に、祭礼を行なうよ。大急ぎでその支度を始めるから、あたしが声をかけたら、何があっても仲間をかき集めて北野に来ておくれ。いいねッ」

と、嚙みつくような口調でまくし立てた。

「お、おい。ちょっと待て、綾児」

止めようとする吉影の手を振り切って、師輔邸を飛び出す。

せめて師輔の見舞いをという殊勝な気持ちは、頭の片隅にすらなかった。むしろ、これほど早くこの世を去ろうとしている師輔が、腹立たしくてならなかった。

「今すぐ祭礼をだと。いくらなんでも、それは無理だ。刀禰衆には四月後に執行ということで、寄進をお願いしているのだぞ」

「だったら、それがちょっと早まったと言えばいいじゃないかい。それぐらい、あんたの信用で納得してもらっとくれよ」

綾児の持ち帰った師輔病臥の報せに、康明は血相を変えた。しかしだからといって、夏の予定であった祭礼を急に前倒しにすれば、刀禰たちは北野社に不審を抱くやもしれぬ。出入りの医師としても、そんな無理を患家に強いることはできないと康明は言い募った。

「だいたい神輿はどうするんだ。まだ、そのための銭も出してもらっていないんだぞ」

「そんなもの、手先の器用な者が、板を適当に組み合わせて作りゃいいんだよ。どんなみすぼらしい神輿だとしても、この際、あたしがどうにか誤魔化してやるさ」

かつて摂津国の人々が奉賛した志多羅神の神輿は、あり合わせの板きれで作られた粗末なものだったと聞く。だがそんな神輿であろうとも、何百という人々に担がれ、狂乱をもって押し立てられれば、それは漆と金に彩られた豪奢な神輿にも劣らぬ力を得る。

自分が天を仰ぎ、地を踏みしめて踊れば、それだけで人々は熱狂し、菅原道真公（すがわらのみちざね）の威徳をそこに見るだろう。何百人もの男に抱かれてきた自分を神の使いと崇め、その身体に、ほとに向かって手を合わせるだろう。

そう、この自分さえいれば、北野社の祭りは成り立つ。いわば綾児こそが北野社であり、北野社とはすなわち自分だ。

康明はしばらくの間腕を組み、己の膝先を見つめていた。やがて長考の末、「わかった。やむをえん」と低く声を落とした。

「師輔さまが中風で、二月経っても姿を見せられぬご容態となれば、もはや一刻の猶予もならんからな。よほど頑丈なお方でない限り、あと一月か二月で息を引き取られると考えねばならん」

医師らしく師輔の定命を冷静に数えると、康明は身拵えをして立ち上がった。

「わたしは今から、刀禰衆にお会いしてくる。太秦から乙訓、山崎、それに賀茂や出雲などにも回るため、二、三日は帰らんが心配するな。薬は置いて行くから、面倒でもちゃんと飲むんだぞ」

「ああ、分かった。皆によろしく言っとくれ。その間にあたしは、吉影にもう一度、雑人をかき集めてもらう手筈を確かめておくよ」

その途端、康明の眉がわずかにひそめられる。しかしすぐに「ああ」と平静を繕ってうなずくと、暮れはじめた境内に向かって飛び出した。

康明はいまだに、綾児が他の男との関わりを匂わせるたび、複雑な顔をする。一方で綾児は、まだ右京の陋屋(ろうおく)に住んでいた頃、彼がいつも自分の様子をうかがっていたことを知っているだけに、そんな彼の生真面目さが可笑しくてならず、ついつい余計な口を叩いてしまうのであった。

あれだけ懸命に働く康明だ。一度ぐらいその手を取り、胸や股間に導いてやってもいいとも思う。

だが腹がくちくなった馬が一様に歩みが遅くなるように、男は欲望に飽いた途端、ひどい怠け者になるのが世の道理。ならば少なくとも最鎮を叩き出し、北野社のすべてを我が物とするまでは、康明には飢えた牛馬同様に働いてもらうしかない。

(それにしても、秋永はどこに行っちまったんだかねえ)

馴染んだ秋永の失踪が知れた途端、妙に下腹が疼き出す。

吉影は二度と自分を抱くまい。康明に身体を与えるのは、まだ当分先になりそうだ。

そう思うとあんな頼りない秋永でも、側にいてくれればどれだけよかったか。

括り袴の脇から手を差し入れ、綾児は薄い和毛(にこげ)を指先でかき分けた。早くも湿り始めた狭間(はざま)をひたひたとつつき、ああ、と微かな吐息を漏らした。

もうすぐだ。もう少しですべてが手に入る。そう思えば思うほど身体は高ぶり、吐息が次第に速さを増す。

康明は今頃夕暮れの道を西へと急ぎながら、吉影と綾児の関係をあれこれ邪推しているだろう。なまじ毎夜、春をひさいでいた頃の綾児を知り、二人のまぐわいを目にしてもいるだけに、その想像が容易に止められぬのは間違いない。

ひたすら綾児の身を案じ、細々(こまごま)と世話を焼く康明を弄(もてあそ)んでいることに、呵責(かしゃく)を感じぬわけではない。しかし自分はこれまで我が身を切り売りして、己の道を切り開いてきた。ならば誰に迷惑をかけようとも、これからも同じようにして生きるしかないのだ。

腰が浮き、がくがくと足先が震える。冷たい充足が腰に満ちて行くのを感じながら、綾児は薄い笑みを浮かべた。

はだけた胸元からのぞく痣が、朱を刷(は)いた肌の中で常にも増しててらてらと光っていた。

祭礼を早めたいという綾児の頼みに、諸村の刀禰や大名田堵たちは異議を唱えなかった。それどころか、「夏まで待たされるのかとうんざりしていたわい」とかえって喜ぶ刀禰もいたと知らされ、よし、と綾児は手を打った。

「さあ、祭りだよ、祭り。さあ、思う存分盛大にやろうじゃないか」

とはいえ祭礼の予定などまったく聞かされていなかった北野社の神職たちは、突然の綾児の言葉に目を白黒させるばかりであった。

新殿舎こそ成ったが、境内にはまだ解体途中の旧本殿が残されたままである。それを取り壊すための工人たちの出入りも慌ただしいだけに、皆、いったいどこで祭礼を行なうのだと言いたげな表情であった。

「神輿の巡行は、山崎から始めるよ。山陽道を川に沿って練り歩き、羅城門から朱雀大路に入るんだ」

平安京の南西に位置する山崎は、山城国府や山崎駅家を擁する繁華な地。加えて国府の目の前に広がる山崎津は、豊かな川の流れのもと、京の外港の役割を果たしており、一帯に立ち並ぶ船屋（水運業者）の数は百軒とも二百軒とも言われていた。

そんな山崎から神輿を出発させれば、その噂はあっという間に京に届くだろう。もしかしたら秋永もどこかでその評判を聞き、遅まきながら駆けつけてくるかもしれない。

かつて摂津国からやってきた志多羅神は、その行く先をはっきり定めていなかったがゆえに、京から離れた石清水八幡宮に落ち着く羽目となった。しかし、自分たちは違う。北野社の神輿は山崎から朱雀大路に至り、そのまま京を南北に突っ切って北野へ至るのだ。

人は強いものに惹かれ、享楽に流れがちなもの。綾児たちが神輿を取り囲み、囃子言葉を喚いて歌い踊り続ければ、近郷の村々からも自然と人が集まり、行列はあっという間に長大なものとなるだろう。そのためには神輿が進む行程は、長ければ長いほど喜ばしかった。

「さあ、行くよ、あんたたち。仲間や家族がいれば、連れておいで。これから北野社一番の大祭が始まるんだ。どうせなら加わらなきゃ、損ってものだよ」

綾児の浮かれた声に、神職たちが困惑した顔を見合わせる。中には綾児がとんでもないことを言い出したとばかり、笑いを堪えてうつむく者もいた。

(ふん、そんな面を出来るのは今のうちさ)

今から船で山崎に向かい、一晩で神輿を拵える。京に向かって出立するのは、明朝。そうすれば明日の午後には、羅城門に至るだろう。そのときになって神輿を取り囲む人々のおびただしさに仰天し、急いで祭礼に加わっても遅いのだ。

巫女装束や装身具は手当たり次第、麻袋に詰め込み、康明の背にくくりつけている。白粉や紅、鏡の類もすべて準備済みだ。

最鎮は今ごろ己の部屋で、綾児の喚きに耳を澄ませているだろう。よもや綾児が刀禰から合力を受けているとは思いもよらず、「また馬鹿な真似を始めよった」と嘲笑しているに違いない。

綾児は無言でこちらをうかがう神職たちを、ぐるりと見回した。かねてより自分を馬鹿にしているとは分かっていたが、まったくこれほどだったとは。

神輿とともに北野社に戻ってきたら、こいつらは全員、叩き出してやる。それまでの間、せいぜい陰口を叩けばいい。

薄い笑みが自ずと唇に浮かぶ。そんな綾児に、まだ若い巫女たちが不気味そうに身を寄せ合った。

その姿に口許の笑みをますます大きくするや、綾児はざっと砂を蹴立てて踵を返した。

「行くよ、康明」

奇妙な静寂に見送られて北野社を出ると、綾児と康明は西堀川から船を雇い、川を下った。低い山が間近に迫る櫟原(いちはら)郷で船を換え、一路、山崎へと急いだ。

「綾児、身体はどうだ。つらくはないか」

「うるさいねえ。平気だよ」

恐る恐る尋ねる康明に背中で答え、綾児は薄い舷(ふなべり)に手をかけたまま、見る見る遠くなる京を見つめた。

思えば十六の春に京に来て以来、綾児はかれこれ二十年以上もかの地を離れたことがなかった。

なぜだろう。京をはるかに望みながら思い返せば、不思議にあの地には嫌な思い出しかない気がしてくる。あの醜い最鎮の顔が、冷ややかな薄笑いを浮かべた北野社の神職の顔が、傲慢で気まぐれな藤原(ふじわらの)師輔の顔が――これまで我が身を踏みつけ、ほしいままにしてきたすべての男たちの顔が川底の陰に沈み、山崎に向かうこの身を見送っている気がした。

畜生、と口の中で毒づき、綾児は川の流れのただ中に、力いっぱい唾を吐いた。ぶるっと身体を震わせると、少しためらってから舷にかけた手をゆっくり動かし、傍らの康明の手に重ねた。

「ど、どうしたんだ。綾児」

康明がぎょっとして、綾児の顔を覗きこむ。

ああ、もうまったく。黙っていてくれればいいのにと胸の中で悪態を吐きながら、

「いちいち、うるさいよ。川風が冷たいんだ。温めておくれ」と綾児は居丈高に言い放った。

「あ、ああ、そうか。すまない。温石でも持って来ればよかったな」

康明が狼狽気味に、綾児の手を両手でさする。その生真面目さに溜め息をつき、綾児はもう一度川の流れを見下ろした。

後にしてきた北野社では今ごろ、巫女や禰宜たちが口々に自分の悪口を言っているだろう。だが、今はそれでいい。彼らが自分を侮れば侮るほど、これから先、彼らが受ける衝撃は大きくなる。

川底が深くなったのだろう。先ほどまでうっすら見えていた川石は深い淀みに沈み、ただ冷たい水だけがひたひたと舷を洗っている。

綾児は身を乗り出し、もう一度川底を覗きこんだ。しかしそこに見えるのは、青ざめ、

双眸をぎらぎらと光らせた綾児自身の姿のみであった。

「巫女さまだあ、北野社の巫女さまが来られたぞお」

陽が西の山に傾き始めた頃にたどりついた山崎津では、村主多伎麻呂の従僕が数名、綾児と康明を待ち構えていた。

うやうやしく綾児を船から降ろし、栈橋に待たせていた輿に移らせる。そのまま山崎橋にほど近い多伎麻呂の屋敷へと、二人を連れて行った。

「おお、待っておりましたぞ。いよいよ祭礼を始めるそうでございますな」

門前まで二人を出迎えた多伎麻呂は、そう言って長い髯(ほおひげ)に覆われた顔ににやりと笑みを浮かべた。

「楽しみでございますなあ。なにせ京洛の社寺はどこも、上つ方や皇族の参詣ばかりありがたがり、わしらの如き無官の刀禰は、どれだけの寄進を行なっても歯牙にもかけてはもらえませぬ。そんなわしらが守り立てる神が、これから京に攻め上るかと思うと、身体がぞくぞくと震えてまいりますわい」

攻め上る、という語に綾児は眼を見開いた。

そうだ。多伎麻呂の言う通りだ。京の真ん中でふんぞり返る、天皇を中心とした上つ方たち。長きにわたり、彼らに支配されてきた京に、これから自分たちは攻め上るのだ。

我が身より他、持つ物のない綾児。古より続く律令制の枠外にいて、自ら田畑を切り開き、力を蓄える刀禰たち。最鎮や文時と決して相容れぬ我々は、いま北野の神という新興の神を先頭に、京へと向かう。それが戦いでなくて、いったい何だ。

手回しのいいことに、多伎麻呂は山崎津の工人に命じ、方二尺もの素木の神輿をすでに拵えさせていた。

細工は一切なく、ただ四角い箱が心棒に載っているだけのそっけなさではあるが、それでも台輪の四方には注連が巡らされ、いささか大きすぎる鳥居が正面に立てられている。

――北野神

と下手な字で大書された鳥居の額が、何もかもが真新しい神輿の中で、くっきりと浮かび上がっていた。

これから神輿に餝をつけるのだろう。神輿が置かれた庭のあちこちには篝火の支度が整い、色とりどりの布や綱を手にした女たちが、忙しげに走り回っている。

「ちょっと、あんた。あたしにその布をおくれよ」

そのうちの一人を呼びとめて幅広の白布を受け取ると、綾児はそれで髪をきりりと束ねた。荷から取り出した千早をまとい、しゃらしゃらと歩揺の鳴る釵子を挿す。次いで白粉を手に取ったものの、綾児はすぐにそれを麻袋に戻した。代わりに紅を指先にたっぷりとつけ、額に六つ、赤い点を打った。

「おお、北野のご神梅でございますな」

村主多伎麻呂が感慨深げに目を細める。同時に神輿の飾りつけをしていた家従がいっせいに手を止め、おおっとざわめきながら綾児を見つめた。

「多伎麻呂さま、神輿の完成まであとどれぐらいかかりますか」

「そうさなあ。夜半までには仕上がりましょうか」

「ではそれが終わり次第、京に向かって出立しましょう」

「なんじゃと。まだ暗いうちから行列を始めますのか」

はい、とうなずきながら、綾児は額に描いた梅紋がまるで小さな焔のように熱を帯びているのを感じていた。自分を嘲り、虐げてきたすべての者たちへの怒りが、その焔に更なる油を注ぐ。

今から始まる祭礼は、あの京に潜む古き支配に対する戦。ならば己はその戦の先頭に立つ、血に飢えた巫女だ。

庭じゅうの者たちの眼差しが、肌に熱い。その感覚にぞくぞくとするような快感を覚えながら、

「京へ参りましょうぞ——ッ」

と、喉から絶叫を迸（ほとばし）らせ、綾児は両の手を暮れなずむ空へ力いっぱい突き上げた。

一瞬の沈黙の後、神輿を取り囲んでいた家人たちが、うおおッとそれに呼応する。村主多伎麻呂や康明ですらも例外ではなかった。

「京だ、京へ上るぞ」

「北野の神さまのご動座だッ」

興奮した男たちが飾りつけも終わらぬ神輿を担ぎ上げ、激しい雄叫(おたけ)びとともに前後左右に大きく揺さぶる。ぎいぎいと悲鳴のような軋みが、神輿から上がった。

京へ、京へ――。その叫びは、どれだけの富や田畑を所有しても、古き支配からは疎外される刀禰たちの激しい希求であるとともに、長らく形を変えぬ京に対する恫喝(どうかつ)でもあった。

「ぐずぐずしている暇はないんだ。さっさと神輿を仕上げて、出立するよッ」

綾児の叱咤におおッと喊声(かんせい)が起き、次の瞬間、どすんという音とともに神輿が再び下ろされる。

女たちが神輿に飛びつき、再び飾りつけを始めるのを瞬きもせずに眺め、綾児は額に点じた梅紋をゆっくりと手の甲で撫でた。

わずかにそこについた紅の色は、ちろりと舐めるとなぜか血の味がした。

「巫女さま、ならばこれから近隣の村々に人を遣わし、今夜の出立に同行する随員を集めることといたしましょう」

そう言って多伎麻呂がほうぼうの刀禰や大名田堵の元に派遣した家人は、夜半すぎにはそれぞれ数十人の手勢を率いて、山崎に戻ってきた。

「物集の刀禰さまは、三十人もの従者をお貸しくださいましたぞ」

「おおい。いま前触れがあり、大枝の刀禰ご一党がこちらに向かっておられるそうだ。誰か、松明を持ってお迎えに行け」

春とはいえ、山と川に囲まれた山崎の夜は寒い。このため厨では大鍋で粥が炊かれ、塀の外で神輿の出立を待つ人々に、酒と共に振る舞われていた。

いったいどれだけの人数がすでに集まっているのか。冴えた月が頭上高く昇る時刻にもかかわらず、屋敷の外から響いてくる波の如きざわめきは、時が経つにつれて増す一方であった。

「おおい、待たせてすまぬ。ようやく仕上がったぞ」

そう怒鳴り立てながら庭に飛び込んで来たのは、大きな木箱を抱えた初老の男だ。ほとんど飾り付けが終わった神輿のかたわらにしゃがみ込むと、彼はきらきらと輝く巨大な錺を箱から取り出し、それを神輿の上に据え始めた。

誇らしげに広げた羽に、奇妙に大きなとさか。ちりん、と音を立てたのは、両翼の先に下げられた握りこぶしほどの鈴だ。

「あれは――」

息を呑む綾児に、多伎麻呂は肉づきのいい顔をにやりとほころばせた。

「祭礼を早める旨を橘先生からうかがい、津の鍛冶に大急ぎで拵えさせた銀の鳳凰でございますわい。どれだけ粗末な板輿でも、あれさえ乗せておれば豪奢に見えましょう。やれやれ、何とか間に合ってよろしゅうござった」

惜しげもなく薪をくべられた篝火が、音を立てて燃え崩れる。金粉にも似た火の粉がぱっと四囲に散るとともに、神輿の天辺に据え付けられた鳳凰が、天の月にも劣らぬほど清澄な輝きを放った。

「ではあの輿は、菅原道真公の神霊の鳳輦というわけですな」

康明が多伎麻呂の顔色をうかがいながら尋ねたのには、理由がある。

京の上つ方はそのほとんどが移動に輿を用いるが、鳳輦を使えるのはただ一人、帝のみに限られる。このためこんな神輿を奉じて京に向かっては、京に入った途端、検非違使にひっ捕らえられかねないが、だからといって多伎麻呂の好意を無にし、彼の機嫌を損ねるのも恐ろしい。

仮にも山崎の刀禰である多伎麻呂が、鳳凰を輿に乗せる意味を知らぬはずがない。多伎麻呂の意図が読めぬがゆえの当惑が、康明の顔にはありありと浮かんでいた。

そんな康明をゆっくりと振り返り、「のう、橘先生」と多伎麻呂はわずかに唇を歪めた。なぜかこの場にそぐわぬほど、自嘲に満ちた笑みであった。

「すでに幾度かお話ししたのでご存じでしょうが、わしの父と祖父は山崎津のしがない船子(ふなこ)(船乗り)。それゆえわしも十二、三の頃から船に乗り、日銭を稼いでおりましたわい」

そんな多伎麻呂の人生が大きく変わったのは、ある大雨の日。山崎津の船子の誰もが尻込みする中、たった一人、近隣の大名田堵の病の娘を対岸の医者に運んだのが縁で、その田堵の元に雇われることとなったのである。

当然ながら、陸(おか)に上がってしばらくの間は、慣れぬ野良仕事に苦しむ日々が続いた。だが雇い主である大名田堵は間もなく多伎麻呂の聡明さに気づき、彼をただの田堵（請作人）からその束ねである別当に取り立てた。やがて、新しく開発された名田(みようでん)の経営を任せられるに至った多伎麻呂は、恩人である大名田堵が亡くなると、密(ひそ)かに溜めていた銭を元手に、長らく放棄されていた荒廃田を購入。あっという間に、この界隈きっての豪農にのしあがったのである。

「おかげでわしは今や、山崎では幼子にすらその名を知られた栄達者。ありがたいことに、河内や摂津界隈にもこの名は轟(とどろ)いておりまする」

されど、と続けながら、多伎麻呂はわずかに声を低めた。

「そんなわしであっても、一歩京に入れば、下賤の田舎者。先だって北野社にうかがった道中も、あのように大勢を率いてのし歩く恥知らずは何者じゃとのささやきが、京大路のそこここから聞こえてまいりましたわい」

「それは——」

康明が顔色を変えるのに、「いやいや、橘先生は悪うございませぬ」と多伎麻呂はひらひらと手を振った。

「わしが田舎者なのは、今更否(いな)みようのない事実。それを謗られるのは仕方ありませぬ。されどいずれはわが孫までもが同じ痛罵を受けると思うと、わしはふと哀しゅうなってしまいましてなあ」

自分は貧しい船子から身を立て、額に汗して今の富を成した。さりながら京の者たちは誰もが洛外の刀禰たる多伎麻呂を見下し、あからさまな侮言を口にして憚らない。我と我が手で田畑を切り開いてきた身からすれば、無位無官の京人(みやこびと)はもちろん、自らの手で糧を得ず、古より続く身分制度にすがって暮らす貴族なぞ、空虚で怠惰な者としか見えない。

なぜ自分たちは、そんな彼らからいわれのない悪口雑言を投げつけられねばならぬのだ。京とはそんなに偉いのか。

「のう、綾児どの」

多伎麻呂の声はいつしか、耳を澄まさねば聞こえぬほどに小さくなっている。篝火の薪がまた、ぴしっと音を立てて崩れた。

「わしは神仏を信じませぬ。船子頭の元で日夜牛馬の如く働かされていた若い頃も、遅くにもらった女房が山津波に呑まれて亡くなったときも、神や仏は何もしてくれなんだでな」

多伎麻呂は何かを堪えるように、大きく肩を上下させた。

「だからこそわしは、われら豪富の輩の手を借りんとする綾児どのが気に入りましたのじゃ。北野社のご神霊ではありませぬぞ。洛外の新参の社でありながら、古き京の淀みに溺れず、主上(おかみ)にも上つ方にも立ち向かおうとするそなたさまこそ、我らにふさわしいと思うたのじゃ」

飢饉、疫癘(えきれい)、兵乱……打ち続く危難に激しく揺らぎながらも、今もって人々を支配し続ける古き権威とその住処たる京。市井の巫女に過ぎぬ綾児が始め、洛外に根を下ろした北野社はいま、多くの刀禰・田堵と共に、その権威に戦いを挑む。

ならば北野社の奉じる神輿が鳳輦であって、何の文句があるものか。京におわす帝は、京を長く支配してきた権力の象徴。ならば彼らに挑む菅原道真公はすなわち、古き君主を打ち倒さんとする新しい王ではないか。

荒い息をつき、綾児は眩い光を放つ銀の鳳凰を見上げた。

検非違使に見咎められた時のことは、その場で考えればいい。自分たちが今、この鳳輦を擁してこそ、北野社の行列は意味を持つ。ならばここで尻込みして、いったい何のための祭礼だ。

風が出てきたのか、鳳凰の翼からつり下げられた鈴が大きく揺れる。じゃらん、というその音に急かされるように、綾児は片方の足の踵を力いっぱい地に打ちつけた。千早をなびかせて庭を駆け、開け放たれたままの門を飛び出した。

その途端、屋敷を取り囲んでいた男たちの間から、うおおッという怒濤の如き喚声が起きた。それは十重二十重に多伎麻呂の屋敷を囲む人々の間に瞬く間に伝わり、ついには夜空をどよもすほどの響きとなった。

「ご出立でございますか、綾児さま」

頬を上気させて尋ねてきたのは、綾児たちが山崎津に着いた折、湊まで迎えに来た多伎麻呂の従僕だ。年はようやく二十歳を過ぎたばかりだろう。袖を肩までたくし上げてくくり、脛には行縢を巻いている。

厳重な身拵えは、彼ばかりではない。乙訓、賀茂、太秦、八幡——康明が呼びかけた各地の刀禰・大名田堵の下人のうち、ある者は白い脛巾に草鞋を結わえ付け、またある者は揃いの藺笠を小脇に抱えている。

洛外各地から集まった無数の男たちがいま、自分だけを注視している。己の一挙手一投足に息を呑み、これから自分の命ずるがままに京へ攻め上ろうとしている。そう思った途端、これまで感じたことのない快感が稲妻の如く全身を貫き、綾児の背はぶるっと震えた。

下腹が痛いほどうずき、股間が潤む。どんな男との閨とも比べものにならぬ愉悦に動かされ、綾児は両の手を大きく空へと突き上げた。うっすら霞み始めた月は、先ほど眼にした鳳凰像に比べると、はるかにみすぼらしく映った。

「誰か我がために輿を担げッ、北野の大神の出立じゃ――ッ」

うおおッという叫びが夜気を震わし、地を揺らす。十数人の男たちが堰(せき)を切ったように庭内に突進し、すぐに神輿を担いで駆け戻ってきた。その担ぎ手の中には、先ほどのあの年若い従僕も交じっていた。

「担げ、担げ。間違っても取り落とすなよ」

「後ろに人が足りんぞ。誰か入れッ」

前後合わせて十数人に担がれた神輿が、男たちの肩の上で激しく揺さぶられている。月の光に鳳凰像が光り、銀鈴が澄んだ音を立てる。それにつれて男たちの興奮は高まる一方であった。

「行かれますか、綾児さま」

神輿の後について出てきた多伎麻呂が、のっそりと綾児の傍らに立った。

「はい、まいります。本当にお世話になり、ありがとうございました」

「なあに、北野社の繁栄は我ら在地の者の繁栄。困ったことが出来(しゅったい)すれば、いつでも使いを寄越してくだされ」

そう語り合う間に、興奮した男たちは神輿に一歩なりとも近づこうと、激烈な揉み合いを始めていた。神輿に触れようとする者と神輿を進めようとする担ぎ手がぶつかり、一歩も譲らずにせめぎ合う。神輿が前後左右に揺れ、松明が倒れる。果ては数人の男が担ぎ手の肩を踏み、神輿の上によじ登ろうとした。

「馬鹿野郎、そこは巫女さまの御座所(ござしょ)だッ」

怒号とともにほうぼうから伸びた手が、彼らを引きずり降ろす。あっという間に人波の最後尾まで運ばれて行った彼らに、神輿を遠巻きにするしかない男たちが、八つ当たりのように殴る蹴るの暴行を加え始めた。

おびただしい狂奔と混乱が渦を巻き、怒号とも喊声ともつかぬ雄叫びが交錯する。人波の中から抜け出してきた数人の男が、上気した顔で綾児の前に膝をついた。

「さあ、綾児さま。お越しください」

どこに、と問う暇なぞない。男たちは有無を言わさず綾児を担ぎ上げるや、そのまま人波をかき分け、神輿へと近づいた。

神輿の正面には幅一尺ほどの板が張られ、心棒に摑まって腰かけられるようになっている。抗う暇もあればこそ、綾児は男たちの手で強引に神輿に座らされた。同時に、野太い歓声が沸き起こり、天に捧げるように神輿が上下に揺さぶられた。

いつしか男たちは手に手に松明を持ち、赤々と燃える炎が彼らの興奮した横顔を照らし出している。ぎらぎらと輝く目、意味をなさぬ叫喚を絶えず上げる口。戦に赴く兵もかくやと思われるその姿は、およそ普段、地を這いずり、泥にまみれて田畑を耕す農民とは思い難い。

抗えばこのまま八つ裂きにされてしまいそうな彼らの荒々しさに、身体が更に熱を帯びる。ぐらぐらと揺れる輿から振り落とされまいと、綾児は心棒をしっかり握りしめた。空いた手を再び空に突き上げ、「みな、我に続け。出立じゃッ」と叫んだ。

うおおッという喚きとともに、神輿を囲んだ男たちが動き出す。燃え盛る松明に照らされたその姿は、巨大な蛇が川をさかのぼる様にも似ていた。

一行が街道に出た頃には、月は大きく西に傾き、東の山の端がうっすら明るみ始めていた。黒い水が滔々と流れる桂川を右に眺めながら、京道とも呼ばれる街道をひたすら北東へと進む。

男たちの雄叫びはいつしか消え、かわって誰の口からともなく漏れ始めた歌声が、桂川の瀬音をかき消すほどの大きさとなって、街道を覆い尽くした。

——梅は春告ぐ　北野は野分く　いざや我らは田畑開かむ

ハレ、という合いの手が起きる都度、神輿が荒っぽく揺れる。じゃらんと鈴が鳴り、ほうぼうに結わえつけられた五色の布がゆらゆらとたなびいた。

界隈が明るみ始めてみれば、神輿の四囲は男たちにびっしり取り囲まれ、その前後にも長い人の列が続いている。

時ならぬ人波と歌声に驚いた人々が、街道沿いの家から相次いで仰天顔を突き出した。そんな彼らの驚きに刺激されたのだろう。男たちの歌はいよいよ高く、神輿を乱暴に揺さぶりながらのものと変わった。

——梅は春告ぐ　北野は野焼く　佐米やこそ降れ我らは田開く
「なんだ、ありゃあ。どこの神輿だ」

「北野社、と書いてあるよ。はて、あんなに大勢の男衆を集められるとは、いったいどこのお社かねえ」

人々の驚愕を含んだやりとりが、否応なしに耳に飛び込んでくる。幼い子どもたちが珍しそうに神輿を追って走り、血相を変えた母親がその後を追う。中には袴の裾を乱し、顔を火照らせて神輿に座る綾児の姿に、好色な薄笑いを浮かべる男もいた。

好奇、畏敬、嘲笑、恐怖。様々な感情の入り混じった眼差しが、沿道から矢の如く注がれる。しかし、構うものか。この混沌たる世にあって、いったい何が正しく何が誤っているかなぞ、知る者はいない。ただ唯一信じられるのは、己の欲望だけだ。

「我は正二位右大臣、菅原道真の宿霊なり——」

狭い板の上に立ち上がり、綾児は髪を振り乱して怒鳴った。空はいつしか青く澄み、眼に痛いほどの陽光が、神輿を取り巻く人々を照らしつけている。薄汚い小鳥が一羽、綾児の頭上をかすめて飛び、やかましい歌声に怯えたように山の彼方に飛び去った。

沿道の人々が顔を強張らせ、綾児をふり仰ぐ。その間抜け面に腹の中で一つ一つ唾を吐きかけながら、綾児は両手両脚をばたつかせ、更に喚き立てた。

千早の紐がほどけ、襟元が乱れる。かしゃん、と小さな音が響いたのは、髪に挿していた釵子が抜けて地面に落ちたからだ。

「我は無実の罪に遭い、鎮西(ちんぜい)に左降されし後、己の宿報をつくづくと省みた。心中の恨みの焔は猛々しく燃え盛り、ついには自らの臓腑までを焼き尽くしたが、とうとう都に戻ることはかなわなんだ。嗚呼(ああ)、なんたる不遇、なんたる因縁ぞ」

もはや絶叫に近いその声に、神輿を追いかけていた子どもが怯えて足を止め、顔をくしゃくしゃにして泣き出す。綾児の白い手足に濁った眼を注いでいた男が、決まり悪げに顔を背ける。

そんな人々には目もくれず、綾児は大きく右手を突き出し、京のある北東の空を指した。

「都へ――都へ戻るのじゃ。わが神霊が帰る先は、都の北、北野の地。かの地に在りし社にやすらいてこそ、我が怒りは慰められようぞ」

おおおッという鬨(とき)の声が、神輿を取り囲む男たちの口を一斉に衝(つ)く。そのうちの一人が、沿道でぽかんと口を開けていた若い男の肩を抱き込み、強引に行列の中へと引きずり込んだ。

「ちょ、ちょっと、何をするんだ」

「まあまあ、いいじゃねえか。こんなところでくすぶっているより、北野社さまのご威光に与ったほうが面白いぜ」

若い男は捕らわれた獣のように、忙しく四方を見回した。だが、男たちはそんな彼を取り囲み、逃がそうとしない。

「その北野社ってのは、何なんだ。初めて聞くぞ」

「そりゃおめえ、なんて損をしているんだ。北野社さまは俺たち洛外の者の守り神。腹が立つことだらけのこの世の中を直してくださる、ありがてえ神さまだぞ」

辺りに響けと言わんばかりの男の声に、見物の衆が顔を見合わせる。それを目ざとく見つけて列に引きずり込みながら、一行は乙訓を抜け、久我へと差し掛かった。

ふと見れば先頭の者たちが、川の上手を指してなにか喚いている。かと思うと数人が行列から抜け出して河原に駆け降り、古びた板輿を担いだ十数人を率いて戻ってきた。

蓆をかぶせて屋根代わりとし、粗末な鳥居を立てた輿の正面には、「北野社」と大書されている。驚愕のどよめきが、行列の間から上がった。

「あ、綾児さまでございますかッ。我々は出雲郷より参りました者。北野に向かうご一行にお加えいただきたく存じますッ」

首から鼓を下げた老爺が、がらがら声で怒鳴った。

出雲郷は京の北東、比叡の御山にもほど近い村。しかし板輿を擁していたせいで、ここまで船を使えなかったのだろう。人々の足はいずれも泥に汚れ、顔には疲労の色が濃い。

行列の後ろから走り出てきた康明が、老爺に駆け寄る。懸命に語る彼の肩を叩き、その話に耳を傾けていたが、やがて老爺の腕を摑んで、神輿に乗った綾児に近付いてきた。

「綾児、言葉をかけてやってくれ。この御仁は北野社の神が京に向かうと聞きつけ、出雲郷からまる一日歩き通しで、ここまで来て下さったそうだ」

「そ、そんな。なんともったいない。北野社の御為(おんため)とあれば、大したことではございません」

老爺が両手を振って、後ずさる。そんな彼に向かって、「ありがとう。北野の御神霊もさぞお喜びでしょう」と綾児は笑いかけた。

その途端、滑稽なぐらい狼狽して、老爺が更に後ろへ退(すさ)る。双眸を潤ませて同行の男女を顧み、「さあ、ご一行に加われッ」と命じる姿に、綾児の笑みはますます大きくなった。

あの老爺も、先ほど一行に引きずり込まれた若い男たちも、綾児が何者であるかなぞなにも分かっていない。彼らはただ、京に向かう神に心惹かれ、その熱狂ぶりに眩惑(げんわく)されているだけだ。

文時や最鎮はかつて、北野社への参拝者を増やすため、上つ方の庇護を懸命に求めた。だが実際は他人を操るのに、身分や地位なぞ関係なかった。すべてを圧倒する力さえあれば、人は焔に引き寄せられる羽虫の如く、自ずと寄り集まって来る。そう、世の中、強い者こそが他を圧するのだ。

列の先頭に加わった老爺が、首から下げた鼓を懸命に叩いている。それに合わせて、男たちが再び大声で歌い始めると、新たに加わった出雲郷の男女が手をひらひらとひるがえして踊り出した。

——梅は春告ぐ　北野は野分く　いざや我らは田畑開かむ

「ハレ、やれハレ」

囃子言葉が絶えず湧き、沿道の見物人が釣られてやんやの手拍子を打つ。何者かが持ち込んだ幣帛(へいはく)が、そこここで大きくひるがえる。そのにぎにぎしさ、荒々しさに、沿道の見物人は次第に増え、神輿を取り囲む人々はいつしか何百人にも膨れ上がっていた。

「綾児さまあ、間もなく河尻(かわじり)の渡しでございます。ここは、船を雇わねばなりませぬ」

「よきように計らいなさい。北野社の神霊をお運び申し上げるのです。船人たちも否やとは申しますまい」

山崎から京に入るには、川に沿った街道を久我まで進んだ後、桂川と鴨川が合流する河尻にて、川を渡らねばならない。河尻から羅城門までは鳥羽作道（とばのつくりみち）とも呼ばれる南北の道路が延びており、いわば川の向こうは都の入り口。それだけに綾児は河尻の渡しまで来ると、神輿の上から身を乗り出し、対岸の様子をうかがった。もしかしたら北野神の入京の噂を聞いた吉影や秋永が、仲間と共に馳せ参じているのではと考えたのである。

さりながら湊には大小様々な船がつけられ、多くの船子が荷を下ろしているが、それらしき人影は見当たらない。

（あいつら、なにをしているんだよ）

これだから男はあてにならない。

一行の末尾についていた康明が、人混みをかき分け、船溜まりに駆けて行く。それを横目に、綾児は神輿に挿されていた幣帛を力任せに折り取った。

用意周到な多伎麻呂は、どうやら相当な額の銭を康明に持たせていたらしい。行列に加わっていた男たちが、順次、雇われた船に乗り込み、対岸に渡る。十数隻の船が二刻あまりかけて全員を渡し終え、最後に綾児が神輿ともども河尻湊に渡った頃には、日輪は一行の頭上近くまで昇っていた。

綾児を待ちくたびれた男たちが湊じゅうに散り、結び飯や糒（ほしいい）をかじっている。綾児もまたすぐには出立する気になれず、人気のない路地の入り口に座り込み、康明がどこかで買い求めてきた餅を頬張った。

ここまで来れば、京はもう目と鼻の先。予定通り、陽の高いうちに羅城門にたどり着けよう。しかし出雲郷の里人が乙訓まで駆け付けたとなれば、すでに自分たちの上京の噂は都の人々の間にも伝わっているはず。そんな中で京人を驚かせ、あの冷静な最鎮の度肝を抜くには、人数も行列の物々しさも不足している。

もっと何か、京じゅうを驚かせるようなことは出来ないものか。指についた餅を歯でこそげとりながら、綾児が眉根を寄せたときである。

「おい、おぬしらか。山崎津からやってきたという一行は」

腹の底にずんと響く声がした。驚いて顔を上げれば、真っ黒に日焼けした男が二人、目の前に立ちはだかっている。

ともにくたびれた水干をまとい、腰に小刀を帯びている。その険しい眼光に、綾児は息を呑んだ。

右京に住んでいた頃、彼らと同じ格好の男は幾度も見かけた。間違いない。こいつらは、都の治安を守る検非違使の下官だ。怪しい一行が都に向かっているとの報せを受け、河尻で待ち受けていたのだろう。京に入った後、妨害を受けるかもとは危ぶんでいたが、こんなところに網を張っているとは。

二人の検非違使の眼が綾児だけに注がれていると看取した康明が、じりじりと物陰へと退った。船屋が立て込んだ路地の奥を、顎先でしきりに指す。ここは神輿を置いてでも逃げようと促しているのだ。

だがもしかしたら、この河尻はすでに無数の検非違使に取り囲まれているのかもしれない。だとすれば、神輿やせっかく集まった人々を捨てて行くだけ無駄だ。

もし綾児が捕縛されれば、行列に加わっている人々はあっという間に散り、それぞれの主の元に逃げ帰るだろう。そうなれば当然、綾児は刀禰たちの信頼を失い、仮にすぐ放免されたとしても、祭礼をやり直すことは出来ない。つまりは今どうにかして、この場を切り抜けねばならぬのだ。

後ろ腰に差していた幣帛を抜き取り、綾児はふらりと立ち上がった。

男たちが警戒するように、一歩退く。その鼻先に幣帛を突きつけ、

「我は北野の神たる右大臣菅原道真じゃ。我の行く手を阻む者は、一人残らず取り殺してくれるぞよ」

と、精一杯威厳のある物言いを繕った。

「ふん、取り殺すだと。どこの巫女だかしらんが、右大臣さまとはまたえらいお人の真似をするじゃねえか」

下官のうち年嵩（としかさ）の一方が呆れたように言い、幣帛の先端を摑んで強く引いた。思わずたたらを踏んだ綾児に薄笑いを浴びせかけ、同輩を振り返った。

「おい、本当にこの巫女が、山崎や乙訓から何百人もの男女を連れ出したってのか」

「化粧の濃い四十前後の巫女というから、間違いないだろう。いま河原や湊にたむろしている奴らも、その一党に決まってるさ」

何とも不快な言い様に、綾児は顔をしかめた。いつの間にか検非違使の背後に回り込んだ康明が、こちらに来いと必死に手を振っている。とはいえここで逃げ出せば、これまでの苦労は水の泡だ。

綾児はきっと目尻を吊り上げ、幣帛を力任せに引っ張った。検非違使の手から何とか取り戻したそれをぶんぶんと振り回し、「無礼者ッ、我が言葉をなんと心得るッ」と金切り声で叫ぶ。男たちがますます苦笑して、顔を見合わせた。

「こりゃあ神がかりというより、物狂いだな。山崎や乙訓の連中は、よくもまあこんな女の出まかせに従ったものだ」

「こいつさえ捕まえて神輿を叩き壊せば、他の奴らはおとなしく帰って行くだろう。やれやれ、手間をかけさせやがって」

そう言い合いながら、二人がのっそりと綾児を挟み込む。筋骨逞しい身体つきから察するに、共に腕に覚えがあるのであろう。綾児は忙しく眼を左右に走らせた。

声を上げて助けを呼べば、路地裏から誰か駆けつけてくるかも知れない。しかし相手が検非違使だと知れれば、みなすぐさま踵を返して逃げ出す恐れもある。

「それ、逃がすなよ」

からかう口調とともに、右手にいた男が綾児に飛びかかる。間一髪飛びのいてそれを避けながら、畜生、と綾児が歯噛みしたときである。

「おい。お前ら、うちの御主ご恩顧の巫女になにか用か」

雷鳴に似た怒号が、突如、響き渡った。検非違使たちがぎょっと振り返った先を眼で追えば、秦吉影が仁王立ちになって辺りを睥睨している。いったいどこから駆けて来たのだろう。その全身は泥と埃にまみれ、片っ方の足は裸足であった。

「その女は、わが主、藤原師輔さまご恩顧の巫女。これより京に入り、わが主の病平癒祈願をしてもらうんだ。それを邪魔するとは、お前らいったいどういう了見だ」

「ふ、藤原師輔さまだと」

検非違使たちが血相を変える。

怯え顔になったところを更に威圧するように、吉影は彼らにつかつかと歩み寄った。胸と胸が当たるほど近づいてから、「ふうむ。お前らは検非違使の使部か」と今更気づいたかのように言い放った。

「ちょうどいい。うちのご主人さまの三の姫の元には、いま、検非違使別当さまのご子息が通っておられる。おぬしらの無礼も、わが主よりご叱責いただけば話が早いな」

「ちょ、ちょっと待て。我々はなにも、右大臣さまのご恩顧の巫女と知って、こ奴らを留めようとしたわけではない」

男たちが狼狽した面持ちで、吉影に食ってかかった。

検非違使別当は検非違使庁の頭。一介の使部にすぎぬ彼らからすれば、まさに雲の上の人物である。そんな人の名を出され、狼狽しきった二人は、吉影の言葉の真偽も質さぬまま、しどろもどろで言い訳を連ねた。

「我らはただ、京に怪しげな巫女の一行が向かっていると知らされ、様子を見に来ただけだ。右大臣さまのご病気平癒を祈る一行と知っておれば、手荒になぞせなんだわい」

「それは本当か。ならばこれでこいつらの疑いは晴れたんだな。ここから先、こいつらは俺が連れて行くが、まさか検非違使が行く手で待ち構えているなんてことはなかろうな」

二人の下官はちらりと目を見交わした。どちらからともなくうなずき、「それは大丈夫だ」と返答した。

「これから右大臣さまのお屋敷に行くのなら、その旨を検非違使庁に告げておこう。その代わり、あまり目立つ真似はしないでくれよ」

藤原師輔は、東宮の外祖父。天皇にしか許されぬ鳳輦も、そんな人物の病気平癒祈願となれば当然と、無理やり自分たちを納得させた様子であった。

「よし、分かった。仕事とはいえ、お前らもご苦労だな」

吉影の傲慢なねぎらいに、使部たちはお互いを肘で突き合いながら踵を返した。そそくさとその場を走り去りつつ、綾児を苦々しげに睨みつける。しかし今の綾児の目には、そんな二人の姿はまったく映っていなかった。

「あ――ありがとよ、吉影。本当に助かったよ」

全身からどっと力が抜ける。その場に座り込みたいのをかろうじて堪え、綾児は吉影に駆け寄った。

「それにしてもお前、一人かい。雑人を集めてくれと頼んだのはどうなったんだよ」

「馬鹿野郎。おめえが勝手に祭礼を始めたのが悪いんだぞ。あちこちのお屋敷で働く奴らが、おいそれと勤めを放り出して出て来られるものか」

北野社の神輿が山崎から行列を始めたとの噂にどれほど仰天したと思っているんだ、と吉影は吐き捨てた。

どうやら吉影は、自分一人だけでもいないよりましと考え、取るものも取りあえず師輔邸を飛び出してきたらしい。恐らくは、日に日に悪化する師輔の容体に、もうこの家に忠義を尽くす必要はないと考えての逐電に違いなかった。

「それにしても、こんなところまで検非違使が出張ってくるとはな。あっさり引き上げてくれてよかったぜ」

とっさの思いつきを可笑しそうに誇る吉影を、康明が横目でうかがっている。そんな二人を見比べながら、綾児は表情を引き締めた。

「だけど、吉影。あんたがあたしたちの噂を耳にしたってことは、京じゃ神輿の入京の評判は、随分広まっているのかい」

「ああ、おめえらが人の多い山崎なんぞに集まったからな。昨晩のうちから、京は北野社の神輿がやってくるって噂で持ちきりだぜ」

難波津(なにわづ)から山崎津に物資を運ぶ船の中には、荷を積み換えた後、更に川をさかのぼり、京までやってくるものも多い。おおかたそれを操る船子が、面白おかしく綾児たちの噂をばらまいたのだろう。

だとすれば今頃、最鎮は綾児の目算に勘付き、行列を解散させる方策はないかと頭を巡らしていよう。検非違使や京職(きょうしき)に捕縛を命じるほどの力はあるまいが、あの知恵の回る悪僧のことだ。綾児には予想もつかぬ手を打ってくる恐れは、充分にある。

それに対抗するにはただ一つ。これまで以上に奇抜かつ放埒(ほうらつ)な行装となって、更に多くの人々を行列に引きずり込むしかない。

何百人もの人々が熱狂的に神輿を奉じて京になだれ込めば、さすがの検非違使もそれを強引に留めはすまい。苦々しい顔で大路を開け、少しでも早く一行を北野社に追いやろうとするはずだ。

もはや京は目と鼻の先。だからこそ自分たちは、前に進むしかない。

綾児は千早の胸紐に手をかけた。それを乱暴にほどくなり、下衣の襟を両手で大きくくつろげた。

「綾児、待て。なにをする気だ」

康明が驚愕の声を上げる。それと同時にくつろげられた胸元から、赤黒い痣と双の乳房がのぞいた。

これぱかりは昔と変わらぬ豊かな乳房は、黒い痣にまとわりつかれているがゆえにかえって、その白さが痛々しい。しかしながら胸の谷間から乳房の下、更に喉の真下にまで広がった痣は、もはやどう見ても巫女の身体に刻まれたご神梅とは思い難かった。

綾児を内側から蝕む、禍々(まがまが)しい獣の影の如き痣。これを目にしたものはきっと、あまりの醜さ不気味さに、すぐさま顔を背けるであろう。もしかしたらその身体の内部に満ち満ちている腐臭を想像し、吐き気を覚える者すらいるかもしれなかった。

「馬鹿野郎。てめえ、気でもふれたのか。そんなものを見たら、周りの奴らは逃げ出しちまうぞ」

吉影があわてて手を伸ばし、襟元を掻き合わせようとする。

それを力いっぱい振り払い、綾児は二人を睨みつけた。

「いいから、行くよッ。今こそ、この忌々しい痣を役立てるときなんだからッ」

言うなり、地面を蹴って駆け出した。

湊の隅に置かれていた神輿に駆け寄るや、見張りをしていた男たちの驚きを他所に、幣帛を振りながらそのぐるりを巡り出した。

「託宣じゃ、託宣じゃぞッ。道真公さまのご神霊が、わらわに託宣を述べよとお命じじゃ――ッ」

喉も裂けよとばかりの綾児の絶叫に、湊じゅうに散っていた人々がばらばらと集まってくる。

誰もが綾児のあられもない姿と、おぞましい痣に立ちすくむ中、綾児は半裸の我が身を顧みぬまま、「託宣じゃ」と吼え続けた。

「京に今、未曽有の危難が迫っておる。わが胸に浮かぶこの痣は、京を覆う暗雲の凝りじゃッ」

「なんだとッ」

綾児と神輿を囲んでいた人々が、いっせいにどよめく。その中にはこの湊の船子らしき男の姿も、多く含まれていた。

綾児を奉じてここまでやってきた者たちは、よもや自分たちが神輿に乗せてきた巫女が病持ちだったなぞ、考えもせぬのだろう。綾児の肌に突如おぞましい徴が現れたとばかり、みな目を見開いて、白い胸を凝視している。

「この危難を救うには、ひとえに道真公のご霊威におすがりするしかない。神輿を担げ、歌を唄え。地を踏み、手を振って舞え。急ぎ北野にご神霊をお移しし、京を襲う災いを祓(はら)うのじゃッ」

綾児の咆哮(ほうこう)が終わるや、一瞬、四囲に沈黙が漂った。

次の瞬間、怒号に近い哮(たけ)りが空を覆い、それはまるではるか彼方より押し寄せた地鳴りの如く、河尻の湊を震撼(しんかん)させた。

「京だッ。京へ行くぞッ」

「巫女さまが下されたありがたいご託宣を無駄にするなッ」

出雲郷から来たあの老爺が、両目を吊り上げて鼓を叩いている。男たちの喉から、調子はずれの歌が流れ出す。女たちが必死の形相で踊り狂い、その踊りの輪が次第に広がって行く。

胸乳をかき出し、髪を振り乱した綾児が神輿によじ登ると、その狂乱は更に荒々しく、凄絶なものとなった。

逞しい肩に担がれた神輿が、鳥羽作道へと飛び出した。それに追いすがるように、何百人という男女が道を駆け、言葉にならぬ叫びが飛び交い、砂埃が空を覆う。

綾児と群衆の狂奔に顔を見合わせていた湊の人々が、何かに押されたようにそれに続き、彼らの口からまた自然と北野社を称(たた)える歌が流れ出した。街道のそこここから集まってきた者たちが、一人、また一人とその列に身を投じる。

河尻から羅城門へと至る道は、今や神輿に続かんとする群衆で埋め尽くされていた。呆然と立ちすくむ沿道の住人の前を、歌い、踊り、叫ぶ人々が行きすぎる。もはや留めようのないその人波は、ありとあらゆるものを呑み込み、破壊しつくす野分にそっくりであった。

猛烈に揺さぶられる神輿の天辺から降り注ぐ銀の光が、綾児の胸乳をまばゆく照らす。もはや胸をかき出し、ほともあらわに輿に揺られる綾児に、好色の目を注ぐ者など誰一人いない。

綾児の叫喚（きょうかん）に合わせて群衆が咆哮し、綾児が幣帛を振れば、皆が負けじとその場に飛び上がる。

「羅城門だ。あそこを越えれば京だぞッ」

先頭を疾駆する男たちの喚きに、後に続く者たちが言葉にならぬ雄叫びを上げる。刻々と近づいてくる巨大な羅城門に向かい、一行の足が更に速くなったその時である。

「綾児ッ」

耳障りな声とともに、神輿の上の綾児に向かって、何かが飛んできた。ぐしゃりという柔らかい音を立て綾児の頭に当たったそれは、神輿を担ぐ男たちの足元に落ち、そのまま彼らに踏みつぶされて見えなくなった。

代わりにみなの鼻をかすめたのは、甘ったるい果実の香りだ。あまりに場違いな芳香に、男たちが足をゆるめ、「なんだ、今のは」と顔を見合わせる。綾児もまた、なぜかべったりと濡れた額を撫でながら、驚いて顔を上げた。

粘り気のある液体が、額からぽたぽたと滴っている。千早の袖でそれを拭い、綾児は濡れた指先を舐めた。腐りかけた甘ったるい果実の味がする。そう気づくと同時に、はっと息を呑んで周囲を見回した。

「ここだよ、ここだよ、綾児。あんたは本当に頭が悪いねえ」

嘲りを含んだ声は、街道脇の槻の木にもたれかかった人影のものだ。女にしては厳つい肩と太い手足、そして耳に障るがらがら声には、嫌というほど覚えがあった。

「ちょっと、止めな。止めろってば、この糞野郎ッ」

綾児は神輿を担ぐ男の頭を、幣帛で殴りつけた。慌てて止まった神輿から身を乗り出し、槻の根方を凝視する。みすぼらしい小袖に身を包み、口許に薄い笑みを浮かべた阿鳥がそこにいた。

「山崎なんぞから行列を始めたって聞いたから、どんなみすぼらしい一行かと思っていたよ。ふん、志多羅神顔負けの勢いじゃないか」

言いながらふらりと近づいてくる阿鳥に気圧されたように、男たちがぱっと二手に分かれる。それを面白げに眺める阿鳥の口許に浮かぶ笑みは、先ほどより更に大きくなっていた。

「何の用だよ、阿鳥」

「随分な物言いだねえ。道真公の神祭りは、もともとあたしがあんたに持ちかけたものだよ。だったらこの辺りでぼちぼち、祭祀も北野社の支配も返してもらうのが筋じゃないか」

「何言ってるんだ。ふざけるんじゃないよ」

幣帛を両手で握り締め、綾児は足元の阿鳥を見下ろした。

確かに道真を祀る企みは、阿鳥が考え出したもの。しかしこの自分がそれに加わらなければ、そもそも北野社という社は出来なかった。だいたい一度は自分を裏切っておいて、今更どの面下げて、そんな馬鹿げたことを言えるのだ。

叶うことであれば阿鳥を罵倒し、その黒く豊かな髪を摑んで、思う存分引きずり回してやりたい。とはいえ何百人という男女を背後に従えている今、そんな真似は彼らの心を離れさせるだけだ。

ぼさぼさに乱れた髪をかき上げ、綾児は努めて静かな口振りを繕った。

「阿鳥。あんたとは長い付き合いだ。ぜひもう一度北野社に尽くしたいって言うなら、考えてやるさ。よかったら、あたしと一緒に来な」

「ふん、おふざけじゃないよ。そんな不気味な痣を拵えた色病持ちと一緒じゃ、こっちまで病がうつっちまうじゃないか」

その瞬間、綾児は全身の血が音を立てて下がって行った気がした。しきのやまい、という驚きの声を上げたのは、神輿を担ぐ男たちだ。神輿の先頭にいるあの多伎麻呂家の従僕などは、まだ若いせいか、完全に顔から血の気を失っている。そんな彼らを面白そうに眺め、阿鳥は「おやまあ」とわざとらしく目を見開いた。

「綾児、まさかとは思うけど、こいつらに自分の病のことを教えてないってことはなかろうね。その胸の痣をよもや道真公のご意志の表れなんぞと嘘をついちゃあ、こいつらが可哀想だよ」

「阿鳥ッ」

焦っては駄目だ。少しでも弱みを見せれば、この女に付けこまれる。そう頭では理解しながらも、綾児は金切り声を上げずにはいられなかった。神輿の上でばたばたと幣帛を振り回し、

「何を言ってるんだい。この痣は紛う方なき、道真さまのご神意だよ。道真さまご遺愛の梅の紋様が最初にここに表れて以来、あたしの身体はすべて道真さまの憑代（よりしろ）なんだ」

と顔じゅうを口にして叫んだ。

「へええ。それにしちゃあ、あんた、あの野巫医者の橘康明を北野社に住み込ませ、毎晩、薬を煎じさせてるそうじゃないか。あんな醜男（ぶおとこ）をあんたが情人にするわけがなし、それほど病が悪いってことじゃないかい」

ている。

綾児は言葉を失った。どういうわけだ。北野社にいなかった阿鳥がなぜ、それを知っている。

（あ、あの祝めッ）

間違いない。康明が綾児に鏡を突き付けたときに居合わせた、若い祝だ。

神職仲間にあの時の見聞を話さなかったのも道理。あの男は阿鳥に通じ、綾児の行動をかねてより逐一密告していたのに違いない。

色病だと、どういうことだ、という囁きが、ざわざわと行列を伝わってゆく。

神輿を担ぐ男たちがちらちらと胸元の痣に目をやっているのに気づき、綾児はあわてて両手で襟を掻き合わせた。四、五尺の高さに担がれた神輿から飛び降りると、男たちをかき分けて、阿鳥に向かって走り寄った。

「う——うるさい、うるさい、うるさいッ。この痣はあたしに与えられた、道真さまのご神意なんだよッ。あんたみたいな似非巫女が、聞いたふうな口を利くんじゃないッ」

「似非巫女はあんただろうが、この淫売がッ」

血を吐くが如き叫びに怒鳴り返し、阿鳥は綾児を正面から睨みつけた。

「あんたみたいな淫売に、道真さまの祭祀を任せたのが間違ってたよ。病持ちは病持ちらしく、おとなしく寝ていなッ」

綾児が振り下ろした幣帛を、阿鳥は意外な敏捷さで避けた。狙いを失った幣帛の先が、がっと音を立てて地面にぶつかる。手に伝わってきた振動のあまりの激しさに、綾児は幣帛を取り落とした。

相変わらず化粧っけのない阿鳥の顔には、今や大輪の花を思わせる笑みが浮かんでいる。両手の指を鉤型に強張らせ、意味をなさぬ喚きを上げながら、綾児はそんな阿鳥に飛びかかった。

「あ、綾児ッ。どうしたんだ」

「おいこら待て、おめえら落ち着けッ」

行列の末尾から駆けてきた康明と吉影が、二人を止めようとする。しかし牙を剝き出し、爪を立てて取っ組み合う雌猫の如き二人に、彼らはなすすべもなく立ちすくんだ。

「あ——あたしは病持ちなんかじゃないよッ。元からあんたの性根の悪さは知っていたけど、人が苦労して作り上げたものを横からかっさらおうとは、泥棒根性にもほどがあるってもんだよッ」

「泥棒はどっちだい。あんたを仲間に入れてやったのは、あたしのお情け。そもそもこの京であたしこそが、誰よりも道真さまを祀るに相応しい女なんだ。それを男たちにちやほやされたのを良いことに、好き勝手しやがって。思い上がりもいい加減にしなッ」

掻き合わせたばかりの襟元を、阿鳥が両手で摑む。首を絞めようとするその身体を力いっぱい蹴飛ばし、綾児は一つに結わえてある阿鳥の髪を引っ張った。

「痛たたたッ。何しやがるッ」

悲鳴を上げて逃れようとする阿鳥の身体に馬乗りになり、その頬に拳を叩き込む。もがく阿鳥の手の爪が綾児の腕に食い込み、たらたらと血が流れ出した、その時である。

「この泥棒猫がッ。これまでよくもあたしを騙してくれたわねッ」

怒りに満ちた女の叫びとともに、激しい衝撃が綾児の背を襲った。何者かが力一杯、綾児を殴りつけたのである。

たまりかねて阿鳥の上から転がり落ちた綾児に、更に棍棒が降り注ぐ。両手で頭を庇いながらそれから逃れ、綾児は眼を大きく見開いた。

「室女――」

髪を振り乱し、ぜえぜえと肩を喘がせているのは、まぎれもなく秋永の女房の室女であった。

敏捷に立ち上がった阿鳥が、面白そうに綾児と室女を見比べる。その頬には勝ち誇ったような笑みが浮かんでいた。

「あたしは知ってるよ。綾児、あんた、この女の亭主とは、随分長い間、深い仲だったものねえ。そりゃあ、右大臣さまの従僕を身体でつなぎとめておけば、様々な口利きもお願いしやすいってもんだ」

「あ――秋永はあんたには渡さないわよ。あたしたちはもう、あんたの手が届かない遠くに行くんだ。あんたには二度と、うちの人に指を触れさせないんだから」

秋永が室女と夫婦になってもなお、綾児と関係が続いていたのは事実。しかし、室女が今更、それを嗅ぎ付けたとは思えない。

「あ、阿鳥ィ――ッ」

両手でぎりぎりと土を握り締め、綾児は周囲の目もお構いなしに咆哮した。

誰に教えられずとも分かっている。阿鳥しかいない。自分を道真の祭祀に巻き込み、北野社の創設に関わらせた阿鳥。良種（よしたね）をそそのかし、北野社の祭祀を奪い取ろうとした阿鳥。この女が内通者から自分の病を聞き出し、室女を用いて秋永を自分から引きはがしたのだ。

「人の亭主を寝取るような淫売の癖に、こんな神祭りをするなんて信じられないわ。あんたたち、早く目を覚ましなさいなッ」

眼を吊り上げ、口の端に唾の泡をこびりつかせた室女が、周囲の男女を見回してがなり立てる。だが改めて室女に指摘されるまでもなく、いつの間にか綾児を取り囲んでいた人々の表情からは、先ほどまでの熱狂が嘘のように引いていた。

代わってその面上に浮かんでいるのは、あからさまな忌避だ。荒淫の証である色病に罹患（りかん）し、人の夫を寝取る淫売。その病の証をご神意と偽った女への嫌悪が、彼らの顔には一様ににじんでいた。

吹きすさぶ風の音が、妙にはっきりと耳を叩く。乱れた胸元が、剝き出しの足が、急に冷たく感じられた。

「綾児、綾児、立て。立つんだ。お前は北野社の巫女だろうが」

康明が必死に手を引くのに、綾児ははっと我に返った。だがすぐに、四方八方から投げられる冷ややかな眼差しに、ひっと息を吞んでその場に尻餅をついた。

「色病だと」

「淫売とも聞こえたぞ」

誰のものともつかぬ囁きが、波の如くひたひたと打ち寄せてくる。膝ががくがくと笑い、立ち上がろうにも足が動かない。綾児はその場に座り込んだまま、腕だけでずるずると後ずさった。

人々の交わす囁きをかき消すように、突如、室女が哄笑する。喉の奥が見えるほどに口を開け、天を仰いで笑い転げるその姿は、何物かが憑いたかと疑うほどに鬼気迫っていた。

そんな室女の高笑いを背に、阿鳥が一歩、綾児に詰め寄った。

「さあて、綾児。北野社はあたしに返してもらうよ。あとは在躬さまと最鎮さまが仕切ってくださるから、心配しなくていいさ」

「ふ、ふざけるんじゃないよ。——痛ッ」

綾児は悲鳴を上げた。どこからともなく飛んできた石が、肩を打ったのだ。

いったい誰が、と見回す暇もない。次の瞬間、鳥羽作道を埋め尽くしていた人々の間から驟雨(しゅうう)のように石が投げつけられ、綾児ばかりか康明や阿鳥たちにも降り注いだ。

「はははは、綾児。これが、あんたを担いできた奴らがすることだよ。あんたみたいな病持ちの淫売は、道真さまの巫女にはふさわしくないんだ。それと知れたら、さっさと消えな。はははは」

阿鳥の嘲罵に背を打たれながら、綾児は自分を取り囲む人々をかろうじて振り返った。胸の痣が急に熱を持ち、鈍く痛んだ。

あの村主家の若い従僕が、鼓を首から下げた老爺がこちらを睨みつけ、手にした石を次々投げている。綾児を神輿に乗せてきた男が、先ほどまで白い手をひるがえして踊っていた女たちが、それに続いていた。

(な――なんでだい、どうしてなんだよ)

女が男に抱かれるのが、それほど悪いのか。その末に病に罹るのが、それほど責められることなのか。

人はいずれ老い、病を得て、死ぬ。ならばいつかは誰もが踏み出す、死への第一歩である病は、日々の生の営みと地続きではないか。

男は女を求め、女は男の力を借りる。多くの男たちの力を得て北野社を大きく出来たのは、ひとえに女たる綾児の手腕あればこそ。それにもかかわらずなぜ彼らは今こうして、自分を石もて追おうとするのだ。

肩に、腕に当たる石の痛みが信じられない。綾児は無数の石がよぎる青い空を、呆然と仰いだ。

行列のはるか後方から飛来した握りこぶしほどの石が、神輿の上の鳳凰を直撃する。けたたましい音とともに鳳凰像がひしゃげ、はずみで外れた銀の鈴が綾児の足元に転がった。

綾児は思わず手を伸ばし、その鈴を両手で抱えた。ひんやりと冷たいその感触が、ひどく遠いもののように感じられた。

「畜生。淫売の癖に、俺たちを騙したのかよッ」

「殺せッ。あの似非巫女を殺すんだッ」

殺意すら孕んだ怒号が、行列の後方で沸き起こる。先ほどまで、おびただしい熱狂が一行を覆っていただけに、それが強烈な憎しみに姿を変えるのは早かった。

「まずい。とにかく逃げるぞッ」

血相を変えた吉影が、へたり込んだ綾児を背中に負った。ずり落ちそうになるその身体を康明が支え、三人はもつれ合うようにして街道脇の藪へと飛び込んだ。

胸の痣は今や、炎に変わったかと思うほどの熱を帯び、綾児の身体を内側から焼き立てている。怒りと激しい惑乱、それに悶絶するほどの痛みに襲われながら、綾児は必死に吉影の首にしがみついた。

阿鳥の高笑いが聞こえる。なぜだろう。そこに籠められた狂おしいまでの勝利の叫びに、なぜかかつて暮らした右京の陋屋の様が思い出された。

傾き、穴の開いた部屋。鼠の走る小汚い土間。にたりと唇を歪め、さも可笑しげに笑った阿鳥。

——あんた、あたしと組んで、お社を造らないかい。

あの誘いは、いつかこんな日が来ると予見したものだったのか。だがなぜだ。なぜ自分が、こんな目に遭わねばならぬのだ。いや、それ以前に、阿鳥はなぜそこまでして道真の祭祀に執着する。

(阿鳥。あんたは——あんたは何者なんだい)

激しい哄笑が、なおも耳朶を叩く。

両手に抱いたままの鈴はどれだけ握っても温まらず、冴え冴えとした光を放ち続けていた。

この日、山崎から乙訓、鳥羽へと至った北野社一行は、羅城門を目前にしながら突如仲間割れを起こし、四百人とも五百人とも言われる男女の一部は暴徒化。京域から急遽出動した京職によって、鎮圧された。

「京職に捕らえられたのは、祭礼に乗じて騒ぎ立てた豪富の輩とその家従。彼らの捕縛後、北野社の巫女である阿鳥は、道真公をひたすら敬う数十人を率いて北野社に向かい、無事に神輿を境内に安置した、か——」

折敷に置かれた瓶子から立て続けに酒をあおりながら、最鎮は双眸を天井に据えてひとりごちた。

その背後では酒に酔いつぶれた文時が、ぐうぐうと寝息を立てている。その脇腹をおい、起きろ、と平手で叩き、最鎮は瓶子の底に残った酒を直に飲み干した。

この家の主である在躬は、阿鳥の北野社到着の報せを受けるや、最鎮が完成させたばかりの「北野天神縁起」を手に、大急ぎで飛び出して行った。おそらく今夜は北野社に泊まり込み、明日からどんな物語を参詣者に語って聞かせるか、阿鳥と相談するのであろう。

それにしても見事なものだ。いや、まったく感嘆に価する。

今朝、北野社の神輿が山崎を出発したと聞いた最鎮は、取るものも取りあえず在躬邸に馳せ参じた。そしてそこで目にしたのは、「ようやく動き出してくれた」と手を打って喜ぶ阿鳥の姿であった。

北野社と師輔邸、双方に細作（間者）を放っていた阿鳥は、いつ綾児が騒動を起こしてくれるかと待ち構えていた。そして綾児の色病をもっとも晴れがましい場で暴き立てることで、北野社筆頭巫女の座を見事奪ってのけたのである。

綾児一行が鳥羽作道を進んできたとき、最鎮は羅城門の近くで彼らの姿を眺めていた。粗末な板輿に乗り、胸乳を剝き出しにした綾児の姿は、最鎮が思わず眼を見張るほどに美しかった。粗末な板輿もかつてとは別人の如く色の悪い顔も、関係ない。天を仰ぎ、喚き、幣帛を振り回すその姿は、いかに賤しく、病に冒されていようとも、まさしく神がかりの巫女そのものの神々しさに満ちていた。

（それにしても――）

奇妙なのは、綾児と対峙したときの阿鳥の言葉だ。自分こそが道真を祀るに相応しいとは、いったいどういう意味だったのか。

「あの、最鎮さま」

不意に庭先から、思慮深げな声が投げられた。振り返れば、見覚えのある文時の老僕が、植え込みの陰で膝をついている。

「文時さまはぐっすりお休みのご様子でございます。最鎮さまにご無礼があってはなりませぬので、もしお許しいただけるのであれば、主を屋敷に連れ帰らせていただきますが」

確か浜主（はまぬし）とか言ったただろうか。もう何十年も文時に仕えている家従に向かい、いいや、と最鎮は首を横に振った。

「構わん。文時とは古い仲だ。今更どんな姿を見せられても、別に無礼とは思わんわい」

「それはありがとうございます」

浜主が真っ白な頭を下げる。そんな彼を手招き、最鎮は折敷に投げ出されていた盃を取り上げた。

「おぬしもこんな主を持って大変じゃな。まあ、一献、飲め」

「い、いいえ。めっそうもありません。早くに父君を亡くされて以来、文時さまは本当にご苦労をなされ通しでございました。たまに深酒をなさるぐらいが、ちょうどよろしいのです」

最近の文時の酒量はもはや深酒の域を越えているが、忠実な老僕からすれば、そんなふうに主をかばうしかないのだろう。その忠義ぶりに感心しながら、最鎮は尻ごみする浜主に無理やり盃を与えた。

二人のやりとりなぞつゆ知らぬ文時が、ううんという低い呻きを上げて寝返りを打つ。だらしなく開かれた口から垂れた涎(よだれ)が、磨き上げられた板間に滴った。

(それにしても――)

今後、在躬は北野社をどう支配するつもりだろう。どうせなら、菅原氏の一族を筆頭巫女に据えられればいいのだが、確か在躬の娘はすでに嫁いでいると聞くし、文時には息子しかいない。だとすればやはり当座は、阿鳥を筆頭巫女にするしかないのか。

「──文時に娘がおればのう」

そうすればこんな飲んだくれの文時でも、少しは北野社の祭祀に関わり続けられる。仮にこの先、在躬の子孫が北野社を支配することになったとて、かつて確かに文時がこの社を造ったのだという事実が、巫女から巫女へと口伝えで語られもしように。

最鎮が思わずそう呟いたとき、がしゃんと小さな音が響いた。先ほど与えた盃を、浜主が取り落としたのである。

「こ、これは大変ご無礼をいたしました」

庭石に散った酒の滴を、浜主が大慌てで袖で拭う。その顔からはなぜか、完全に血の気が引いていた。

「おい。どうした、浜主。顔色が悪いぞ」

「い、いいえ。何でもございませぬ。な、慣れぬ酒をいただき、いささか手が震えてしまいました。申し訳ありませんッ」

舌をもつれさせながら、浜主は一間あまりも飛び退いた。そのまま転げるように庭を退く痩せた背を眺め、はて、どういうわけだと最鎮は眉をひそめた。

自分はただ、文時に娘がいればよかったのにと独言しただけ。それがなぜ浜主を、ああも狼狽させたのだろう。

（まさか、文時に隠し子がいるなぞということはあるまいな）

胸の中で問うてから、馬鹿な、と小さく首を振る。

文時は昔から女っ気が乏しく、確かこれまで関わりがあった女は、初めての閨の相手であった乳母子と、現在の北の方のみと聞いている。そんな男が、小器用に他所に隠し子など作れるものか。

広縁の向こうはすでに夕闇に閉ざされ、微かな薄明が山の彼方を朱色ににじませている。湿気を孕んだ風が、いつの間にか運ばれていた灯明の灯を揺らした。

ばたばたと足音がして振り返れば、在躬がひどく忙しい足取りで広縁をやってくる。物も言わずに最鎮の前を通り過ぎると、居間の隅の文台に置かれていた巻子本を取り上げ、「おお、よかった。これだ、これ」とようやくこちらを顧みた。

「いやはや、おぬしの『北野天神縁起』は持って出たくせに、わしの『菅家伝』を忘れてしもうてなあ。途中で気付いて、引き返してきたのじゃ」

在躬はそう苦笑して、一向に目覚める気配のない文時の顔をひょいと覗きこんだ。

北野社から綾児を追い出したことで、心に余裕が生じたのだろう。在躬には珍しく、文時への親しみがにじみ出た挙措であった。

「やれやれ、太平楽に眠っておるなあ。こんなに涎を垂らし、まるで赤子のようではないか」

在躬の声に、最鎮は懐から檀紙（だんし）を取り出し、文時の口許を拭った。

いささか大きすぎる唇、離れ過ぎた眼。もし彼に娘がおり、それが父親似だったとすれば、残念ながらその娘は相当な醜女に違いない。

――この京であたしこそが、誰よりも道真さまを祀るに相応しい女なんだ。

なぜだろう。そのとき唐突に、先ほどの阿鳥の言葉が耳の底に甦った。その声は不思議にくぐもり、陰鬱な気配すら帯びている。

冷たいものが背筋を走り、最鎮はまるで雷に打たれたように身体を強張らせた。

下賤の身でありながら、菅原道真公に目をつけた阿鳥。文時を抱き込み、在躬と手を組み、そして見事、北野社の筆頭巫女の座を勝ち取った阿鳥。

文時に娘がいたなら、という一言に狼狽した浜主の姿が、眼裏に甦る。いや、まさか。そんなことがあるものか。

阿鳥が道真公に目をつけたのは、きっとただの偶然。目鼻立ちの相似とて、眇（すがめ）の自分の眼では、果たして本当に正しいか、怪しい限りだ。

自分の考えが如何に荒唐無稽であるかは、当の阿鳥に尋ねてみればすぐに分かろう。しかしなぜであろう。そのとき最鎮は、いま胸中にある問いをぶつけても、阿鳥はうっすら笑うだけで答えないような気がした。

（文時の乳母子が乳母もろとも屋敷を追い出されたのは、確かこ奴が十六だか十七だかの時。もしその折、その乳母子が身籠っていたとすれば――）

「おい。どうした」

肩をゆすられて我に返れば、在躬が不思議そうに最鎮の顔を覗きこんでいる。よく肉のついた在躬の面をぼんやり見返し、「い――いいえ、なんでもありません」と最鎮は額に浮かんだ汗を拳で拭った。

そうだ。勘違いに決まっている。阿鳥は下賤の巫女には珍しい才知を武器に、文時や在躬に近付いてきただけ。いくら年齢が一致するとしても、そもそもその乳母子が孕んでいたなど、あまりに話が出来過ぎている。

それにしても――と最鎮は胸にこみ上げる想像をふり払うべく、必死に違うことを考えた。

阿鳥がただの下賤の女子とすれば、いつの間にか在躬の懐に入り込み、こうして北野社の巫女に返り咲いた手腕の、何と見事なことか。

いや、阿鳥だけではない。色と欲の権化の癖に、思いがけないほどの知恵を巡らし、北野社の支配を手に入れようとした綾児。あの女は、最鎮たちが生まれながらに与えられている身分や地位を容易に足蹴にし、恣に蹂躙し尽くした。

もしかして、京人の嘲りの対象である刀禰や大名田堵と手を組んだ彼女は、実は誰よりも新しく、京を支配する律令の理念を超越した女だったのではないか。

（だとすれば——）

身体が小さく震えてくる。

膝の上で握り締めた己の拳を見つめ、「——在躬さま」と、最鎮は低く呼びかけた。

「うむ、どうした」

広縁に出ようとしていた在躬が、器用に片眉だけ跳ね上げて振り返る。

その福々しい顔を、最鎮は穴が開くほどに見つめた。

「我々は——我々は本当に、綾児に勝ったのでしょうか」

「なにを言うか、最鎮。綾児は去ったのじゃぞ。北野社はもはや我らのものだ」

「ですが」

「まったく、うるさいのう。では、こうしよう。おぬし、北野天神縁起をもう一度、書き直せ。そこに北野社を創建するに際し、綾児——いや、文の子と書いて文子という巫女がお祖父さまの託宣を受けたと記すのじゃ」

「文子でございますか」

「そうじゃ。純真無垢な少女である文子が道真さまの託宣を得て、北野社の巫女となったと記せ。何もかも綾児とは異なる清浄なる巫女がおったと縁起に書いておけば、仮に今後、綾児が再びわしらの前に現れても、別人じゃと言い立てられよう。——ふむ、なんなら阿鳥の名を変えさせて、今後、文子と名乗らせてもよいな」

在躬が明るく言い放ち、ばたばたと足を鳴らして広縁を駆けてゆく。だがその明朗さがわざとらしく感じられたのは、最鎮の気のせいか。

打ち続く飢饉、疫癘、兵乱——そのいずれにも確たる手を打てぬ朝堂は、百年先、二百年先までこのままでいられるのであろうか。諸国に次々と増える刀禰たちが、いずれ京に暮らす自分たちを脅かし、祭祀ばかりか政(まつりごと)すら奪う日が来るのではあるまいか。

北野社は最鎮や在躬の手に戻った。きっとこれから阿鳥はあの社をこれまで以上に繁栄させ、社地を広げ、身分ある人々から多くの寄進を受けるであろう。ことによっては帝や皇族からも崇敬を受け、京屈指の社にまで昇り詰めるかもしれない。

それは綾児がいたならば、決して叶わなかった栄達。そう、自分たちはみごとにあの女に勝ったのだ。しかし——。

(いいや、待て。仮に阿鳥の父が誰であれ、あの女子もまた賤しい色巫女であることに変わりはないではないか)

それに綾児が手を組んだ豪富の輩は、今も洛外で力を蓄え、その勢力は肥大する一方である。

ほうぼうの村や郷から湧き出て、街道を埋め尽くした無数の男女。自らの手で田畑を切り開き、荒野を実り多き地に切り開く刀禰や田堵たち。

これからも諸国に豪富の輩は増え続け、もしかしたら志多羅神の後に北野の神が現れたが如く、また別の神が京を目指し、我々を脅かす日が来ないとも限らない。

綾児は北野を去った。だがそれはまことにすべての終わりなのか。今、我々が噛み締めているのは、偽りの勝利ではないのか。自分たちはやがて来たる大いなる変革の先触れとして、あの忌むべき巫女に対峙しただけではないか。

綾児を守り立てていた人々は、彼女が色病に冒された色巫女だと知り、自らの過ちを悟った。だがいずれは、己が担ぐ神輿がどれだけ穢れ、おぞましいものであろうとも、決してそれを見捨てぬ輩が現れる気がした。

（本当に勝ったのは、まことの勝者は誰なのだ）

髪を振り乱し、声を嗄らし、それでもなお美しく、おぞましかった綾児。美と醜悪がないまぜになった、腐り果てた梅の花の如きあの女。

ぬるい風が頰を撫で、灯明の炎が大きく揺らいでふっと消える。山の端ににじんだ朱色が闇に覆われ、暗い夜の中に吸い込まれて行くのを、最鎮は身じろぎもせずに見つめ続けていた。

# 終章　腐れ梅

淡い早春の陽が、湿った路地裏に長い影を生んでいる。

一昨日降った雪はすでに大半が解け、遠くで囀る鶯の音が春の訪れを告げている。しかしそれでも滅多に日の差し込まぬ庇の陰では、解け残りの雪がいまだ汚れた塊となってわだかまっていた。

「おおい、橘(たちばな)先生。あとでうちに寄っておくれよ。爺さんが昨日から、腹が痛(いて)えってのたうち回ってるんだ」

薬を詰めた葛籠(つづら)を背負って路地を曲がった途端、隣家の女房が投げかけてきた声に、橘康明(やすあき)は「おや、それは大変だ」と足を止めた。

「そういうことでしたら、遠慮なく言ってくれればよろしいのに。今からうかがいましよう」

「ああ、いいってばよ、先生。先に妹さんに薬をやってきなって」

左京八条三坊の路地裏は小さな家が建て込み、うっかりしていると慣れた者でも迷うほど、道がややこしい。しかしそのおかげで、康明のさして高くない薬料でも、二間続きの家を借りられたのだ。路地の狭さも分かりづらさも、文句を言うわけにはいかなかった。

「妹さん、昼頃に目を覚ましたらしく、なにやら訳の分からないことを喚いていたよ。一刻ほど前、弟さんがやって来てからはおとなしくなったけどさ。多分あの時、粥も食わせてもらってるんじゃないかな」

康明の隣人であるこの女は、病に臥せる綾児(あやこ)にもそれとなく気を配ってくれる。往診で留守がちな康明には、それが何よりありがたかった。

もっともこの女とて、かつて綾児が偽の託宣と色を売ることを生業(なりわい)にしていたと知れば、すぐさま掌を返すかもしれない。だがそんな過去をしのばせるには、今の綾児の姿はあまりに無惨にすぎた。

「それにしても先生はえらいねえ。弟さんと二人がかりで、病の妹さんの面倒を見るなんて。そうそう出来たものじゃないよ」

綾児を担いで羅城門前から逃げ出した後、秦吉影(はたのよしかげ)は結局女房ともども、また適当なもあった。

あれこれ世話を焼きに来てくれる。それが康明にはありがたくもあり、同時に疎ましくもあった。

「結局、俺みてえな奴が妙な夢を見たのが、間違ってたってわけさ」

そう苦笑した彼は、その後も病の綾児を見捨てず、日に一度は勤め先を抜け出しては、あれこれ世話を焼きに来てくれる。

隣の女は吉影を康明の弟、綾児を妹と思い込んでいるようだが、今更それを正すのも面倒くさい。軽く頭を下げて隣人と別れ、康明はそのまま自分の家へ向かった。

「おおい、綾児。起きているか」

返事はない。最近はいつもこうだ。立て付けの悪い戸を開けて足半(あしなか)を脱ぎ、康明は奥の間に横たわる綾児の顔を覗きこんだ。

あれほど美しかった顔は別人のようにやつれ、長い髪には白いものが目立つ。ぼんやりと見開かれた目には表情がなく、はあはあと妙に忙(せわ)しい息がひびわれた唇から漏れていた。

色病が悪化したわけではない。いまの激しい綾児の憔悴(しょうすい)は、ひとえに北野社を奪われた失意によるものであった。

羅城門前から逃亡し、住処を求めて流浪していた一月間、綾児は毎日朝から晩まで、阿鳥(あとり)と最鎮(さいちん)、在躬(ありつね)と文時(ふみとき)への悪態ばかり吐き続けていた。

その悪態は、阿鳥が北野社の筆頭巫女に、また最鎮が北野社の社務別当に任ぜられたとの噂が伝わってくると、更にひどくなった。更に北野社のご神体が、それまでの道真(みちざね)の御影から花樹と鳳凰を刻んだ八花鏡に変わったとの風評が流れて来てからは、手近なものを片っ端から壁に投げつけ、激しく泣き崩れる毎日が始まった。

昼夜を問わず泣き喚き、康明や吉影が制しても、これっぽっちも聞き入れない。近隣の家々から怒鳴り込まれると更に高ぶって叫び散らすといった毎日が続けば、いくら逞しさが取り柄の綾児でも、その身体が無残に衰えるのも当然であった。

そう、人は驚くほど丈夫で、同時にか弱い存在だ。色病では病みつかずに済んだとて、激しい怒りや哀しみに襲われれば、こうも憔悴し、廃人同様となることもある。

とはいえそのあまりに激しい衰えぶりに、康明は改めて、綾児がどれほど北野社を愛していたのかを思い知らずにはいられなかった。

「綾児、遅くなってすまん。すぐに薬を拵えるからな」

床から眼だけをきょろりと動かす綾児に微笑み、康明は竈(かまど)の火を掻き立てた。

綾児の企てが失敗に終わった後、康明は出入りの患家を相次いで失った。村主多伎麻呂(すぐりのたきまろ)は謝罪に出向いた康明の膝元に銭袋を投げ出し、「――二度と来るな。妙な夢を見せよって」と不機嫌に吐き捨てただけだったが、中には康明を口汚く罵り、汚水を浴びせつけた家もあった。しかし康明は決して、綾児に手を貸したことを悔やんではいない。

かつて共に右京の陋巷に暮らしていたときから、綾児はいつも周囲を驚かせる真似ばかりする無謀な女だった。それゆえに眩しく、美しかった綾児の手助けがわずかでも出来たのであれば、それだけで康明は嬉しかった。ましてやはからずも、綾児が心身を病むほど切に欲していた北野社から彼女を引き離し、こうして共に暮らすようになったのなら、いったいこれ以上、何を望むことがあろう。

綾児はきっと、覚えていないだろう。だが康明は、初めて綾児が右京七条二坊十三町に越してきた日の光景を、昨日のようにはっきり記憶している。

温かな春陽が、狭い路地を温めていた。ろくな荷も持たず、ふらりと風に吹かれるようにしてあの小路に現れた綾児は、たまたま門口で行きあった康明を見て、「おや」と小さく笑ったのだ。

——その薬籠を見るに、あんた、お医者さまかい。こりゃあいいや。あたしはありがたいお人がいるところに越して来たんだねえ。

梅の香が淡く漂い、それがまるで綾児が連れてきたかに思われたことを、康明は決して忘れないだろう。

そう、康明にとって綾児は、春の陽射しの中で恥じらうが如くほころぶ、一輪の梅そのものだったのだ。

「——やすあき」

「おお、なんだ。どうした」

「み、みずがほしい」

床について以来、綾児の身体は日に日に細り、今や声を出すのもやっとの有様である。あの吉影とかいう男が、かつて綾児の客であったことは、今でも気に入らない。たった一度だけ目にした綾児と吉影のまぐわいを思い出し、悶々（もんもん）とのたうち回る夜もある。さりながら綾児がこんな身体になった今、綾児に誰よりも近いのは、医師である自分だ。そんな自負が康明を励まし、吉影に対する妬心を何とか押し殺させていた。

綾児の上半身を助け起こし、康明は水を入れた椀をその唇にあてがった。一口、二口と喉が動くのを確かめてから、再びゆっくりとその身体を床に横たえた。

その拍子にじゃらりと音がして、褥（しとね）の裾から銀の鈴が転がり出た。床について以来、綾児が日夜抱き締めているせいで、鈴の表は脂に曇り、心なしか音色までがくぐもってしまったようだ。

康明たちがどれほど宥めすかしても、綾児は決してこの鈴を手放そうとしない。心身が更に衰え、遂には声さえ出せなくなっても、綾児はきっとこれを抱え続けるのだろう。ならば康明はただ、それを見守るだけだ。綾児の幸せと思うものを、康明は懸命に守るしかないのだから。

（それにしても――）

康明は最近、時々思う。北野社の祭神たる菅原道真公の神霊が本当にいるのかは、康明には分からない。だがもしかしたら、自分は綾児の世話を焼くために、その道真公に選ばれてしまったのではなかろうか。そうでなければかつて綾児にまったく顧みられなかった己が、いま綾児の側にいられる説明がつかぬではないか。

医師である康明はもともと、神仏を信じない。しかしこの綾児を前にしていると、せめて一度ぐらいはそんなものを信じてみてもいいかもしれない。——そう、思うのであった。

「そら、綾児。もう落とすなよ」

康明は綾児の手に、銀鈴を押し込んだ。かつてであればすぐさま浴びせつけられた罵声も、飛んできたであろう平手打ちも、いまは何一つない。

それがひどく寂しく、そして心踊るほど嬉しくてならなかった。

人肌に温まった鈴が、手の中に押し込まれる。力の入らぬ指を励まして、綾児はなんとかそれを握り込んだ。

常に横になっているせいで頭はぼんやりと霞がかかり、今が昼なのか夜なのかすらよく分からない。康明が何故、自分を看病しているのか、毎日やって来る吉影がなぜ枕元で声を殺して涙を流すのか、それも日によっては理解できぬ折があった。

(畜生、阿鳥の奴――)

ただそれでもたった一つ、自分を陥れた者たちに対する憎しみだけは、いまだ心の奥底で激しい焔となって燃え盛り続けている。

阿鳥が筆頭巫女の座に酔いしれるのも、今のうちだ。いつか必ずや自分は、その座に返り咲いて見せる。

目を閉じれば無数の男たちの顔が脳裏に浮かび、やがてそれが自分を罵る女の顔にとって代わる。文時と在躬、最鎮。室女(むろめ)、そして阿鳥。大丈夫だ。あの憎らしい彼らの記憶さえあれば、まだ生きていける。

康明は綾児に薬を飲ませると、そそくさと家を出て行った。竈の薪が燃える音が微かに響き、冷え切っていた室内が次第に温まってくる。

綾児は思うようにならない足をすり合わせ、わずかに腰を動かした。

康明は自分を壊れ物のように扱い、濡れ手巾で身体を拭く際も、悪戯(いたずら)一つしようとはしない。その生真面目さが、今の綾児にはなんとももどかしかった。

(まったく、これだからあの男は役立たずなんだよ)

康明は本当に何も分かっていない。女がこの厳しい世を生き抜くためには、憎しみと愛欲こそ最大の活力だというのに。

思えば自分が阿鳥の誘いに乗ったのも、北野社の建立に加担したのも、すべてはその二つを追い求めてのことだった。だからこそ綾児はいつでも、自らの思うがままに振舞えたのだ。

阿鳥が何者か、なにを思って道真を祀ろうとしたのかなぞ、事ここに至ってはどうでもいい。少なくとも身内に燃える焔の激しさにおいて、己は決してあの取り澄ました女に劣りはしない。ならばいずれ自分が再び阿鳥を追い落とすことは、決して無理ではないはずだ。

だいたい阿鳥は、北野社のために何をした。今日、豪奢な殿舎があるのも、その境内に御神木たる梅の木が植えられているのも、すべては胸に道真公のおしるしを受けた綾児がいればこそ。ならば今後、誰が北野社の巫女に収まろうとも、綾児を超える人物が現れるはずがない。

そう、いついかなる時も、綾児がいてこそ初めて、北野社は北野社となりえた。ならば自分はすなわち北野社であり、北野社とはすなわち綾児自身だ。

冷え切った足を、床の中で重ねる。

松の木が伐採され、剝き出しになった黒く柔らかい土と、その上に建てられた北野社の本殿。綾児のほとの中に鎮座する、あのきらびやかな殿舎。

腰を浮かせ、太腿をこすり合わせる。この無限の狭間にあの社があり、最鎮が文時が、在躬が阿鳥が、その社を我がものにしようと死物狂いになっている。ああ、なんと愚かなことだろう。我がほとの中で暴れ回る彼らの行ないなぞ、こちらはすべてお見通しなのに。

見ているがいい。いずれ自分はこの床から起き直り、再び美しく装って立ち上がってやる。そのときになって驚くのは、あいつらの方だ。

綾児は薄い笑みを浮かべて、骨の張り出した腰を蠢かせた。身体の内奥がじわりと濡れ、温かいものが腰を突き動かす。それにしても、身体の奥に建つ北野社のなんと忌々しく、また愛おしいことか。

綾児は白い首を大きく反らせた。喉の奥からこみ上げる呻きに、甘い吐息が自然と混じる。ああ――。

――ほとが、かゆい。

## 主要参考文献

笠井昌昭『天神縁起の歴史』(風俗文化史選書10、雄山閣出版、一九七三)
河音能平『天神信仰と中世初期の文化・思想』(河音能平著作集2、文理閣、二〇一〇)
竹居明男『天神信仰編年史料集成　平安時代・鎌倉時代前期篇』(国書刊行会、二〇〇三)
竹居明男(編)『北野天神縁起を読む』(吉川弘文館、二〇〇八)
藤原克己「天神信仰を支えたもの」(「國語と國文學」67巻11号、東京大学国語国文学会編、至文堂、一九九〇)
真壁俊信『天神信仰の基礎的研究』(日本古典籍註釈研究会、一九八四)
真壁俊信『天神縁起の基礎的研究』(日本古典籍註釈研究会編、続群書類従完成会、一九九八)
真壁俊信『天神信仰と先哲』(太宰府天満宮文化研究所、二〇〇五)
真壁俊信『天神信仰史の研究』(続群書類従完成会、一九九四)
村山修一『天神御霊信仰』(塙書房、一九九六)
村山修一(編)『天神信仰』(民衆宗教史叢書第4巻、雄山閣出版、一九八三)
山田雄司『怨霊とは何か　菅原道真・平将門・崇徳院』(中央公論新社、二〇一四)

# 解説

内藤麻里子

律令制が弱体化しつつある時代を背景に、北野天神の勃興を描いた出色の歴史小説だ。京都の町にうごめく人々から目が離せない。

なんと言っても、まず目に飛び込んできた最初の一行に仰天した。

——ほとがかゆい。

こんなに破壊力十分な一文があろうか。一気に汗臭く、埃と泥にまみれた猥雑な京の町に放り込まれた。

これはまた、澤田瞳子という作家の懐の広さを垣間見せると言おうか、一筋縄ではいかない人間存在をつかみ取って表現しようとする意欲的な一文でもある。

二〇一〇年、奈良時代の学生を描いた『孤鷹の天』でデビュー。翌年、早くも同作で中山義秀文学賞を受賞。次いで平安時代を舞台にした『満つる月の如し』（一二年）で新田次郎文学賞を射止めた。古代を舞台にした歴史小説の書き手としてそれはそれは鮮烈な登場だった。しかしそこにとどまらず、『ふたり女房　京都鷹ヶ峰御薬園日録』（一三年）では女薬師の活躍を描く江戸時代ものを手掛けてみせた。やがて奇才の画家の生涯を追った『若冲』（一五年・翌年親鸞賞受賞）、天然痘にあえぐ人々の姿を描いた『火定』（一七年）など、話題作を次々と世に送り出していることは改めて紹介するまでもない。

いずれも確かな歴史的知見に裏打ちされ、さまざまな仕掛けを施して、さばく手際は堂に入っている。複雑な事情を語るときも流れるような文章で、「端正」と評されることが多い。

ところが今回は「ほとがかゆい」ときた。意表を突かれ、笑いさえこみ上げる。下世話で、庶民のエネルギーあふれる物語の幕開けである。

主人公、綾児は似非巫女。祈禱もすれば禁厭札も売り、色も売る。目先のことにしか関心がなく、欲まみれ。こずるくてわがまま、品がなく、頭もよろしくない。今までの澤田作品にはちょっといないタイプだ。読み始めた当初はまるで好きになれなかった。ところが綾児のなりふり構わず生きるエネルギーに引きずられるように物語世界に迷い込んでいくうちに、ふと気づくと魅了されている自分がいた。

本作の単行本が刊行されたのは一七年。その折にインタビューしたのだが、澤田さんは「欲望みなぎるピカレスクロマン（悪漢小説）にしたかった」と語っていた。

他の登場人物も嫌な奴ばかり。なのに、強烈な印象を残す。知恵者、最鎮の火に焼かれ、右足や股間の機能を失ったゆえの鬱屈とこだわり。藤原師輔の胸底にわだかまる醜さなどを一瞬の場面に切り取って鮮やかだ。

また、綾児についてこう言って苦笑していたことを思い出す。「書き始めたら、女の「走り出したらなかなか言うことを聞いてくれなかった」。そして、「書き始めたら、女のエネルギーが強すぎて男が脇に行ってしまった」と。

描かれるのは宗教が興る過程だ。菅原家内の勢力争いも絡む。ともすれば男の世界になるところ、綾児と混沌とした宗教の始まりはすこぶる相性がよかった。自在に綾児が動いた結果、驚くほど泥臭く、人間臭い物語になった。

描写の筆がさえわたっている。例えば藤原師輔の娘が念願かなって帝の子を産み、祝賀に沸く師輔邸の場面だ。綾児を持ち上げる師輔に、おもしろくない菅原文時は強引に帰路に就く。その直後の描写に心が捕まれた。文時の振る舞いに腹を立てた綾児は唇を強く嚙む。めくれあがった唇の皮を歯で嚙み千切り、唾を吐く。その唾が上蓆に滴る。やがてそれをじっと眺める綾児の唇に、淡い笑みが浮かぶ――。

かさついた唇の皮を嚙み千切る感覚を久しく忘れていた。自分がそうした時の思いがまざまざとよみがえった。にやりと笑えるような思案が思い浮かばなかったことは我が身の至らなさだが、にやりとするまでの一連の動作が綾児の心情を映してすごみすら感じさせる。こんな描写があちこちにあるのだからたまらない。

「粗削りな櫛の歯が、はだけた綾児の胸乳をちりりとひっかいた」り、「鴉が一羽、空を低くかすめて西に飛び、一瞬遅れてはるか遠くでしゃがれ声で鳴いた」り。作家が緻密に織り上げる世界観に陶然とした。

ところで、平安時代も含めて、古代の暮らしを書くのは難しい。史料が残るのは朝廷、貴族関連ばかりだからだ。しかし、澤田さんは「当時の町中のことはわからないことだらけなので、何を書いてもバレません」と、にっこりしながら言ってのける。いかほどの蓄積がこう言わせる背景にあることか。歴史小説の俊英であり、古代を描く旗手として頼もしいかぎりである。

そして、本作が歴史小説として秀逸なのはもう一つポイントがある。それは時代背景がストーリーに程よく溶け込んでいることだ。大上段に振りかぶって説明する箇所がない。登場人物たちの思案に紛れる。綾児に至っては、北野社掌握のため、本能的に地下人を頼みにしようとする。

今までの作品と、明らかに書き方に違いがある。それについて尋ねると、「私が得意としているのは歴史的うねりや変化が前に出て、その中の人間ドラマです。今回は時代としては中世の胎動があるのですがあえて脇に置いて、正統派の歴史小説というより、もう少し一人一人に寄っていく方法を追求しました」と説明してくれた。地面から見た中世の胎動と言おうか。時代の変化をストレートに書こうとせずとも、この人の手にかかればおのずとにじんでくる。

人間を描くことを主眼とした本作は、澤田さんの新境地を開いた作品にして、歴史小説の可能性まで示唆する作品になったと言っていい。

さて、菅原道真についても紹介しなければならない。道真は政争に敗れ、左遷された大宰府で亡くなった。死後、都で天変地異や人死にが続き、神として祀られていく。実は澤田さんには『泣くな道真 大宰府の詩』(一四年)という、大宰府時代の道真を描いた作品がある。もともと関心を持っていた人物だったのだ。そこで、今回は道真が祀られたのは死の直後ではないという事実に着目した。「何十年もたってから、なぜ機運が盛り上がったのか。そこにこそ面白い人間ドラマがあるんじゃないか」と考えたという。

新興宗教の信仰が興る過程を周到に構築した。それは「綾児と阿鳥が西市のそばで祭祀を行なっていた頃、道真の御霊はただの荒ぶる神という属性しか持っていなかった。それに様々な逸話を与え、人々の信仰を受ける神霊に作り変えたのは、他ならぬ自分だ」と、最鎮が述懐する通りだ。

クライマックスの神輿を押し立てての熱狂と、瞬時に冷める恐ろしさ。ご本人は「何かを信じることは社会的なものは捨象された純粋な感情ゆえに、欲望に通じやすい。人間の我や欲望をストレートに書けないかと思いました」と語る。人間を描くことと、信仰が興るダイナミズムがないまぜになって物語がうねる。読書の幸福の一つは、こういう小説に出会う時にある。

それでも作家は満足しない。阿鳥という存在を絡ませて、これでもかとミステリアスな味つけを施す。金儲け(かねもう)けをしようと綾児に持ち掛けた阿鳥は、北野社の隆盛と共に用を終えたかと思いきや、粘り腰で復権を遂げる。そこには奇(く)しき縁と、人間の執着のぞっとするような怖さが浮かび上がり、綾児の物語とはまた別の感慨をもたらしてくれる。先に言及した最鎮も、藤原師輔もそんなふうに造形されている。いろいろな味わい方ができる厚みのある物語なのである。

締めの「――ほとが、かゆい」には、万感の余韻が漂う。

本書『腐れ梅』を堪能した方々に是非お薦めしたいのが、二〇一九年十二月刊行の『稚児桜』である。

「山姥」「班女」「葵上」など、能の演目から触発された短編八作を収めた短編集である。古代日本を舞台に、人々の生きる姿を自在に描いている。登場するのは貴族もいるが、ほとんどは下々の者たち。彼らは貧しいのだがパワフルで、ずる賢く生き抜き、時に愚かである。人間を描くという点において、『腐れ梅』の系譜に連なる作品なのだ。

表題作「稚児桜」は、埃まみれの生活臭の中で稚児、花月の物語が語られる。僧侶が女の旺盛な生きる力に搦めとられていく「猟師とその妻」、生きるためのだまし合いを描く「秋の扇」など、多彩な仕立てで、短編ならではのストーリーテリングの妙といい、端的で鮮やかな表現といい、つくづくとうまさを感じさせる。元となる能の演目を知らなくても、十分楽しめること請け合いだ。

こんなふうに、系譜に連なる作品にまで言及してしまうほど、ひとに薦めたくなるのが『腐れ梅』という作品なのだ。

人間を描くことを『腐れ梅』で確かに手に入れた澤田さんは、『火定』、『龍華記』（一八年）、『落花』（一九年）、『稚児桜』と淡々と佳品を生み出している。歴史と人間を呑み込んだ作家からは、今後も目が離せない。

（ないとう・まりこ　文芸評論家）

初出「小説すばる」二〇一六年三月号〜二〇一七年二月号

本書は、二〇一七年七月、集英社より刊行されました。

澤田瞳子の本

## 泣くな道真　大宰府の詩

京から大宰府に左遷され泣き暮らす道真だが、美術品の目利きの才が認められる。大宰府役人の窮地を救う為、奇策に乗り出す……。朝廷への意趣返しなるか！　書き下ろし歴史小説。

集英社文庫

## 集英社文庫　目録（日本文学）

佐藤多佳子　夏から夏へ
佐藤初女　おむすびの祈り 「森のイスキア」こころの歳時記
佐藤初女　いのちの森の台所
佐藤真海　ラッキーガール
佐藤真由美　恋する短歌 22 short love stories
佐藤真由美　恋する歌音 こころに効く恋愛短歌50
佐藤真由美　恋する四字熟語
佐藤真由美　恋する世界文学
佐藤真由美　恋する言ノ葉 元気な明日に、恋愛短歌。
佐藤満春　トイレの輪 ～トイレの話、聞かせてください～
佐野眞一　沖縄 だれにも書かれたくなかった戦後史(上)(下)
佐野眞一　沖縄戦いまだ終わらず
佐野藤右衛門 小田豊二　櫻よ 「花見の作法」から「木のこころ」まで
沢木耕太郎　天涯1 鳥は舞い 光は流れ
沢木耕太郎　天涯2 水は囁き 月は眠る
沢木耕太郎　天涯3 花は揺れ 闇は輝き

沢木耕太郎　天涯4 砂は誘い 塔は叫ぶ
沢木耕太郎　天涯5 風は踊り 星は燃え
沢木耕太郎　天涯6 雲は急ぎ 船は漂う
沢木耕太郎　オリンピア ナチスの森で
澤田瞳子　泣くな道真 大宰府の詩
澤田瞳子　腐れ梅
澤宮優　炭鉱町に咲いた原貢野球 三池工業高校・甲子園優勝までの軌跡
澤宮優　スッポンの河さん 伝説のスカウト河西俊雄
澤宮優　バッティングピッチャー 背番号三桁のエースたち
沢村基　たとえ君の手をはなしても
サンダース・宮松敬子　カナダ生き生き老い暮らし
三宮麻由子　鳥が教えてくれた空
三宮麻由子　そっと耳を澄ませば
三宮麻由子　ロング・ドリーム 願いは叶う
三宮麻由子　世界でただ一つの読書
三宮麻由子　四季を詠む ３６５日の体感

椎名篤子・編　凍りついた瞳が見つめるもの
椎名篤子　親になるほど難しいことはない
椎名篤子　新凍りついた瞳 「子ども虐待」のない未来への挑戦
椎名篤子　「愛されたい」を拒絶される子どもたち 虐待ケアへの挑戦
椎名誠　地球どこでも不思議旅
椎名誠・選　素敵な活字中毒者
椎名誠　インドでわしも考えた
椎名誠　全日本食えばわかる図鑑
椎名誠　岳物語
椎名誠　続岳物語
椎名誠　菜の花物語
椎名誠　シベリア追跡
椎名誠　零下59度の旅
椎名誠　ハーケンと夏みかん
椎名誠　さよなら、海の女たち
椎名誠　白い手

# 集英社文庫　目録（日本文学）

椎名誠　パタゴニア
椎名誠　草の海
椎名誠　喰(くう)寝(ねる)呑(のむ)泄(だす)
椎名誠　アド・バード
椎名誠　はるさきのへび
椎名誠・編著　蚊學ノ書
椎名誠　麦の道
椎名誠　麦酒(ビール)主義の構造とその応用胃学
椎名誠　あるく魚とわらう風
椎名誠　風の道　雲の旅
椎名誠　かえっていく場所
椎名誠　メコン・黄金水道をゆく
椎名誠　砂の海　風の国へ
椎名誠　砲艦銀鼠号
椎名誠　草の記憶
椎名誠　ナマコのからえばり

椎名誠　大きな約束
椎名誠　続大きな約束
椎名誠　本日7時居酒屋集合！　ナマコのからえばり
椎名誠　コガネムシはどれほど金持ちか　ナマコのからえばり
椎名誠　人はなぜ恋に破れて北へいくのか　ナマコのからえばり
椎名誠　下駄でカラコロ朝がえり　ナマコのからえばり
椎名誠　笑う風　ねむい雲
椎名誠　うれしくて今夜は眠れない　ナマコのからえばり
椎名誠　三匹のかいじゅう
椎名誠　流木焚火の黄金時間　ナマコのからえばり
椎名誠　どーしてこんなにうまいんだあ！
椎名誠　ソーメンと世界遺産　ナマコのからえばり
椎名誠　カツ丼わしづかみ食いの法則　ナマコのからえばり
椎名誠　単細胞にも意地がある　ナマコのからえばり
椎名誠　孫物語
椎名誠　おなかがすいたハラペコだ。

椎名誠／北上次郎編　椎名誠［北政府］コレクション
椎名誠／目黒考二　本人に訊く〈壱〉よろしく懐旧篇
椎名誠／目黒考二　本人に訊く〈弐〉おまたせ激突篇
椎名誠　家族のあしあと
塩野七生　ローマから日本が見える
塩野七生／アントニオ・シモーネ　ローマで語る
志賀直哉　清兵衛と瓢箪・小僧の神様
篠綾子　岐山の蝶
篠綾子　桜小町　宮中の花
篠田節子　絹の変容
篠田節子　神鳥(イビス)
篠田節子　愛(めで)逢(あ)い月(づき)
篠田節子　女たちのジハード
篠田節子　インコは戻ってきたか
篠田節子　百年の恋
篠田節子　聖域

[S] 集英社文庫

腐(くさ)れ梅(うめ)

2020年10月30日　第1刷　　定価はカバーに表示してあります。

著　者　澤田瞳子(さわだとうこ)

発行者　徳永　真

発行所　株式会社 集英社
東京都千代田区一ツ橋2-5-10　〒101-8050
電話　【編集部】03-3230-6095
【読者係】03-3230-6080
【販売部】03-3230-6393（書店専用）

印　刷　凸版印刷株式会社

製　本　凸版印刷株式会社

フォーマットデザイン　アリヤマデザインストア　　マークデザイン　居山浩二


ISBN978-4-08-744165-9 C0193